Paulo Coelho est l'un des auteurs vivants les plus lus au monde. Son œuvre, traduite dans plus de 66 langues et récompensée par de nombreux prix internationaux, a déjà dépassé les 100 millions d'exemplaires vendus dans 160 pays. Natif de Rio de Janeiro, Paulo Coelho siège à l'Académie brésilienne de littérature depuis 2002. Il est également chevalier de l'ordre national de la Légion d'honneur en France.

L'écrivain s'est mis au service des plus pauvres dans la société brésilienne à travers l'Institut Paulo Coelho qu'il a fondé avec son épouse Christina Oiticica. Conseiller spécial pour le dialogue interculturel et les convergences spirituelles auprès de l'Unesco, il défend les valeurs attachées au multiculturalisme. Il a été nommé Messager de la Paix pour les Nations Unies en septembre 2007.

LA SORCIÈRE
DE PORTOBELLO

Du même auteur aux Éditions J'ai lu

L'Alchimiste (4120)
Sur le bord de la rivière Piedra je me suis assise
et j'ai pleuré (4385)
Le Zahir (7990)
Veronika décide de mourir (8282)
Comme le fleuve qui coule (8285)

PAULO Coelho

LA SORCIÈRE
DE PORTOBELLO

Traduit du portugais (Brésil) par
Françoise Marchand Sauvagnargues

Titre original :
A bruxa de Portobello

www.paulocoelho.com

Ô Marie conçue sans péché,
priez pour nous qui faisons appel à Vous.
Amen.

Pour S.F.X., un soleil qui a répandu
lumière et chaleur partout sur son passage,
et un exemple pour tous ceux
qui pensent plus loin que leur horizon.

« Personne n'allume une lampe pour la mettre
dans une cachette ou sous le boisseau,
mais on la met sur son support,
pour que ceux qui entrent voient la lumière. »
Luc, 11, 33.

Avant que toutes ces dépositions ne quittent ma table de travail et ne suivent le destin que je leur avais fixé, j'ai pensé en faire un livre traditionnel, dans lequel on raconte une histoire vraie après une recherche exhaustive.

J'ai commencé à lire une série de biographies qui auraient pu m'aider à l'écrire, et j'ai compris ceci : l'opinion que l'auteur se fait du personnage principal finit par influencer le résultat des recherches. Comme mon intention n'était pas précisément de dire ce que je pense, mais de montrer comment l'histoire de la « sorcière de Portobello » avait été vue par ses principaux acteurs, j'ai finalement abandonné l'idée du livre ; j'ai pensé qu'il valait mieux simplement transcrire ce qui m'avait été raconté.

Heron Ryan, 44 ans, journaliste

Personne n'allume une lampe pour la cacher derrière la porte : le but de la lumière, c'est d'apporter davantage de clarté autour de vous, de vous ouvrir les yeux, de vous montrer les merveilles qui vous entourent.

Personne n'offre en sacrifice son bien le plus précieux : l'amour.

Personne ne confie ses rêves à des individus destructeurs.

Sauf Athéna.

Très longtemps après sa mort, son ancienne maîtresse m'a demandé de l'accompagner jusqu'à la ville de Prestonpans, en Écosse. Se prévalant d'une loi féodale qui fut abolie le mois suivant, la ville accordait le pardon officiel à quatre-vingt-une personnes exécutées pour pratique de sorcellerie au cours des XVIe et XVIIe siècles – ainsi qu'à leurs chats.

D'après le porte-parole officiel des barons de Prestoungrange et Dolphinstoun, « on avait condamné la plupart sans aucune preuve concrète, en se fondant uniquement sur les témoins de l'accusation, qui déclaraient sentir la présence d'esprits malins ».

Ce n'est pas la peine de rappeler ici tous les excès de l'Inquisition, avec ses chambres de torture et les flammes de ses bûchers inspirés par la haine et la vengeance. Mais, en chemin, Edda a répété plusieurs fois qu'il y avait dans ce geste quelque chose qu'elle ne pouvait croire : la ville et le quatorzième baron de Prestoungrange-et Dolphinstoun « accordaient le pardon » à des personnes exécutées brutalement.

« Nous sommes au XXIe siècle, et les descendants des vrais criminels, ceux qui ont tué des innocents, se jugent encore en droit de "pardonner". Tu le sais bien, Heron. »

Je le savais. Une nouvelle chasse aux sorcières a commencé et gagne du terrain. Cette fois, l'arme n'est plus le fer rouge, mais l'ironie ou la répression. Tous ceux qui se découvrent par hasard un don et osent en parler sont regardés avec méfiance. Et en général, le mari, l'épouse, le père, le fils, qui que ce soit, au lieu d'en être fier, finit par interdire toute allusion au sujet, de peur d'exposer sa famille au ridicule.

Avant de rencontrer Athéna, je pensais que tous ces phénomènes n'étaient qu'une façon malhonnête d'exploiter le désespoir de l'être humain. Mon voyage en Transylvanie pour le documentaire sur les vampires, c'était encore une manière de montrer comment les gens se laissent aisément abuser ; certaines croyances, aussi absurdes qu'elles puissent paraître, demeurent dans l'imaginaire et sont finalement utilisées par des gens sans scrupule. Lorsque j'ai visité le château de Dracula, reconstruit uniquement pour donner aux touristes la sensation de se trouver dans un lieu extraordinaire, j'ai été approché par un fonctionnaire du gouvernement, qui a insinué que je recevrais un cadeau assez « significatif » (ce sont ses propres mots) quand le film serait présenté sur la BBC. Pour lui, je contribuais à la propagation d'un mythe important, et cela méritait une récompense généreuse. Un guide m'a expliqué que le nombre des visiteurs augmentait chaque année et que toutes les références au lieu seraient positives, même si l'on affirmait que le château était une mystification, que Vlad Dracul était un personnage historique sans aucun rapport avec le mythe, et que toute cette histoire n'était que le délire d'un Irlandais *(N.d.R. : Bram Stoker)* qui n'avait jamais visité la région.

À ce moment précis, j'ai compris que, aussi rigoureux que je puisse être avec les faits, je collaborais involontairement à un mensonge. L'idée de mon scénario était justement de démystifier l'endroit, mais les gens croient ce qu'ils veulent ; le guide avait raison, au fond, j'allais contribuer à lui faire davantage de publicité. J'ai renoncé immédiatement au projet, bien que j'eusse investi une somme non négligeable dans le voyage et dans les recherches.

Mais l'expédition en Transylvanie devait avoir finalement un impact énorme sur ma vie : j'ai rencontré Athéna, au moment où elle recherchait sa mère.

Le destin, ce mystérieux, implacable destin, nous a mis face à face dans le hall insignifiant d'un hôtel plus insignifiant encore. J'ai été témoin de sa première conversation avec Deidre – ou Edda, ainsi qu'elle aime qu'on l'appelle. J'ai assisté, comme spectateur de moi-même, au combat inutile que menait mon cœur pour que je ne me laisse pas séduire par une femme n'appartenant pas à mon univers. J'ai applaudi quand la raison a perdu la bataille, et je n'ai eu d'autre solution que de m'abandonner, d'accepter que j'étais amoureux.

Et cette passion m'a conduit à assister à des rituels que je n'aurais jamais imaginés, à deux matérialisations, à des transes. Pensant que l'amour m'aveuglait, j'ai douté de tout ; le doute, loin de me paralyser, m'a poussé vers des océans dont je ne pouvais admettre l'existence. C'est cette force qui, dans les moments les plus difficiles, m'a permis d'affronter le cynisme de mes amis journalistes et d'écrire sur Athéna et son travail. Et comme mon amour demeure vivant bien qu'Athéna soit morte, la force reste présente, mais je ne désire rien d'autre qu'oublier ce que j'ai vu et appris. Je ne pouvais naviguer dans ce monde-là qu'en tenant les mains d'Athéna.

C'étaient ses jardins, ses fleuves, ses montagnes. À présent qu'elle est partie, j'ai besoin que tout redevienne vite comme avant ; je vais me concentrer sur les problèmes de circulation, la politique étrangère de la Grande-Bretagne, la façon dont on administre nos impôts. Je veux me remettre à penser que le monde de la magie n'est qu'un trucage bien élaboré. Que les gens sont superstitieux. Que ce que la science ne peut expliquer n'a pas le droit d'exister.

Quand les réunions à Portobello sont devenues incontrôlables, son comportement a fait l'objet d'innombrables discussions, même si aujourd'hui je me réjouis qu'elle ne m'ait jamais écouté. S'il existe une consolation dans la tragédie qu'est la perte d'un être que l'on a beaucoup aimé, elle est dans l'espoir, toujours nécessaire, que c'était peut-être mieux ainsi.

Je me réveille et je m'endors avec cette certitude ; il vaut mieux qu'Athéna s'en soit allée avant de descendre aux enfers de cette Terre. Son esprit n'aurait jamais retrouvé la paix depuis les événements qui avaient fait d'elle le personnage de « la sorcière de

Portobello ». Le restant de sa vie aurait été un douloureux affrontement entre ses rêves personnels et la réalité collective. Vu sa nature, elle aurait lutté jusqu'au bout, gaspillé son énergie et sa joie à essayer de prouver quelque chose que personne, absolument personne, n'est prêt à croire.

Peut-être a-t-elle cherché la mort comme un naufragé cherche une île. Sans doute a-t-elle souvent attendu, dans une station de métro au petit matin, des agresseurs qui ne venaient pas. Marché dans les quartiers les plus dangereux de Londres, en quête d'un assassin qui ne se montrait pas. Provoqué la colère des violents, qui ne parvenaient pas à manifester leur rage.

Et puis elle a réussi à se faire brutalement assassiner. Mais, en fin de compte, combien d'entre nous échappent au risque de voir ce qui compte dans leur vie disparaître d'une heure à l'autre ? Je ne parle pas seulement ici des personnes, mais aussi de nos idéaux et de nos rêves : nous pouvons résister un jour, une semaine, quelques années, mais nous sommes toujours condamnés à perdre. Notre corps demeure vivant, mais l'âme finit tôt ou tard par recevoir un coup mortel. Un crime parfait, sans que nous sachions qui a assassiné notre joie, pour quels motifs, et où sont les coupables.

Et ces coupables, qui ne disent pas leur nom, ont-ils conscience de leurs gestes ? Je ne le pense pas, parce qu'ils sont eux aussi victimes de la réalité qu'ils ont créée – fussent-ils dépressifs, arrogants, sans pouvoir ou puissants.

Ils ne comprennent pas et ils ne pourront jamais comprendre le monde d'Athéna. Heureusement, je le dis de cette manière : le monde d'Athéna. J'admets enfin qu'elle était ici de passage, comme une faveur ; je suis comme quelqu'un qui se trouve dans un beau palais, mangeant ce qu'il y a de meilleur, conscient que ce n'est qu'une fête ; le palais ne lui appartient pas, la nourriture n'a pas été achetée avec son argent, et à un moment donné les lumières s'éteignent, les propriétaires vont se coucher, les domestiques regagnent leurs chambres, la porte se ferme, et il se retrouve dans la rue, attendant un taxi ou un autobus, de retour dans la médiocrité de son quotidien.

Je suis de retour. Ou plutôt : une partie de moi revient vers ce monde dans lequel seul ce que nous voyons, touchons et pouvons expliquer a un sens. Je veux connaître de nouveau les contraventions pour excès de vitesse, les gens qui discutent à la banque, et les éternelles récriminations au sujet du temps, des films d'horreur et des courses de Formule 1. Voilà l'univers que je devrai fréquenter pour le restant de mes jours ; je me marierai, j'aurai des enfants, le passé sera un vieux souvenir et, à la fin, je me demanderai au cours de la journée : comment ai-je pu être aussi aveugle, comment ai-je pu être aussi ingénu ?

Je sais aussi que, la nuit, une autre partie de moi, flottant dans l'espace, sera en contact avec des choses aussi réelles que le paquet de cigarettes et le verre de gin que j'ai devant moi. Mon âme dansera avec l'âme d'Athéna, je serai avec elle dans mon sommeil, je me réveillerai en sueur, j'irai à la cuisine boire un verre d'eau, je comprendrai que pour combattre des fantômes, il faut recourir à des instruments qui ne font pas partie de la réalité. Alors, suivant les conseils de ma grand-mère, je placerai des ciseaux ouverts sur la table de nuit, et je supprimerai ainsi la suite du rêve.

Le lendemain, je regarderai les ciseaux avec un certain regret. Mais je dois me réadapter à ce monde, ou bien je finirai par devenir fou.

Andrea McCain, 32 ans,
actrice de théâtre

« Personne ne peut manipuler personne. Dans une relation, les deux partenaires savent ce qu'ils font, même si plus tard l'un d'eux vient se plaindre d'avoir été utilisé. »

C'est ce que disait Athéna, mais elle faisait le contraire, car j'ai été utilisée et manipulée sans la moindre considération pour mes sentiments. C'est encore plus grave lorsque nous parlons de magie ; après tout, elle était ma maîtresse, chargée de transmettre les mystères sacrés, de réveiller la force inconnue que nous possédons tous. Quand nous nous aventurons sur cette mer inconnue, nous faisons confiance aveuglément à ceux qui nous guident – croyant qu'ils en savent plus que nous.

Je peux vraiment l'assurer : ils n'en savent pas plus. Ni Athéna, ni Edda, ni les personnes que j'ai finalement connues grâce à elles. Elle me disait qu'elle apprenait à mesure qu'elle enseignait, et bien que, au début, j'aie refusé de la croire, j'ai pu me convaincre plus tard que c'était peut-être vrai, et j'ai fini par découvrir que c'était encore l'une de ses nombreuses manières de nous faire baisser la garde et nous abandonner à son charme.

Les personnes qui sont dans la quête spirituelle ne pensent pas : elles veulent des résultats. Elles veulent se sentir puissantes, loin des masses anonymes. Elles veulent être exceptionnelles. Athéna jouait avec les sentiments d'autrui d'une manière terrifiante.

Il me semble qu'elle avait eu autrefois une admiration profonde pour sainte Thérèse de Lisieux. La religion catholique ne m'intéresse pas, mais, d'après ce que j'ai entendu, Thérèse entrait dans une sorte de communion mystique et physique avec Dieu. Athéna a déclaré un jour qu'elle aimerait que son destin ressemblât à celui de la sainte. Dans ce cas, elle aurait dû entrer dans un couvent, consacrer sa vie à la contemplation ou au service des pauvres. Cela aurait été beaucoup plus utile au monde, et beaucoup moins dangereux que de nous entraîner, par des chansons et des rituels, dans une sorte d'intoxication, nous faisant entrer en contact avec le meilleur, mais aussi le pire de nous-mêmes.

Je suis allée voir Athéna parce que je cherchais un sens à ma vie – bien que je le lui aie caché lors de notre première rencontre. J'aurais dû comprendre dès le début que cela ne l'intéressait pas beaucoup ; elle voulait vivre, danser, faire l'amour, voyager, réunir des gens autour d'elle pour montrer qu'elle était savante, exhiber ses dons, provoquer les voisins, profiter de tout ce que nous avons de plus profane – même si elle cherchait à donner un vernis spirituel à sa quête.

Chaque fois que nous nous rencontrions, pour des cérémonies de magie ou pour aller dans un bar, je sentais son pouvoir. Je pouvais presque le toucher, tant il se manifestait avec force. Au début, j'étais fascinée, je voulais être comme elle. Mais un jour, dans un bar, elle a commencé à évoquer le « Troisième Rite », qui concerne la sexualité. Elle a fait cela devant mon compagnon. Son prétexte était de m'apprendre. Son objectif, à mon avis, était de séduire l'homme que j'aimais.

Et bien sûr, elle a réussi.

Il n'est pas bon de médire de personnes qui ont quitté cette vie pour le plan astral. Ce n'est pas à moi qu'Athéna aura à rendre des comptes, mais à toutes ces forces qu'elle a utilisées à son seul profit, au lieu de les canaliser pour le bien de l'humanité et pour sa propre élévation spirituelle.

Et ce qui est pire : tout ce que nous avions entrepris ensemble aurait pu réussir, sans son exhibitionnisme compulsif. Il aurait suffi qu'elle agisse de manière plus discrète, et aujourd'hui nous accomplirions ensemble la mission qui nous a été confiée. Mais elle ne parvenait pas à se contrôler, elle pensait détenir la vérité, elle se jugeait capable de surmonter toutes les barrières en recourant à son seul pouvoir de séduction.

Qu'en a-t-il résulté ? Je suis restée seule. Et je ne peux plus abandonner le travail à mi-chemin – il me faudra aller jusqu'au bout, même si je me sens parfois faible, et presque toujours découragée.

Je ne suis pas surprise que sa vie se soit terminée de cette manière : elle flirtait sans cesse avec le danger. On dit que les personnes extraverties sont plus malheureuses que les introverties, et qu'elles ont besoin de compenser cela en se montrant à elles-mêmes qu'elles sont contentes, joyeuses, bien dans leur peau ; dans son cas du moins, cette remarque est absolument correcte.

Athéna était consciente de son charisme, et elle a fait souffrir tous ceux qui l'ont aimée.

Moi y compris.

Deidre O'Neill, 37 ans, médecin,
connue sous le nom d'Edda

Si un jour un homme inconnu nous téléphone, parle un peu, n'insinue rien, ne dit rien de spécial, mais nous accorde cependant une attention que nous recevons rarement, nous sommes capables de coucher avec lui le soir même, relativement amoureuses. Nous sommes ainsi, et il n'y a aucun problème à cela – s'ouvrir à l'amour avec une grande facilité, c'est dans la nature féminine.

C'est cet amour qui m'a fait accéder à la rencontre avec la Mère quand j'avais dix-neuf ans. Athéna aussi avait cet âge quand elle est entrée en transe pour la première fois grâce à la danse. Mais c'était la seule chose que nous avions en commun – l'âge de notre initiation.

Pour le reste, nous étions totalement et profondément différentes, surtout dans notre rapport aux autres. Comme maîtresse, j'ai toujours donné le meilleur de moi-même, pour qu'elle puisse organiser sa quête intérieure. Comme amie – même si je ne suis pas certaine que ce sentiment fût réciproque – j'ai essayé de l'avertir que le monde n'était pas encore prêt pour les transformations qu'elle voulait provoquer. Je me souviens que j'ai perdu quelques nuits de sommeil avant de prendre la décision de lui permettre d'agir en toute liberté, de suivre uniquement ce que lui commandait son cœur.

Son grand problème, c'est qu'elle était la femme du XXIIᵉ siècle, alors qu'elle vivait au XXIᵉ – et qu'elle permettait à tous de le voir. L'a-t-elle payé ? Sans doute. Mais elle aurait payé bien plus cher si elle avait réprimé son exubérance. Elle aurait été amère, frustrée, toujours inquiète de « ce que les autres allaient penser », disant toujours « laisse-moi résoudre d'abord ces problèmes, ensuite je me consacrerai à mon rêve », se plaignant sans cesse que « les conditions idéales ne se présentent jamais ».

Tout le monde cherche un maître parfait ; il se trouve que les maîtres sont humains, même si leurs enseignements peuvent être divins – et c'est là quelque chose que les gens ont du mal à accepter. On ne doit pas confondre le professeur avec la leçon, le rituel avec l'extase, le transmetteur du symbole avec le symbole en lui-même. La Tradition est liée à la rencontre avec les forces de la vie, et non avec les personnes qui la transmettent. Mais nous sommes faibles : nous demandons à la Mère de nous envoyer des guides, alors qu'elle envoie seulement des signaux pour indiquer la route que nous devons parcourir.

Malheur à ceux qui cherchent des pasteurs, au lieu de désirer ardemment la liberté ! La rencontre avec l'énergie supérieure est à la portée de n'importe qui, mais elle est loin de ceux qui font porter leur responsabilité aux autres. Notre temps sur cette Terre est sacré, et nous devons célébrer chaque moment.

On a complètement oublié combien c'est important : même les fêtes religieuses sont devenues des occasions d'aller à la plage, au parc, dans les stations de ski. Il n'y a plus de rites. On ne peut plus transformer les actions ordinaires en manifestations sacrées. Nous cuisinons en nous plaignant de perdre du temps, alors que nous pourrions transformer l'amour en nourriture. Nous travaillons en pensant que c'est une malédiction divine, quand nous devrions utiliser nos capacités pour nous donner du plaisir, et pour répandre l'énergie de la Mère.

Athéna a mis au jour le monde richissime que nous tous portons dans l'âme, sans se rendre compte que les gens n'étaient pas encore prêts à accepter leurs pouvoirs.

Nous, les femmes, quand nous cherchons un sens à notre vie, ou le chemin de la connaissance, nous nous identifions toujours à l'un des quatre archétypes classiques.

La Vierge (et là, je ne parle pas de sexualité) est celle dont la quête passe par l'indépendance totale, et tout ce qu'elle apprend est le fruit de sa capacité à affronter seule les défis.

La Martyre découvre dans la douleur, l'abandon et la souffrance, un moyen de se connaître elle-même.

La Sainte trouve dans l'amour sans limites, dans la capacité de donner sans rien demander en échange, sa vraie raison de vivre.

Enfin, la Sorcière recherche le plaisir total et illimité – donnant ainsi une justification à son existence.

Athéna a été les quatre à la fois, alors que nous devons généralement choisir une seule de ces traditions féminines.

Bien sûr, nous pouvons justifier son comportement en faisant valoir que tous ceux qui entrent dans l'état de transe ou d'extase perdent le contact avec la réalité. C'est faux : le monde physique et le monde spirituel sont la même chose. Nous pouvons entrevoir le Divin dans chaque grain de poussière, et cela ne nous empêche pas de l'écarter à l'aide d'une éponge mouillée. Le divin ne disparaît pas, mais il se transforme en une surface propre.

Athéna aurait dû faire plus attention. Si je réfléchis à la vie et à la mort de ma disciple, il vaut mieux que je change un peu ma façon d'agir.

Lella Zainab, 64 ans,
spécialiste en numérologie

Athéna ? Quel nom intéressant ! Voyons... Son Grand Nombre est le Neuf. Optimiste, sociable, capable de se faire remarquer au milieu d'une foule. Les gens doivent l'approcher en quête de compréhension, de compassion, de générosité, c'est justement pour cela qu'elle doit faire très attention, car la popularité pourrait lui monter à la tête, et elle finirait par perdre plus qu'elle ne gagnerait. Elle doit aussi tenir sa langue, car elle a tendance à parler plus que ne le commande le bon sens.

Quant à son Petit Nombre : Onze. Je pense qu'elle désire une position de domination. Elle s'intéresse à des thèmes mystiques, à travers lesquels elle cherche à apporter l'harmonie à tout son entourage.

Mais cela entre directement en confrontation avec le nombre Neuf, qui est la somme du jour, du mois et de l'année de sa naissance, réduits à un seul chiffre : elle sera toujours sujette à l'envie, à la tristesse, à l'introversion et à des décisions sous le coup de l'émotion. Attention aux vibrations négatives suivantes : ambition excessive, intolérance, abus de pouvoir, extravagance.

À cause de ce conflit, je suggère qu'elle essaie de se consacrer à quelque chose qui n'implique pas un contact émotionnel avec les gens, par exemple un travail dans le domaine de l'informatique ou de l'ingénierie.

Elle est morte ? Pardon. Que faisait-elle, finalement ?

Que faisait Athéna finalement ? Athéna a fait un peu de tout, mais, si je devais résumer sa vie, je dirais qu'elle a été une prêtresse qui comprenait les forces de la nature. Ou mieux, quelqu'un qui, du simple fait qu'elle n'avait pas grand-chose à perdre ou à attendre de la vie, a pris beaucoup plus de risques que ne le font les autres, et a fini par devenir les forces qu'elle croyait dominer.

Elle a été employée de supermarché, de banque, elle a vendu des terrains, et dans chacune de ces situations, elle n'a jamais manqué de révéler la prêtresse qu'il y avait en elle. Je l'ai fréquentée pendant huit ans, et je lui devais de reconstituer sa mémoire, son identité.

Pour recueillir ces dépositions, le plus difficile a été de convaincre mes interlocuteurs de me permettre d'utiliser leurs vrais noms. Les uns affirmaient qu'ils ne voulaient pas être mêlés à ce genre d'histoire, d'autres s'efforçaient de dissimuler leurs opinions et leurs sentiments. Je leur ai expliqué que ma véritable intention était de faire en sorte que tous les individus concernés la comprennent mieux, et que personne n'accorderait foi à des dépositions anonymes.

Comme chacun des interviewés jugeait qu'il détenait la version définitive du moindre événement, fût-il insignifiant, ils ont finalement accepté. Au cours des enregistrements, j'ai constaté que les choses n'étaient pas absolues, que leur existence dépendait de la perception de chacun. Et, très souvent, le meilleur moyen de savoir qui nous sommes est de chercher à savoir comment les autres nous voient.

Cela ne veut pas dire que nous allons faire ce qu'ils attendent ; mais au moins nous nous comprenons mieux. Je devais cela à Athéna. Reconstituer son histoire. Écrire son mythe.

Samira R. Khalil, 57 ans,
maîtresse de maison, mère d'Athéna

Ne l'appelez pas Athéna, je vous en prie. Son vrai nom est Sherine. Sherine Khalil, fille très chérie, très désirée, à qui mon mari et moi aurions aimé donner vie !

Mais la vie avait d'autres plans – quand le destin se montre très généreux, il y a toujours un puits au fond duquel tous les rêves peuvent tomber de haut.

Nous vivions à Beyrouth à l'époque où tout le monde la considérait comme la plus belle ville du Moyen-Orient. Mon mari était un industriel prospère, nous nous étions mariés par amour, nous allions en Europe tous les ans, nous avions des amis, nous étions invités à tous les événements sociaux importants, et une fois j'ai même reçu chez moi un président des États-Unis, imaginez ! Ce furent trois jours inoubliables : deux jours pendant lesquels les services secrets américains ont épluché chaque coin de notre maison (ils étaient déjà dans le quartier depuis un mois, occupant des positions stratégiques, louant des appartements, se faisant passer pour des mendiants ou des couples d'amoureux) ; et un jour – ou plutôt deux heures – de fête. Je n'oublierai jamais la jalousie dans les yeux de nos amis, et la joie de pouvoir prendre des photos de l'homme le plus puissant de la planète.

Nous avions tout, sauf ce que nous désirions le plus : un enfant. Par conséquent, nous n'avions rien.

Nous avons tout essayé, nous avons fait des vœux, nous sommes allés dans des lieux où l'on assurait qu'un miracle était possible, nous avons consulté des médecins, des guérisseurs, nous avons pris des médicaments et bu des élixirs et des potions magiques. Par deux fois, j'ai eu recours à une insémination artificielle, et j'ai perdu le bébé. La seconde fois, j'ai perdu aussi l'ovaire gauche, et je n'ai plus rencontré aucun médecin qui voulût se risquer dans une nouvelle aventure de ce genre.

C'est alors que l'un des nombreux amis qui connaissaient notre situation a suggéré la seule issue possible : adopter un enfant. Il nous a dit qu'il avait des contacts en Roumanie, et que la procédure ne durerait pas longtemps.

Nous avons pris un avion un mois plus tard. Notre ami faisait des affaires importantes avec le fameux dictateur qui gouvernait le pays à l'époque et dont j'ai oublié le nom *(N.d.R. : Nicolae Ceausescu)*, de sorte que nous avons pu éviter toutes les démarches bureaucratiques et nous avons échoué dans un centre d'adoption à Sibiu, en Transylvanie. On nous y attendait déjà avec café, cigarettes, eau minérale, et tous les papiers prêts, il ne restait qu'à choisir l'enfant.

On nous a conduits dans une pouponnière, où il faisait très froid, et je me suis demandé comment on pouvait laisser ces pauvres créatures dans une telle situation. Ma première réaction a été de les adopter toutes, de les emmener dans notre pays où il y avait du soleil et la liberté, mais évidemment c'était une idée folle. Nous nous sommes promenés entre les berceaux, entendant des pleurs, terrorisés par l'importance de la décision à prendre.

Pendant plus d'une heure, mon mari et moi n'avons pas échangé un mot. Nous sommes sortis, nous avons pris un café, fumé des cigarettes, et nous y sommes retournés – et ainsi plusieurs fois. J'ai remarqué que la femme chargée de l'adoption s'impatientait, il nous fallait décider rapidement ; à ce moment, suivant un instinct que j'oserais appeler maternel, comme si j'avais trouvé un enfant qui devait être le mien dans cette incarnation mais qui était venu au monde porté par une autre femme, j'ai indiqué une petite fille.

La préposée nous a suggéré de mieux réfléchir. Elle qui paraissait si impatiente parce que nous traînions ! Mais j'étais déjà décidée.

Cependant, avec précaution, ne voulant pas heurter mes sentiments (elle pensait que nous avions des contacts avec les hautes sphères du gouvernement roumain), elle a murmuré pour que mon mari n'entende pas :

« Je sais que ça ne marchera pas. Elle est fille de Tsigane. »

J'ai répondu qu'une culture ne pouvait pas se transmettre par les gènes – l'enfant, qui n'avait que trois mois, serait ma fille et celle de mon mari, élevée selon nos coutumes. Elle connaîtrait l'église que nous fréquentions, les plages où nous allions nous promener, elle lirait ses livres en français, étudierait à l'École américaine de Beyrouth. En outre, je n'avais aucune information – et je n'en ai toujours pas – sur la culture des Tsiganes. Je sais seulement qu'ils voyagent, ne se lavent pas toujours, sont menteurs et portent une boucle à l'oreille. Il court une légende selon laquelle ils enlèvent des enfants pour les emmener dans leurs caravanes, mais là, c'était justement le contraire qui se produisait : ils avaient abandonné une enfant, pour que je me charge d'elle.

La femme a encore tenté de me dissuader, mais j'étais déjà en train de signer les papiers, et de demander à mon mari d'en faire autant. Lors du retour à Beyrouth, le monde paraissait différent : Dieu m'avait donné une raison d'exister, de travailler, de lutter dans cette vallée de larmes. Nous avions à présent une enfant pour donner une justification à tous nos efforts.

Sherine a grandi en sagesse et en beauté. Je crois que tous les parents disent cela, mais je pense que c'était une enfant vraiment exceptionnelle. Un après-midi, elle avait déjà cinq ans, un de mes frères m'a dit que, si elle voulait travailler à l'étranger, son prénom révélerait toujours son origine, et il a suggéré que nous le remplacions par un autre qui ne dirait absolument rien, Athéna par exemple. Bien sûr, je sais aujourd'hui qu'Athéna évoque la capitale d'un pays, mais est aussi la déesse de la sagesse, de l'intelligence et de la guerre.

Et peut-être que mon frère non seulement le savait, mais était conscient des problèmes qu'un nom arabe pourrait causer à l'avenir – il faisait de la politique, comme toute notre famille, et il désirait protéger sa nièce des nuages noirs que lui, mais seulement lui, apercevait à l'horizon. Le plus surprenant, c'est que le son de ce mot a plu à Sherine. Au bout d'une soirée, elle a commencé à se nommer elle-même Athéna, et plus personne n'est parvenu à lui retirer ce surnom de la tête. Pour lui faire plaisir, nous l'avons adopté à notre tour, pensant que cela lui passerait bientôt.

Est-ce qu'un nom peut influencer la vie de quelqu'un ? Parce que le temps a passé, le surnom a résisté, et nous avons fini par nous y adapter.

Lorsqu'elle était adolescente, nous avons découvert qu'elle avait une certaine vocation religieuse – elle passait son temps à l'église, savait les Évangiles par cœur, et c'était à la fois une bénédiction et une malédiction. Dans un monde de plus en plus divisé par les croyances religieuses, je craignais pour la sécurité de ma fille. À cette époque, Sherine commençait à nous dire, comme si c'était la chose la plus normale du monde, qu'elle avait une foule d'amis invisibles – des anges et des saints dont elle voyait les images dans l'église que nous fréquentions. Bien sûr, tous les enfants du monde ont des visions, même s'ils s'en souviennent rarement, passé un certain âge. Ils ont aussi l'habitude de donner vie à des objets inanimés, comme des poupées ou des tigres en peluche. Mais j'ai commencé à penser qu'elle exagérait le jour où je suis allée la chercher à l'école et où elle m'a dit qu'elle avait vu « une femme vêtue de blanc, qui ressemblait à la Vierge Marie ».

Je crois aux anges, bien sûr. Je crois même que les anges parlent aux jeunes enfants, mais quand les apparitions sont celles d'adultes, c'est différent. Je connais plusieurs histoires de bergers et de paysans qui ont affirmé avoir vu une femme en blanc – et finalement, leur vie est détruite, car les gens les sollicitent en quête de miracles, les prêtres s'inquiètent, les villages se transforment en centres de pèlerinage, et les pauvres enfants finissent leur vie dans un couvent. J'ai donc été très préoccupée par cette histoire ; à cet âge, Sherine aurait dû plutôt s'intéresser à des trousses de maquillage, se peindre les ongles, regarder des feuilletons romantiques ou des émissions enfantines à la télévision. Quelque chose n'allait pas chez ma fille, et je suis allée voir un spécialiste.

« Détendez-vous », m'a-t-il dit.

Pour le pédiatre spécialisé en psychologie infantile comme pour la plupart des médecins qui s'occupent de ces problèmes, les amis invisibles sont une sorte de projection des rêves, et ils aident l'enfant à découvrir ses désirs, exprimer ses sentiments, tout cela de manière inoffensive.

« Mais une femme en blanc ? »

Selon lui, notre façon de voir ou d'expliquer le monde n'était peut-être pas bien comprise par Sherine. Il a suggéré que, petit à petit, nous préparions le terrain pour lui annoncer qu'elle avait été adoptée. Dans le langage du spécialiste, le pire aurait été qu'elle le découvrît par elle-même. Elle se serait mise à douter de tout le monde et son comportement aurait pu devenir imprévisible.

À partir de ce moment, nous avons modifié notre dialogue avec elle. Je ne sais pas si l'être humain parvient à se souvenir des choses qui lui sont arrivées quand il était encore bébé, mais nous nous sommes efforcés de lui montrer qu'elle était très aimée, et qu'elle n'avait plus besoin de se réfugier dans un monde imaginaire. Elle devait comprendre que son univers visible était aussi beau qu'il pouvait l'être, que ses parents la protégeraient de tous les dangers ; Beyrouth était belle, les plages étaient toujours baignées de soleil et pleines de monde. Sans me confronter directement à cette « femme », j'ai passé désormais plus de temps avec ma fille, j'ai invité ses camarades d'école à fréquenter notre maison, je ne perdais pas une occasion de lui démontrer toute notre tendresse.

La stratégie a réussi. Mon mari voyageait beaucoup, Sherine souffrait de son absence, et au nom de son amour pour elle, il a décidé de changer un peu son mode de vie. Les conversations solitaires ont été remplacées par des jeux entre le père, la mère et la fille.

Tout allait bien et puis, un soir, elle s'est précipitée dans ma chambre en larmes, disant qu'elle avait peur, que l'enfer était proche.

J'étais seule à la maison – mon mari avait dû s'absenter une nouvelle fois, et j'ai pensé que c'était la raison de son désespoir. Mais l'enfer ? Qu'était-ce donc qu'on lui enseignait à l'école ou à l'église ? J'ai décidé que le lendemain j'irais parler à son professeur.

Mais Sherine ne cessait pas de pleurer. Je l'ai menée à la fenêtre, je lui ai montré dehors la Méditerranée éclairée par la pleine lune. Je lui ai dit qu'il n'y avait pas de démons, mais des étoiles dans le ciel, et des promeneurs sur le boulevard devant notre appartement. Je lui ai expliqué qu'elle ne devait pas avoir peur, qu'elle devait se calmer, mais elle continuait à pleurer et à trembler. Au bout d'une demi-heure ou presque à tenter de la tranquilliser, j'ai commencé à devenir nerveuse. Je l'ai priée d'arrêter cela, elle n'était plus une enfant. J'ai imaginé qu'elle avait peut-être ses premières règles ; je lui ai demandé discrètement si un peu de sang coulait.

« Beaucoup. »

J'ai pris un morceau de coton, je l'ai priée de s'allonger pour que je puisse soigner sa « blessure ». Ce n'était rien, le lendemain je lui expliquerais. Mais les règles n'étaient pas arrivées. Elle a pleuré encore un peu, mais elle était sans doute fatiguée, car elle s'est endormie aussitôt.

Et le lendemain matin, le sang a coulé.

Quatre hommes ont été assassinés. Pour moi, c'était encore l'une de ces éternelles batailles tribales auxquelles mon peuple était accoutumé. Pour Sherine, ce n'était sans doute rien, car elle n'a même pas fait allusion à son cauchemar de la veille.

Mais à partir de cette date, l'enfer est arrivé, et jusqu'à présent il ne s'est plus éloigné. Le même jour, vingt-six Palestiniens sont morts dans un autobus, pour venger l'assassinat. Vingt-quatre heures plus tard, on ne pouvait plus marcher dans les rues, à cause des tirs qui venaient de partout. On a fermé les écoles, Sherine a été raccompagnée en toute hâte à la maison par l'une de ses professeurs, et dès lors, tout le monde a perdu le contrôle de la situation. Mon mari a interrompu son voyage et il est rentré chez nous, téléphonant des journées entières à ses amis du gouvernement, et personne ne parvenait à tenir un discours sensé. Sherine entendait les tirs dehors, les cris de mon mari dans la maison, et – à ma surprise – ne disait mot. J'essayais toujours de lui dire que c'était passager, que bientôt nous pourrions retourner à la plage, mais elle détournait le regard et réclamait un livre à lire ou un disque à écouter. Pendant que l'enfer s'installait peu à peu, Sherine lisait et écoutait de la musique.

Je ne veux plus penser à tout cela, je vous en prie. Je ne veux pas penser aux menaces que nous avons reçues, savoir qui avait raison, quels étaient les coupables et les innocents.

Le fait est que, quelques mois plus tard, si l'on voulait traverser une certaine rue, il fallait prendre un bateau, aller jusqu'à l'île de Chypre, prendre un autre bateau, et débarquer de l'autre côté de la chaussée.

Nous n'avons pratiquement pas quitté la maison pendant un an ou presque, attendant toujours que la situation s'améliore, pensant toujours que tout cela était passager, que le gouvernement finirait par contrôler la situation. Un matin, tandis qu'elle écoutait un disque sur son petit électrophone portatif, Sherine a esquissé quelques pas de danse, et elle a commencé à dire des choses comme « cela va durer très, très longtemps ».

J'ai voulu l'interrompre, mais mon mari m'a retenue par le bras – j'ai vu qu'il prêtait attention aux propos de la petite et les prenait au sérieux. Je n'ai jamais compris pourquoi, et aujourd'hui encore, nous n'abordons jamais le sujet ; il est tabou entre nous.

Le lendemain, il a commencé à prendre des dispositions inattendues ; deux semaines après, nous embarquions pour Londres. Nous le saurions plus tard, bien qu'il n'y eût pas de statistiques concrètes, ces deux ans de guerre civile ont fait environ quarante-quatre mille morts, cent quatre-vingt mille blessés, des milliers de sans-abri. Les combats ont continué pour d'autres raisons, le pays a été occupé par des forces étrangères, et l'enfer continue aujourd'hui encore.

« Cela va durer très longtemps », disait Sherine. Mon Dieu, malheureusement, elle avait raison.

Lukás Jessen-Petersen, 32 ans,
ingénieur, ex-mari

Athéna savait déjà qu'elle avait été adoptée par ses parents quand je l'ai rencontrée pour la première fois. Elle avait dix-neuf ans et elle était sur le point de se battre à la cafétéria de l'université avec une fille qui, pensant qu'elle était d'origine anglaise (blanche, cheveux lisses, yeux tantôt verts, tantôt gris), avait fait une remarque hostile au sujet du Moyen-Orient.

C'était le premier jour de cours ; la promotion était nouvelle, personne ne savait rien de ses camarades. Mais cette jeune fille s'est levée, et elle s'est mise à hurler comme une folle :

« Raciste ! »

J'ai vu la terreur dans les yeux de l'autre, le regard excité des étudiants présents qui voulaient voir ce qui se passait. Comme cette classe était là pour un an, j'ai prévu immédiatement les conséquences : bureau du recteur, plaintes, risque d'expulsion, enquête policière sur le racisme, et cetera. Tout le monde avait quelque chose à perdre.

« Tais-toi ! » me suis-je écrié, ne sachant ce que je disais.

Je ne les connaissais ni l'une ni l'autre. Je ne cherche pas à sauver le monde et, pour parler sincèrement, une querelle de temps en temps, c'est stimulant pour les jeunes. Mais mon cri et ma réaction avaient été plus forts que moi.

31

« Arrête ! » ai-je crié de nouveau à la jolie fille qui attrapait l'autre, jolie elle aussi, par la peau du cou. Elle m'a foudroyé du regard. Et brusquement, quelque chose a changé. Elle a souri – les mains encore sur la gorge de sa camarade.

« Tu as oublié de dire : "s'il te plaît". »

Tout le monde a éclaté de rire.

« Arrête, ai-je demandé. S'il te plaît. »

Elle a lâché la fille et marché dans ma direction. Toutes les têtes ont accompagné son mouvement.

« Tu as de l'éducation. Aurais-tu aussi une cigarette ? »

J'ai tendu mon paquet, et nous sommes allés fumer sur le campus. Elle était passée de la rage absolue au relâchement complet, et au bout de quelques minutes, elle riait, parlait du temps qu'il faisait, me demandait si j'aimais tel groupe musical ou tel autre. J'ai entendu la sonnerie qui appelait pour les cours, et j'ai ignoré solennellement ce pour quoi j'avais été éduqué toute ma vie : le respect de la discipline. Je suis resté là à bavarder, comme si l'université, les querelles, la cantine, le vent, le froid, le soleil n'existaient plus. Seule existait cette femme aux yeux gris devant moi, tenant des propos inutiles et absolument sans intérêt, capables de me garder là pour le restant de ma vie.

Deux heures plus tard, nous déjeunions ensemble. Sept heures plus tard, nous étions dans un bar, dînant et buvant autant que notre budget nous permettait de manger et de boire. Nos conversations se sont approfondies, et en peu de temps je savais déjà presque tout de sa vie – Athéna racontait des détails de son enfance, de son adolescence, sans que je pose aucune question. Plus tard, j'ai su qu'elle était ainsi avec tout le monde ; mais ce jour-là, je me suis senti l'homme le plus exceptionnel sur la Terre.

Elle était arrivée à Londres comme réfugiée de la guerre civile qui avait éclaté au Liban. Son père, un chrétien maronite (*N.d.R. : appartenant à une branche* de l'Église catholique qui, bien que soumise à l'autorité du Vatican, n'exige pas le célibat des prêtres et pratique des rites orientaux et orthodoxes), menacé de mort parce qu'il travaillait avec le gouvernement, ne voulait pas se résoudre à l'exil, jusqu'au jour où Athéna, écoutant en cachette une conversation téléphonique, avait décidé qu'il était temps de grandir, d'assumer ses responsabilités filiales et de protéger ceux qu'elle aimait tant.

Elle avait esquissé une sorte de danse, feignant d'être en transe (elle avait appris tout cela au collège, quand elle étudiait la vie des saints) et commencé à dire des choses. Je ne sais pas comment une enfant peut entraîner les adultes à prendre des décisions fondées sur ses commentaires, mais Athéna a affirmé que c'était exactement ce qui s'était passé ; son père était superstitieux, elle était absolument convaincue qu'elle avait sauvé la vie de sa famille.

Ils sont arrivés ici comme réfugiés, mais pas comme des mendiants. La communauté libanaise est dispersée dans le monde entier, le père a trouvé tout de suite un moyen de rétablir ses affaires, et la vie a continué. Athéna a pu étudier dans de bonnes écoles, elle a pris des cours de danse – c'était sa passion – et choisi la faculté d'ingénierie aussitôt l'enseignement secondaire terminé.

Ils étaient déjà à Londres quand ses parents l'ont invitée à dîner dans l'un des restaurants les plus luxueux de la ville et lui ont expliqué, avec précaution, qu'elle avait été adoptée. Elle a simulé la surprise, et affirmé que cela ne changeait rien à leur relation.

Mais en réalité, un ami de la famille, dans un accès de haine, l'avait déjà traitée d'« orpheline ingrate, même pas une fille naturelle, qui ne sait pas se tenir ». Elle avait lancé un cendrier, le blessant au visage, pleuré en cachette pendant deux jours, mais s'était habituée à ce fait. Ce proche en avait gardé une cicatrice et, ne pouvant en expliquer l'origine à personne, il racontait qu'il avait été agressé dans la rue par des voyous.

Je l'ai invitée à sortir le lendemain. D'une manière très directe, elle a déclaré qu'elle était vierge, qu'elle fréquentait l'église le dimanche et ne s'intéressait pas aux romans d'amour – elle se souciait davantage de lire tout ce qu'elle pouvait sur la situation au Moyen-Orient.

Enfin, elle était occupée. Très occupée.

« Les gens croient qu'une femme ne rêve que de se marier et d'avoir des enfants. Et toi, à cause de tout ce que je t'ai raconté, tu crois que j'ai beaucoup souffert dans la vie. Ce n'est pas vrai, et je connais cette histoire, d'autres hommes se sont approchés de moi avec ce discours, "me protéger" des tragédies.

« Ce qu'ils oublient, c'est que déjà dans la Grèce antique, les gens revenaient des combats morts sur leurs boucliers, ou bien renforcés par leurs cicatrices. C'est mieux ainsi : je suis sur le champ de bataille depuis que je suis née, je suis toujours en vie, et je n'ai besoin de personne pour me protéger. »

Elle a fait une pause.

« Tu vois comme je suis cultivée ?

— Très cultivée, mais quand tu attaques une personne plus faible que toi, tu laisses entendre que tu as vraiment besoin de protection. Tu aurais pu ruiner ta carrière universitaire ici.

— Tu as raison. J'accepte l'invitation. »

À partir de ce jour-là, nous nous sommes mis à sortir ensemble régulièrement, et plus j'étais près d'elle, plus je découvrais ma propre lumière – elle m'encourageait à donner toujours le meilleur de moi-même. Elle n'avait jamais lu aucun livre de magie ou d'ésotérisme : elle disait que c'était chose du démon, que le seul salut était en Jésus, et point final. De temps à autre, elle insinuait des choses qui ne semblaient pas en accord avec les enseignements de l'Église :

« Le Christ s'entourait de mendiants, de prostituées, de collecteurs d'impôts, de pêcheurs. Je pense qu'il voulait dire par là que l'étincelle divine se trouve dans toutes les âmes et ne s'éteint jamais. Quand je suis calme, ou quand je suis terriblement agitée, je sens que je vibre avec tout l'Univers. Et je fais alors des découvertes – comme si c'était Dieu lui-même qui guidait mes pas. Il y a des minutes où je sens que tout m'est révélé. »

Et aussitôt, elle se corrigeait :

« C'est faux ! »

Athéna vivait toujours entre deux mondes : celui qu'elle sentait authentique et celui qui lui était enseigné à travers sa foi.

Un jour, après un semestre ou presque d'équations, de calculs, d'études de structures, elle a annoncé qu'elle allait abandonner la faculté.

« Mais tu ne m'en as jamais parlé !

— J'avais peur d'aborder le sujet, même avec moi-même. Mais aujourd'hui, j'étais chez ma coiffeuse, qui a travaillé jour et nuit pour que sa fille puisse finir ses études de sociologie. La fille a réussi à terminer la faculté, et après avoir frappé à toutes les portes, elle a trouvé un emploi de secrétaire dans une entreprise de production de ciment. Pourtant, ma coiffeuse répétait aujourd'hui, toute fière : "Ma fille a un diplôme."

« La plupart des amis de mes parents, et des enfants des amis de mes parents, ont un diplôme. Cela ne signifie pas qu'ils aient trouvé un emploi à leur goût – bien au contraire, ils sont entrés dans une université et en sont sortis parce que quelqu'un leur a dit, à une époque où les universités semblent compter, que, pour s'élever dans la vie, on avait besoin d'un diplôme. Et le monde se prive d'excellents jardiniers, boulangers, antiquaires, sculpteurs, écrivains. »

Je l'ai priée de réfléchir encore un peu, avant de prendre une décision aussi radicale. Mais elle a cité les vers de Robert Frost :

« Devant moi il y avait deux routes
J'ai choisi la route la moins fréquentée
Et cela a fait toute la différence. »

Le lendemain, elle n'est pas venue aux cours. Lors de notre rencontre suivante, je lui ai demandé ce qu'elle allait faire.

« Me marier. Et avoir un enfant. »

Ce n'était pas un ultimatum. J'avais vingt ans, elle dix-neuf, et je pensais qu'il était encore très tôt pour un engagement de cette nature.

Mais Athéna parlait très sérieusement. Et moi, je devais choisir entre perdre la seule chose qui occupait vraiment ma pensée – mon amour pour cette femme – ou perdre ma liberté et tous les choix que l'avenir me promettait.

Honnêtement, la décision n'a pas été très difficile.

Père Giancarlo Fontana, 72 ans

Bien sûr, j'ai été très surpris quand ce couple, trop jeune, est venu à l'église pour que nous organisions la cérémonie. Je connaissais peu Lukás Jessen-Petersen, et c'est ce jour-là que j'ai appris que sa famille, d'une obscure noblesse danoise, était farouchement opposée à cette union. Ils étaient non seulement contre ce mariage, mais aussi contre l'Église.

Son père, s'appuyant sur des arguments scientifiques tout à fait incontestables, affirmait que la Bible, sur laquelle est fondée toute la religion, en réalité n'était pas un livre, mais un collage de soixante-six manuscrits différents, dont on ne connaît ni le vrai nom, ni l'identité de l'auteur ; qu'entre tous ces livres, presque mille ans étaient passés, plus que le temps qui sépare la rédaction du dernier de ces livres de la découverte de l'Amérique par Colomb. Aucun être vivant sur toute la planète – ni les singes, ni les oiseaux – n'a besoin de dix commandements, disait-il, pour savoir comment se comporter. Il importe seulement que l'on suive les lois de la nature, et le monde restera en harmonie.

Bien sûr, je lis la Bible. Bien sûr, je connais un peu son histoire. Mais les êtres humains qui l'ont rédigée étaient des instruments du Pouvoir Divin, et Jésus a forgé une alliance beaucoup plus forte que les dix commandements : l'amour. Les oiseaux, les singes, quelle que soit la créature de Dieu dont nous parlons, obéissent à leurs instincts et suivent seulement ce qui est programmé. Dans le cas de l'être humain, les choses sont plus compliquées parce qu'il connaît l'amour et ses pièges.

Bon. Voilà que je fais de nouveau un sermon, alors qu'en vérité je devais parler de ma rencontre avec Athéna et Lukás. Tandis que je causais avec le garçon – et je dis causais, parce que nous n'appartenons pas à la même foi, je ne suis donc pas soumis au secret de la confession –, j'ai su qu'en plus de l'anticléricalisme qui régnait chez lui, le fait qu'Athéna était étrangère suscitait une immense résistance. J'ai eu envie de lui demander de citer à des proches au moins un passage de la Bible, qui ne contient aucune profession de foi, mais un appel au bon sens :

> « Tu ne haïras pas l'Édomite, car il est ton frère ; et tu ne haïras pas l'Égyptien, car tu as été étranger dans son pays. »

Pardon. Je recommence à citer la Bible. Je promets à partir de maintenant de me contrôler. Après la conversation avec le garçon, j'ai passé au moins deux heures avec Sherine – ou Athéna, ainsi qu'elle préférait qu'on l'appelât.

Athéna m'a toujours intrigué. Dès qu'elle a commencé à fréquenter l'église, elle m'a semblé avoir en tête un projet très clair : devenir sainte. Elle m'a raconté, et son amoureux ne le savait pas, que peu avant que la guerre civile éclate à Beyrouth elle avait vécu une expérience très semblable à celle de sainte Thérèse de Lisieux : elle avait vu du sang dans les rues. On peut l'attribuer à un traumatisme d'enfance et d'adolescence, mais le fait est que cette expérience, connue comme « la possession créatrice par le sacré », tous les êtres humains la connaissent dans une plus ou moins large mesure. Brusquement, pendant une fraction de seconde, nous sentons que toute notre vie a une justification, que nos péchés sont pardonnés, que l'amour est toujours le plus fort et peut nous transformer définitivement.

Mais c'est aussi à ce moment que nous avons peur. Qu'il soit divin ou humain, s'abandonner totalement à l'amour signifie renoncer à tout – y compris à son propre bien-être, ou à sa capacité de prendre des décisions. Cela signifie aimer au sens le plus profond du terme. En réalité, nous ne voulons pas de la forme de salut que Dieu a choisie pour nous racheter : nous voulons garder le contrôle absolu de tous nos pas, la pleine conscience de nos décisions, et pouvoir choisir l'objet de notre dévotion.

Avec l'amour, cela ne se passe pas comme cela. Il arrive, il s'installe, et il se met à tout diriger. Seules des âmes très fortes se laissent emporter, et Athéna était une âme très forte.

Tellement forte qu'elle passait des heures dans une contemplation profonde. Elle avait un don exceptionnel pour la musique ; on disait qu'elle dansait très bien, mais l'église n'est pas un lieu approprié pour cela, alors elle apportait sa guitare tous les matins, et elle chantait quelque temps au moins pour la Vierge, avant de partir pour l'université.

Je me rappelle encore le jour où je l'ai entendue pour la première fois. J'avais déjà célébré la messe du matin pour les rares paroissiens qui sont prêts à se lever tôt en hiver, quand je me suis souvenu que j'avais oublié de recueillir l'argent qu'ils avaient déposé dans le tronc. Je suis revenu, j'ai entendu de la musique et tout m'est apparu différent, comme si la main d'un ange avait touché les lieux. Dans un coin, dans une sorte d'extase, une jeune fille d'une vingtaine d'années jouait des cantiques sur sa guitare, les yeux fixés sur l'image de l'Immaculée Conception.

Je suis allé jusqu'au tronc. Elle a remarqué ma présence, et elle s'est interrompue ; mais j'ai fait un signe de la tête, pour l'inciter à continuer. Puis je me suis assis sur un banc, j'ai fermé les yeux et j'ai écouté.

À ce moment-là, la sensation du Paradis, la « possession créatrice par le sacré » a semblé descendre des cieux. Comme si elle comprenait ce qu'il se passait dans mon cœur, elle a commencé à entrecouper son chant de silences. Aux moments où elle cessait de jouer, je disais une prière. Ensuite, la musique reprenait.

J'ai eu conscience d'être en train de vivre un moment inoubliable – un de ces moments magiques que nous ne pouvons comprendre qu'après qu'ils ont pris fin. J'étais là tout entier, sans passé, sans avenir, vivant uniquement cette matinée, cette musique, cette douceur, ma prière inattendue. Je suis entré dans une sorte d'adoration, d'extase, reconnaissant d'être en ce monde, content d'avoir suivi ma vocation malgré des conflits avec ma famille. Dans la simplicité de cette petite chapelle, dans la voix de la jeune fille, dans la lumière du matin qui inondait tout, j'ai compris encore une fois que la grandeur de Dieu se montrait à travers des choses simples.

Après bien des larmes et un moment qui m'a semblé une éternité, elle s'est arrêtée. Je me suis retourné, j'ai découvert que c'était l'une de mes paroissiennes. Dès lors, nous sommes devenus amis et, chaque fois que nous le pouvions, nous participions à cette adoration à travers la musique.

Mais l'idée du mariage a été pour moi une surprise totale. Comme nous étions assez intimes, je lui ai demandé comment elle s'attendait à ce que la famille de son mari la reçoive.

« Mal. Très mal. »

Avec précaution, je lui ai demandé si elle était forcée de se marier pour une raison quelconque.

« Je suis vierge. Je ne suis pas enceinte. »

J'ai voulu savoir si elle avait déjà prévenu sa propre famille, et elle m'a dit oui – ils avaient réagi avec un certain étonnement, suivi des larmes de la mère et des menaces du père.

« Quand je viens ici louer la Vierge par ma musique, je ne pense pas à ce que les autres vont dire : je partage simplement avec elle mes sentiments. Et depuis que j'ai une certaine notion des choses, cela n'a pas changé ; je suis un réceptacle dans lequel l'Énergie Divine peut se manifester. Et cette énergie me demande maintenant d'avoir un enfant, auquel je pourrai donner ce que ma mère biologique ne m'a jamais donné : protection et sécurité.

— Personne n'est en sécurité sur cette terre », ai-je répondu. Elle avait encore un long avenir devant elle, le miracle de la création avait le temps de se manifester. Mais Athéna était décidée :

« Sainte Thérèse ne s'est pas rebellée contre la maladie dont elle était atteinte ; bien au contraire, elle y a vu un signe de la Gloire. Sainte Thérèse était beaucoup plus jeune que je le suis aujourd'hui, elle avait quinze ans quand elle a décidé d'entrer dans un couvent. On le lui a interdit et elle n'a pas accepté : elle a décidé d'aller directement parler au pape. Pouvez-vous imaginer cela ? Parler au pape ! Et elle a réussi à atteindre ses objectifs.

« Cette même Gloire me demande quelque chose qui est beaucoup plus facile et beaucoup plus généreux qu'une maladie – être mère. Si j'attends trop, je ne pourrai pas être la camarade de mon enfant, la différence d'âge sera trop grande et nous n'aurons plus les mêmes intérêts communs.

— Vous ne seriez pas la seule », ai-je insisté.

Mais Athéna a continué, comme si elle ne m'avait pas entendu :

« Je suis heureuse quand je pense que Dieu existe et qu'Il m'écoute ; mais cela ne suffit pas pour continuer à vivre, et rien ne semble avoir de sens. Je feins une gaieté que je ne ressens pas, je dissimule ma tristesse pour ne pas inquiéter ceux qui m'aiment tant et se font tellement de souci pour moi. Mais récemment j'ai envisagé l'hypothèse du suicide. Le soir, avant de me coucher, j'ai de longues conversations avec moi-même, je veux chasser cette idée, ce serait une ingratitude envers tous, une fuite, une manière de répandre tragédie et misère sur la terre. Le matin, je viens ici converser avec la Sainte Vierge, lui demander de me délivrer des démons auxquels je parle la nuit. Jusqu'à présent, je m'en suis sortie, mais je commence à faiblir. Je sais que j'ai une mission que j'ai refusée très longtemps, et qu'il me faut maintenant accepter.

« Cette mission, c'est la maternité. Je dois l'accomplir, ou je deviendrai folle. Si je ne vois pas la vie se développer en moi, je ne pourrai plus accepter la vie qui est à l'extérieur. »

Lukás Jessen-Petersen, ex-mari

Quand Viorel est né, je venais d'avoir vingt-deux ans. Je n'étais plus l'étudiant tout juste marié avec une ex-camarade de faculté, mais un homme responsable du soutien de sa famille, portant un poids énorme sur les épaules. Mes parents, qui n'étaient même pas venus au mariage, avaient bien sûr soumis toute aide financière à deux conditions : la séparation et la certitude que j'aurais la garde de l'enfant (plus exactement, c'est ce qu'avait déclaré mon père, parce que ma mère téléphonait souvent en pleurant, disant que j'étais fou, mais qu'elle aimerait beaucoup prendre son petit-fils dans ses bras). J'espérais que cette résistance passerait à mesure qu'ils comprendraient mon amour pour Athéna et ma décision de rester avec elle.

Mais elle ne passait pas. Et maintenant je devais prendre soin de ma femme et de mon fils. J'ai résilié mon inscription à la faculté d'ingénierie. J'ai reçu un coup de téléphone de mon père, hésitant entre menaces et marques d'affection, me disant que si je continuais ainsi, je serais déshérité, mais que si je retournais à l'université, il envisagerait de m'aider « provisoirement », selon ses termes. J'ai refusé ; le romantisme de la jeunesse nous pousse à prendre toujours des positions radicales. J'ai affirmé que je pouvais résoudre mes problèmes tout seul.

Jusqu'à la naissance de Viorel, grâce à Athéna, je commençais à me comprendre mieux. Et cela ne venait pas de notre relation sexuelle – très timide, je dois l'avouer – mais de la musique.

La musique est aussi vieille que les êtres humains, m'a-t-on expliqué plus tard. Nos ancêtres, qui voyageaient de caverne en caverne, ne pouvaient pas porter beaucoup de choses, mais l'archéologie moderne montre que dans leur bagage, en plus du peu dont ils avaient besoin pour se nourrir, il y avait toujours un instrument de musique, en général un tambour. La musique n'est pas seulement un réconfort ou une distraction, elle va bien au-delà – c'est une idéologie. Vous connaissez les gens par le genre de musique qu'ils écoutent.

Voyant Athéna danser quand elle était enceinte, l'écoutant jouer de la guitare pour que le bébé puisse se calmer et comprendre qu'il était aimé, j'ai laissé peu à peu sa manière de voir le monde envahir aussi ma vie. Quand Viorel est né, dès qu'il est arrivé à la maison, nous lui avons fait écouter l'*Adagio* d'Albinoni. Quand nous discutions, c'était avec beaucoup de musique – même si je ne peux établir aucune relation logique entre une chose et l'autre, sauf si je pense aux hippies – qui nous aidait à affronter les moments difficiles.

Mais tout ce romantisme ne suffisait pas pour gagner de l'argent. Vu que je ne jouais d'aucun instrument et ne pouvais même pas me produire dans un bar pour distraire les clients, j'ai fini par trouver simplement un emploi de stagiaire dans un cabinet d'architectes, où je faisais des calculs structurels. On me payait très peu de l'heure, de sorte que je sortais tôt et rentrais tard à la maison. Je voyais à peine mon fils – qui dormait – et je ne pouvais quasiment pas parler ou faire l'amour avec ma femme, qui était épuisée. Toute la nuit je me demandais : quand allons-nous améliorer notre situation financière, et avoir la dignité que nous méritons ? J'avais beau être d'accord avec Athéna quand elle parlait de l'inutilité du diplôme dans la plupart des cas, dans certains domaines comme l'ingénierie (ou bien le droit et la médecine) une série de connaissances techniques est fondamentale pour ne pas mettre en danger la vie d'autrui. Et moi, j'avais été obligé d'interrompre la recherche d'une profession que j'avais choisie, un rêve qui comptait beaucoup pour moi.

Les disputes ont commencé. Athéna se plaignait que j'accorde trop peu d'attention à l'enfant, qui avait besoin d'un père ; s'il ne s'était agi que d'avoir un enfant, elle aurait pu faire cela toute seule, sans avoir besoin de me créer autant de problèmes. Plus d'une fois, j'ai claqué la porte de la maison et je suis allé me promener, hurlant qu'elle ne me comprenait pas, que moi non plus je ne comprenais pas comment j'avais finalement accepté cette « folie » d'avoir un enfant à vingt ans, avant que nous ne soyons capables d'avoir un minimum de ressources financières. Peu à peu, nous avons cessé de faire l'amour, soit par fatigue, soit parce que nous étions sans cesse en colère l'un contre l'autre.

J'ai sombré dans la dépression, pensant que j'avais été utilisé et manipulé par la femme que j'aimais. Athéna a remarqué que mon humeur devenait bizarre et, plutôt que de m'aider, elle a décidé de concentrer toute son énergie sur Viorel et sur la musique. Je me suis mis à fuir dans le travail. De temps à autre, je parlais avec mes parents, et j'entendais toujours la même histoire : « Elle a eu un enfant pour te retenir. »

D'autre part, elle était de plus en plus attachée à la religion. Elle a exigé tout de suite le baptême, avec un prénom qu'elle avait décidé elle-même – Viorel, d'origine roumaine. Je pense que, sauf quelques immigrés, personne en Angleterre ne s'appelle Viorel, mais j'ai trouvé cela créatif, et une fois encore j'ai compris qu'elle faisait une étrange connexion avec un passé qu'elle n'avait même pas vécu – les jours à l'orphelinat de Sibiu.

J'essayais de m'adapter à tout cela, mais j'ai senti que je perdais Athéna à cause de l'enfant. Nos disputes sont devenues plus fréquentes, elle a commencé à me menacer de quitter la maison, parce que Viorel recevait les « énergies négatives » de nos discussions. Un soir, après une nouvelle menace, c'est moi qui suis parti, pensant que je reviendrais dès que je me serais un peu calmé.

J'ai commencé à marcher dans Londres sans but, pestant contre la vie que j'avais choisie, l'enfant que j'avais accepté, la femme qui apparemment ne s'intéressait plus du tout à ma présence. Je suis entré dans le premier bar, près d'une station de métro, et j'ai bu quatre doses de whisky. Quand le bar a fermé à onze heures du soir, je suis allé dans un magasin, de ceux qui restent ouverts jusqu'au petit matin, j'ai acheté encore du whisky, je me suis assis sur un banc, et j'ai continué à boire. Une bande de jeunes s'est approchée, l'un d'eux m'a demandé de partager la bouteille, j'ai refusé, et j'ai été roué de coups. La police est arrivée aussitôt et nous avons tous fini au commissariat.

J'ai fait une déposition et j'ai été tout de suite libéré. Je n'ai évidemment accusé personne, j'ai dit que nous avions eu une vive discussion, sinon j'aurais dû comparaître devant des tribunaux pendant des mois, en tant que victime d'agression. Alors que j'étais sur le point de sortir, mon état d'ébriété était tel que je me suis écroulé sur la table d'un inspecteur. L'homme s'est fâché, mais plutôt que de m'arrêter pour insulte à l'autorité, il m'a poussé dehors.

Et là se trouvait l'un de mes agresseurs, qui m'a remercié de ne pas avoir porté l'affaire plus loin. Il a remarqué que j'étais complètement couvert de boue et de sang, et il m'a suggéré de me changer avant de rentrer chez moi. Au lieu de continuer mon chemin, je lui ai demandé de me faire une faveur : qu'il m'écoute, parce que j'avais un immense besoin de parler.

Pendant une heure, il a écouté mes plaintes en silence. En réalité, ce n'est pas à lui que je parlais, mais à moi-même, un garçon qui avait toute une vie devant lui, une carrière qui aurait pu être brillante, une famille qui avait assez de contacts pour que toutes les portes lui soient ouvertes, mais qui maintenant ressemblait à un clochard comme on en voit à Hampstead *(N.d.R. : quartier de Londres)*, ivre, fatigué, déprimé, sans argent. Tout cela à cause d'une femme qui ne faisait même pas attention à lui.

À la fin de mon histoire, j'entrevoyais mieux la situation dans laquelle je me trouvais : une vie que j'avais choisie, convaincu que l'amour peut toujours tout sauver. Et ce n'est pas vrai : il finit parfois par nous mener à l'abîme et, ce qui est plus grave, nous entraînons généralement avec nous les personnes qui nous sont chères. Dans mon cas, j'étais en train de détruire non seulement mon existence, mais aussi Athéna et Viorel.

À ce moment, je me suis répété encore une fois que j'étais un homme, et pas le garçon qui était né dans un berceau doré, et que j'avais affronté avec dignité tous les défis qui m'étaient imposés. Je suis rentré à la maison, Athéna dormait déjà avec le bébé dans ses bras. J'ai pris un bain, je suis ressorti pour jeter mes vêtements sales dans la poubelle de la rue, et je me suis couché, étrangement sobre.

Le lendemain, je lui ai dit que je désirais divorcer. Elle a demandé pourquoi.

« Parce que je t'aime. J'aime Viorel. Et tout ce que j'ai fait, c'est vous accuser tous les deux parce que j'ai abandonné mon rêve de devenir ingénieur. Si nous avions attendu un peu, les choses seraient différentes, mais tu n'as pensé qu'à tes projets – tu as oublié de m'inclure dedans. »

Athéna n'a pas réagi, comme si elle s'y attendait, ou comme si inconsciemment elle provoquait cette attitude.

Le cœur me saignait, car j'espérais qu'elle me supplierait de rester. Mais elle paraissait calme, résignée, se souciant seulement de faire en sorte que le bébé n'entendît pas notre conversation. C'est à ce moment-là que j'ai eu la certitude qu'elle ne m'avait jamais aimé, que je n'avais été qu'un instrument pour la réalisation de ce rêve fou, avoir un enfant à dix-neuf ans.

Je lui ai dit qu'elle pouvait garder la maison et les meubles, mais elle a refusé : elle irait chez sa mère quelque temps, elle chercherait un emploi, et elle louerait son propre appartement. Elle m'a demandé si je pouvais l'aider financièrement pour Viorel. J'ai accepté immédiatement.

Je me suis levé, je lui ai donné un dernier et long baiser, j'ai de nouveau insisté pour qu'elle reste là, elle a réaffirmé qu'elle irait chez sa mère dès qu'elle aurait rangé toutes ses affaires. Je suis descendu dans un hôtel bon marché, et j'ai attendu tous les soirs qu'elle me téléphone pour me demander de revenir, commencer une nouvelle vie – j'étais même prêt à poursuivre l'ancienne vie si nécessaire, car l'éloignement m'avait permis de comprendre que rien ni personne ne comptait plus au monde que ma femme et mon fils.

Au bout d'une semaine, j'ai enfin reçu son appel. Mais elle me disait seulement qu'elle avait déjà retiré ses affaires et qu'elle n'avait pas l'intention de revenir. Encore deux semaines plus tard, j'ai su qu'elle avait loué une petite mansarde dans Basset Road, où elle devait monter tous les jours trois étages avec un petit dans les bras. Deux mois ont passé, et nous avons finalement signé les papiers.

Ma vraie famille se brisait à tout jamais. Et la famille dans laquelle je suis né me recevait à bras ouverts.

Aussitôt après notre séparation et l'immense souffrance qui a suivi, je me suis demandé si en réalité nous n'avions pas pris une mauvaise décision, inconséquente, comme des gens qui ont lu trop d'histoires d'amour à l'adolescence et veulent reproduire à tout prix le mythe de Roméo et Juliette. Quand la douleur s'est calmée – et il n'existe à cela qu'un seul remède, le temps qui passe – j'ai compris que la vie m'avait permis de rencontrer la seule femme que je pourrais jamais aimer. Chaque seconde passée à ses côtés valait la peine, et malgré tout ce qui s'est passé, je referais tout ce chemin.

Mais outre que le temps soigne les blessures, il m'a montré une chose curieuse : on peut aimer plus d'une personne au cours de son existence. Je me suis remarié, je suis heureux auprès de ma nouvelle femme, et je ne peux pas imaginer ce que serait la vie sans elle. Mais cela ne m'oblige pas à renoncer à tout ce que j'ai vécu, dès lors que je prends soin de ne jamais essayer de comparer les deux expériences ; on ne peut pas mesurer l'amour comme on mesure une route ou la hauteur d'un immeuble.

Beaucoup plus important : ma relation avec Athéna m'a laissé un fils, son grand rêve, dont elle m'a fait part ouvertement avant que nous décidions de nous marier. J'ai un autre enfant avec ma seconde femme, et je suis maintenant mieux préparé qu'il y a douze ans pour les hauts et les bas de la paternité.

Un jour, lors d'une de nos rencontres, alors que j'allais chercher Viorel pour qu'il passe la fin de semaine avec moi, j'ai décidé d'aborder le sujet : je lui ai demandé pourquoi elle s'était montrée si calme en apprenant que je désirais me séparer d'elle.

« Parce que j'ai appris à souffrir en silence toute ma vie », a-t-elle répondu.

Et alors seulement, elle m'a serrée dans ses bras et elle a pleuré toutes les larmes qu'elle aurait aimé verser ce jour-là.

Père Giancarlo Fontana

Je l'ai vue entrer pour la messe du dimanche, portant comme toujours le bébé dans ses bras. Je savais qu'ils traversaient des difficultés, mais jusqu'à cette semaine-là, ce n'était rien d'autre qu'une mésentente normale dans un couple, dont j'espérais qu'elle se résoudrait tôt ou tard, vu qu'ils étaient l'un et l'autre des personnes qui irradiaient le Bien autour d'eux.

Depuis un an, elle ne venait plus le matin jouer de la guitare et louer la Vierge ; elle se consacrait à Viorel, que j'ai eu l'honneur de baptiser, bien que je ne me souvienne pas qu'un saint porte ce nom. Mais elle continuait à fréquenter la messe tous les dimanches, et nous bavardions toujours à la fin, quand tout le monde était parti. Elle disait que j'étais son seul ami ; nous avions participé ensemble aux adorations divines, mais maintenant elle devait partager avec moi les difficultés terrestres.

Elle aimait Lukás plus que tous les hommes qu'elle avait rencontrés ; il était le père de son fils, la personne avec qui elle avait choisi de partager sa vie, quelqu'un qui avait renoncé à tout et avait eu assez de courage pour constituer une famille. Quand les crises ont commencé, elle essayait de lui faire comprendre que c'était passager ; elle devait se consacrer à son fils, mais elle n'avait pas la moindre intention d'en faire un enfant dorloté ; elle le laisserait vite affronter tout seul certains défis de la vie. Alors, elle redeviendrait l'épouse et la femme qu'il avait connue lors de leurs premières rencontres, peut-être même avec plus d'intensité, car maintenant elle connaissait mieux les devoirs et les responsabilités attachés au choix qu'elle avait fait. Pourtant, Lukás se sentait rejeté ; elle tâchait désespérément de se partager entre les deux, mais elle était toujours obligée de choisir – et dans ces moments-là, sans l'ombre d'un doute, elle choisissait Viorel.

Avec mes modestes connaissances en psychologie, je lui ai dit que ce n'était pas la première fois que j'entendais ce genre d'histoire ; les hommes se sentent en général rejetés dans une situation comme celle-là, mais cela passe vite ; j'avais déjà observé ce type de problèmes en causant avec mes paroissiens. Au cours d'une de ces conversations, Athéna a reconnu qu'elle s'était peut-être un peu précipitée, être une jeune mère, c'était romantique, mais elle n'avait pas vu très clairement les vrais défis qui surgissent après la naissance de l'enfant. Mais maintenant il était trop tard pour les regrets.

Je lui ai demandé si je pourrais parler à Lukás – qui ne venait jamais à l'église, soit parce qu'il ne croyait pas en Dieu, soit parce qu'il préférait profiter des matinées de dimanche pour se rapprocher de son fils. J'étais prêt à le faire, à condition qu'il vienne de sa propre initiative. Et alors qu'Athéna s'apprêtait à lui demander cette faveur, la grande crise a éclaté, et le mari a quitté la maison.

Je lui ai conseillé d'être patiente, mais elle était profondément blessée. Elle avait déjà été abandonnée une fois dans l'enfance, et toute la haine qu'elle ressentait pour sa mère biologique s'est reportée automatiquement sur Lukás – même si plus tard, d'après ce que j'ai su, ils étaient redevenus de bons amis. Pour Athéna, rompre les liens de famille était peut-être le péché le plus grave que quelqu'un pût commettre.

Elle a continué à fréquenter l'église le dimanche, mais elle rentrait tout de suite chez elle – elle n'avait plus personne à qui laisser son fils, et le petit pleurait beaucoup durant la cérémonie, gênant la concentration des autres fidèles. Dans l'un des rares moments où nous avons pu converser, elle a dit qu'elle travaillait dans une banque, qu'elle avait loué un appartement, et que je ne devais pas m'inquiéter ; le « père » (elle avait cessé de prononcer le prénom de son mari) s'acquittait de ses obligations financières.

Et puis est arrivé ce dimanche fatidique.

Je savais ce qui s'était passé au cours de la semaine – un paroissien me l'avait raconté. Pendant plusieurs nuits, j'ai prié qu'un ange m'inspirât, m'expliquant si je devais respecter mon engagement envers l'Église ou mon engagement envers les hommes. Comme l'ange n'est pas apparu, je suis entré en contact avec mon supérieur, et il m'a dit que l'Église ne pouvait survivre que parce qu'elle avait toujours été inflexible avec ses dogmes – si elle avait commencé à faire des exceptions, nous aurions été perdus dès le Moyen Âge. Je savais exactement ce qui allait se passer, j'ai pensé téléphoner à Athéna, mais elle ne m'avait pas laissé son nouveau numéro.

Ce matin-là, mes mains ont tremblé quand j'ai levé l'hostie pour consacrer le pain. J'ai prononcé les mots que m'avait transmis la tradition millénaire, usant du pouvoir légué par les apôtres aux générations successives. Mais mes pensées se sont bientôt tournées vers cette jeune femme portant son fils dans les bras, une sorte de Vierge Marie, miracle de la maternité et de l'amour manifestes dans l'abandon et la solitude, qui venait de se placer dans la file comme elle le faisait toujours et, peu à peu, s'approchait pour communier.

Je pense qu'une grande partie de l'assemblée présente savait ce qui était en train de se produire. Et tous me regardaient, attendant ma réaction. Je me suis vu entouré par des justes, des pécheurs, des pharisiens, des grands prêtres du Sanhédrin, des apôtres, des disciples, des gens de bonne et de mauvaise volonté.

Athéna s'est arrêtée devant moi et elle a refait le geste qu'elle faisait toujours : elle a fermé les yeux, et elle a ouvert la bouche pour recevoir le corps du Christ.

Le corps du Christ m'est resté dans les mains.

Elle a ouvert les yeux, ne comprenant pas bien ce qui se passait.

« Nous parlerons après », ai-je murmuré.

Mais elle ne bougeait pas.

« Il y a des gens derrière vous dans la file. Nous parlerons après.

— Qu'est-ce qui se passe ? » Tous ceux qui étaient près de nous ont pu entendre sa question.

« Nous parlerons après.

— Pourquoi ne me donnez-vous pas la communion ? Ne voyez-vous pas que vous m'humiliez devant tout le monde ? Tout ce que j'ai traversé ne suffit-il pas ?

— Athéna, l'Église interdit que les personnes divorcées reçoivent le sacrement. Vous avez signé les papiers cette semaine. Nous parlerons après », ai-je insisté encore une fois.

Comme elle ne bougeait pas, j'ai fait signe à la personne qui était derrière elle de passer à côté. J'ai continué à donner la communion jusqu'à ce que le dernier paroissien l'ait reçue. Et c'est alors, avant de regagner l'autel, que j'ai entendu cette voix.

Ce n'était plus la voix de la jeune fille qui chantait pour adorer la Vierge, qui me parlait de ses projets, émue quand elle racontait ce qu'elle avait appris sur la vie des saints, au bord des larmes quand elle partageait ses difficultés dans son mariage. C'était la voix d'un animal blessé, humilié, au cœur débordant de haine.

53

« Que ce lieu soit maudit ! s'est-elle écriée. Que soient maudits ceux qui n'ont jamais entendu les paroles du Christ et qui ont fait de son message une construction de pierre. Car le Christ a dit : "Que viennent à moi ceux qui souffrent, et je les soulagerai." Je souffre, je suis blessée, et ils ne me laissent pas aller jusqu'à Lui. J'ai appris aujourd'hui ce que l'Église avait fait de ces paroles : Que viennent à moi ceux qui suivent nos règles, et qu'ils laissent tomber ceux qui souffrent ! »

J'ai entendu une femme au premier rang lui demander de se taire. Mais je voulais entendre, j'avais besoin d'entendre. Je me suis tourné et je suis resté devant elle, la tête basse – c'était la seule chose que je pouvais faire.

« Je jure que je ne remettrai plus jamais les pieds dans une église. Je suis encore une fois abandonnée par une famille, et maintenant il ne s'agit plus de difficultés financières, ou de l'immaturité de gens qui se marient trop tôt. Maudits soient ceux qui ferment la porte à une mère et à un enfant ! Vous êtes pareils à ceux qui n'ont pas accueilli la Sainte Famille, pareils à celui qui a renié le Christ quand Il avait le plus besoin d'un ami ! »

Et, faisant demi-tour, elle est sortie en pleurant, son fils dans les bras. J'ai terminé l'office, j'ai donné la bénédiction finale, et je suis allé directement à la sacristie – ce dimanche-là, il n'y aurait pas de fraternisation avec les fidèles, ni de conversations inutiles. Je me trouvais alors face à un dilemme philosophique : j'avais choisi de respecter l'institution, et non les mots sur lesquels l'institution est fondée.

Je suis vieux, Dieu peut m'emporter à tout moment. Je suis resté fidèle à ma religion, et je pense que, malgré toutes ses erreurs, elle s'efforce sincèrement de se corriger. Cela prendra des décennies, peut-être des siècles, mais un jour, on ne prendra plus en compte que l'amour, la phrase du Christ : « Que viennent à moi ceux qui souffrent, et je les soulagerai. » J'ai consacré toute ma vie au sacerdoce, et je n'ai pas regretté une seconde ma décision. Mais dans des moments comme ce dimanche-là, même si ma foi n'est pas en doute, je me suis mis à douter des hommes.

Je sais maintenant ce qui est arrivé à Athéna, et je m'interroge ; serait-ce que tout a commencé là, ou était-ce déjà dans son âme ? Je pense à tous les Athéna et Lukás du monde qui ont divorcé, et pour cette raison ne peuvent recevoir le sacrement de l'Eucharistie ; il ne leur reste qu'à contempler le Christ souffrant et crucifié, et écouter Ses mots – qui ne sont pas toujours en accord avec les lois du Vatican. Ces personnes s'éloignent rarement, la plupart continuent à venir à la messe le dimanche, parce qu'elles y sont habituées, même si elles sont conscientes que le miracle de la transmutation du pain et du vin en chair et sang du Seigneur leur est interdit.

Il se peut, je pense, qu'en sortant de l'église Athéna ait rencontré Jésus. Et qu'elle se soit jetée en pleurant dans ses bras, perdue, lui demandant de lui expliquer pourquoi elle était obligée de rester dehors à cause d'un papier signé, une chose sans aucune importance sur le plan spirituel et qui n'intéressait vraiment que les greffes et le service des impôts.

Et Jésus, regardant Athéna, aura peut-être répondu : « Regarde, ma fille, moi aussi je suis dehors. Il y a très longtemps qu'ils ne me laissent plus entrer ici. »

Pavel Podbielski, 57 ans,
propriétaire de l'appartement

Athéna et moi avions une chose en commun : nous étions tous les deux exilés de guerre, arrivés en Angleterre encore enfants, même si j'avais fui la Pologne cinquante ans plus tôt. Nous savions l'un et l'autre que, même s'il y a toujours un déplacement physique, les traditions demeurent dans l'exil – les communautés se reconstituent, la langue et la religion restent vivantes, les gens ont tendance à se protéger mutuellement dans un milieu qui leur sera à tout jamais étranger.

De même que les traditions demeurent, le désir du retour disparaît peu à peu. Il doit rester vivant dans nos cœurs, comme un espoir avec lequel il nous plaît de nous mentir, mais qui ne sera jamais réalisé ; je ne retournerai jamais vivre à Czestochowa, elle et sa famille ne seraient jamais repartis à Beyrouth.

C'est ce genre de solidarité qui m'a fait lui louer le troisième étage de ma maison dans Basset Road – sinon, j'aurais préféré des locataires sans enfant. J'avais déjà commis cette erreur auparavant, et cela avait soulevé deux problèmes : je me plaignais du bruit qu'ils faisaient dans la journée, et ils se plaignaient du bruit que je faisais la nuit. Ces deux problèmes prenaient tous les deux leur source dans des éléments sacrés – les pleurs et la musique –, mais comme ils appartenaient à deux mondes totalement différents, il était difficile que l'un tolérât l'autre.

Je l'ai prévenue, mais elle n'a pas relevé. Elle m'a dit de ne pas m'en faire au sujet de son fils : il passait toute la journée chez sa grand-mère. Et l'appartement avait l'avantage de se trouver près de son travail, une banque des environs.

Malgré mes avertissements, bien qu'elle ait résisté bravement au début, au bout de huit jours, la sonnette a retenti à ma porte. C'était elle, son enfant dans les bras :

« Mon fils ne peut pas dormir. Est-ce qu'aujourd'hui seulement vous ne pourriez pas baisser la musique... »

Tout le monde dans le salon l'a regardée.

« Qu'est-ce que c'est ? »

L'enfant dans ses bras a cessé de pleurer immédiatement, comme s'il était aussi surpris que sa mère en voyant ce groupe de gens qui subitement s'étaient arrêtés de danser.

J'ai appuyé sur le bouton qui mettait en pause la cassette, d'une main je lui ai fait signe d'entrer, et j'ai aussitôt remis l'appareil en marche, pour ne pas perturber le rituel. Athéna s'est assise dans un coin du salon, berçant le bébé dans ses bras, constatant qu'il s'endormait facilement malgré le bruit du tambour et des cuivres. Elle a assisté à toute la cérémonie, elle est partie quand les autres invités partaient aussi et, comme je pouvais l'imaginer, elle a sonné de nouveau à ma porte le lendemain matin, avant d'aller travailler.

« Vous n'avez pas besoin de m'expliquer ce que j'ai vu : des gens qui dansent les yeux fermés ; je sais ce que cela signifie, parce que très souvent je fais la même chose, ce sont les seuls moments de paix et de sérénité de ma vie. Avant d'être mère, je fréquentais les boîtes avec mon mari et mes amis ; là aussi je voyais sur la piste de danse des gens les yeux fermés, certains uniquement pour impressionner les autres, d'autres comme s'ils étaient mus par une force supérieure, plus puissante qu'eux. Et depuis que j'ai une certaine notion de la vie, j'ai trouvé dans la danse un moyen de me connecter à quelque chose qui est plus fort, plus puissant que moi. Mais je voudrais savoir quelle est cette musique.

— Qu'allez-vous faire dimanche ?

— Rien de spécial. Me promener avec Viorel à Regent's Park, respirer un peu d'air pur. J'aurai tout le temps pour mon emploi du temps personnel – dans cette phase de ma vie, j'ai choisi de suivre celui de mon fils.

— Alors je viendrai avec vous. »

Les deux jours précédant notre promenade, Athéna est venue assister au rituel. L'enfant s'endormait au bout de quelques minutes, et elle regardait simplement, sans rien dire, les autres bouger autour d'elle. Bien qu'elle restât immobile sur le sofa, j'avais la certitude que son âme dansait.

Le dimanche après-midi, tandis que nous nous promenions dans le parc, je l'ai priée de prêter attention à tout ce qu'elle voyait et entendait : les feuilles qui se balançaient au vent, les vaguelettes sur le lac, les oiseaux qui chantaient, les chiens qui aboyaient, les cris des enfants qui couraient de tous côtés, comme s'ils obéissaient à une étrange logique, incompréhensible aux adultes.

« Tout bouge. Et tout bouge en rythme. Et tout ce qui bouge en rythme provoque un son ; cela se passe ici et partout dans le monde en ce moment. Nos ancêtres avaient remarqué la même chose, quand ils allaient se mettre à l'abri du froid dans leurs cavernes : les choses bougeaient et faisaient du bruit.

« Les premiers êtres humains ont peut-être fait ce constat avec étonnement, et aussitôt après avec dévotion : ils avaient compris que c'était le moyen pour une Entité Supérieure de communiquer avec eux. Ils se sont mis à imiter les bruits et les mouvements qui les entouraient, espérant communiquer eux aussi avec cette Entité : la danse et la musique venaient de naître. Il y a quelques jours, vous m'avez dit que lorsque vous dansiez, vous parveniez à communiquer avec quelque chose qui est plus puissant que vous.

— Quand je danse, je suis une femme libre. Plus exactement, je suis un esprit libre, qui peut voyager dans l'univers, regarder le présent, deviner l'avenir, se transformer en énergie pure. Et cela me donne un immense plaisir, une joie qui est toujours bien au-delà de ce que j'ai déjà éprouvé, et que j'éprouverai sans doute au long de mon existence.

« À une époque de ma vie, j'étais déterminée à faire de moi une sainte – louant Dieu à travers la musique et les mouvements de mon corps. Mais ce chemin m'est définitivement fermé.

— Quel chemin est fermé ? »

Elle a déposé l'enfant dans sa poussette. J'ai vu qu'elle n'avait pas envie de répondre à la question, j'ai insisté : quand la bouche se ferme, c'est que l'on allait dire quelque chose d'important.

Sans manifester la moindre émotion, comme si elle avait toujours dû supporter en silence ce que la vie lui imposait, elle m'a raconté l'épisode de l'église, quand le prêtre – peut-être son seul ami – lui avait refusé la communion. Et la malédiction qu'elle avait proférée à la minute même ; elle avait abandonné pour toujours l'Église catholique.

« Le saint est celui qui donne une certaine dignité à sa vie, ai-je expliqué. Il nous suffit de comprendre que nous avons tous une raison d'être ici, et de nous engager. Ainsi, nous pouvons rire de nos grandes ou petites souffrances, et avancer sans crainte, conscients que chaque pas a un sens. Nous pouvons nous laisser guider par la lumière qui émane du Sommet.

— Qu'est-ce que le Sommet ? En mathématique, c'est le point le plus haut d'un triangle.

— Dans la vie aussi, c'est le point culminant, le but de tous ceux qui errent mais ne perdent pas de vue une lumière qui émane de leur cœur, même dans les moments les plus difficiles. C'est ce que nous voulons faire dans notre groupe. Le Sommet est caché en nous, et nous pouvons arriver jusqu'à lui si nous l'acceptons, et si nous reconnaissons sa lumière. »

J'ai expliqué que la danse qu'elle avait vue les jours précédents, réalisée par des personnes de tous âges (à ce moment nous étions un groupe de dix personnes, de dix-neuf à soixante-cinq ans), avait été baptisée « la quête du Sommet » par mes soins. Athéna a demandé où j'avais trouvé cela.

Je lui ai raconté que, juste après la fin de la Seconde Guerre, une partie de ma famille, pour fuir le régime communiste qui était en train de s'installer en Pologne, avait décidé de partir pour l'Angleterre. Ils avaient entendu dire que, dans leurs bagages, ils devaient emporter les objets d'art et les livres anciens, qui avaient beaucoup de valeur dans cette partie du monde.

En fait, tableaux et sculptures ont été vendus tout de suite, mais les livres sont restés dans un coin, se couvrant de poussière. Comme ma mère voulait m'obliger à lire et à parler le polonais, ils ont servi à mon éducation. Un beau jour, à l'intérieur d'une édition du XIXᵉ siècle de Thomas Malthus, j'ai découvert deux feuillets de notes rédigées par mon grand-père, mort dans un camp de concentration. J'ai commencé à lire, croyant qu'il s'agissait de renseignements concernant l'héritage, ou de lettres passionnées destinées à quelque amante secrète, puisqu'il courait une légende selon laquelle, un jour, il était tombé amoureux en Russie.

Il y avait bien une certaine relation entre la légende et la réalité. C'était le récit de son voyage en Sibérie pendant la révolution communiste ; là-bas, dans le lointain village de Diedov (*N.d.R. : il a été impossible de localiser sur la carte ce village ; ou bien le nom a été volontairement changé, ou bien l'endroit a disparu après les migrations forcées de Staline*), il avait aimé une actrice. D'après mon grand-père, elle faisait partie d'une sorte de secte, dont les membres pensent trouver dans un type de danse déterminé le remède à tous les maux, parce qu'elle permet le contact avec la lumière du Sommet.

L'actrice et ses amis craignaient que toute cette tradition ne disparaisse ; les habitants allaient bientôt être déplacés, et le lieu servirait pour des essais nucléaires. Ils l'ont prié d'écrire tout ce qu'ils avaient appris. Et c'est ce qu'il a fait, mais il n'a sans doute pas accordé beaucoup d'importance à l'affaire, oubliant ses notes dans un livre qu'il emportait. Jusqu'au jour où je les ai découvertes.

Athéna m'a interrompu :

« Mais on ne peut pas écrire sur la danse. Il faut danser.

— Exact. Au fond, les notes ne disaient que cela : danser jusqu'à l'épuisement, comme si nous étions des alpinistes gravissant cette colline, cette montagne sacrée. Danser jusqu'à ce que notre respiration haletante transmette l'oxygène à notre organisme d'une manière inhabituelle et que cela nous fasse perdre notre identité, notre rapport à l'espace et au temps. Danser au son des seules percussions, répéter le processus tous les jours, comprendre que, à un certain moment, les yeux se ferment naturellement et nous distinguons une lumière qui vient de l'intérieur, qui répond à nos questions et développe nos pouvoirs cachés.

— Avez-vous déjà développé un pouvoir ? »

En guise de réponse, je lui ai suggéré de se joindre à notre groupe, puisque l'enfant semblait toujours à l'aise même quand le son des cymbales et des instruments à percussion était très fort. Le lendemain, à l'heure où nous commencions toujours la séance, elle était là. Je l'ai présentée à mes compagnons, expliquant simplement qu'il s'agissait de la voisine du dessus ; personne n'a rien dit de sa vie, ni demandé ce qu'elle faisait. À l'heure fixée, j'ai mis le son et nous avons commencé à danser.

Athéna a fait les premiers pas avec l'enfant dans les bras, mais il s'est tout de suite endormi et elle l'a déposé sur le sofa. Avant de fermer les yeux et d'entrer en transe, j'ai vu qu'elle avait compris exactement le chemin du Sommet.

Tous les jours – sauf le dimanche – elle était là avec l'enfant. Nous échangions seulement quelques mots de bienvenue ; je mettais la musique qu'un ami m'avait rapportée des steppes de Russie, et nous commencions tous à danser jusqu'à l'épuisement. Au bout d'un mois, elle m'a réclamé une copie de la cassette.

« J'aimerais faire cela le matin, avant de laisser Viorel chez maman et d'aller travailler. »

J'ai résisté avec force.

« Tout d'abord, je pense qu'un groupe qui est connecté à la même énergie finit par créer une sorte d'aura, ce qui facilite la transe de tout le monde. En outre, faire cela avant d'aller au travail, c'est vous préparer à vous faire licencier, car vous serez fatiguée toute la journée. »

Athéna a réfléchi un peu, mais elle a aussitôt réagi :

« Vous avez raison quand vous parlez de l'énergie collective. Je vois que dans votre groupe il y a quatre couples et votre femme. Tous, absolument tous, ont trouvé l'amour. C'est pourquoi ils peuvent partager avec moi une vibration positive.

« Mais moi, je suis seule. Plus exactement, je suis avec mon fils, mais son amour ne se manifeste pas encore d'une manière compréhensible. Alors je préfère accepter ma solitude : si je cherche à lui échapper en ce moment, je ne retrouverai jamais un partenaire. Si je l'accepte plutôt que de lutter contre elle, les choses changeront peut-être. J'ai constaté que la solitude est plus forte quand nous tentons de l'affronter, mais perd de son intensité quand nous l'ignorons tout simplement.

— Êtes-vous venue vers notre groupe en quête d'amour ?

— Je pense que ce serait un bon motif, mais la réponse est non. Je suis venue parce que je cherche un sens à ma vie ; ma seule raison de vivre est Viorel, et je crains que cela ne finisse par le détruire, soit parce que je le protégerai exagérément, soit parce que je finirai par projeter sur lui les rêves que je n'ai pas réussi à réaliser. Un de ces derniers jours, pendant que je dansais, je me suis sentie guérie. Si j'avais eu une maladie physique, je sais que nous pourrions appeler cela un miracle ; mais j'étais atteinte d'un mal spirituel, qui s'est brusquement éloigné. »

Je savais de quoi elle parlait.

« Personne ne m'a appris à danser au son de cette musique, a poursuivi Athéna. Mais je pressens que je sais ce que je fais.

— Il n'est pas nécessaire d'apprendre. Rappelez-vous notre promenade dans le parc, et ce que nous avons vu : la nature créant le rythme et s'adaptant à chaque instant.

— Personne ne m'a appris à aimer. Mais j'ai déjà aimé Dieu, j'ai aimé mon mari, j'aime mon fils et ma famille. Et pourtant, quelque chose me manque. J'ai beau être fatiguée pendant que je danse, quand je m'arrête, il me semble que je suis en état de grâce, dans une extase profonde. Je veux que cette extase se prolonge toute la journée. Et qu'elle m'aide à trouver ce qui me manque : l'amour d'un homme.

« Je peux voir le cœur de cet homme, même si je ne parviens pas à voir son visage. Je sens qu'il est tout près, alors je dois être attentive. Je dois danser le matin, pour pouvoir, le restant de la journée, prêter attention à ce qui se passe autour de moi.

— Savez-vous ce que veut dire le mot "extase" ? Il vient du grec, et il signifie : "sortir de soi-même". Passer la journée entière hors de soi-même, c'est trop demander à son corps et à son âme.

— J'essaierai. »

J'ai vu qu'il n'avançait à rien de discuter, et j'ai fait une copie de la cassette. Dès lors, je me réveillais tous les jours avec cette musique à l'étage au-dessus, je pouvais entendre ses pas, et je me demandais comment elle pouvait envisager son travail dans une banque après une heure ou presque de transe. Un jour où nous nous sommes rencontrés par hasard dans le couloir, je lui ai proposé de venir prendre un café. Athéna m'a raconté qu'elle avait fait d'autres copies de la cassette et que maintenant beaucoup de ses collègues cherchaient le Sommet.

« J'ai eu tort ? C'était secret ? »

Non, bien sûr ; au contraire, cela m'aidait à préserver une tradition quasi perdue. Dans les notes de mon grand-père, une femme disait qu'un moine qui visitait la région avait affirmé que tous nos ancêtres et toutes les générations futures étaient présents en nous. Quand nous nous libérions, nous en faisions autant pour l'humanité.

« Alors les hommes et les femmes de cette petite ville de Sibérie doivent être présents, et contents. Leur travail renaît en ce monde, grâce à votre grand-père. Mais je serais curieuse de savoir pourquoi vous avez décidé de danser après avoir lu ce texte. Si vous aviez lu quelque chose sur le sport, auriez-vous décidé de devenir footballeur ? »

C'était la question que personne ne me posait.

« J'étais malade, à l'époque. J'avais une forme rare d'arthrite, et les médecins disaient que je devais me préparer à être dans une chaise roulante à trente-cinq ans. Voyant que j'avais peu de temps devant moi, j'ai décidé de me consacrer à tout ce que je ne pourrais plus faire par la suite. Mon grand-père avait écrit, sur ce petit morceau de papier, que les habitants de Diedov croyaient aux pouvoirs curatifs de la transe.

— Apparemment, ils avaient raison. »

Je n'ai rien répondu, mais je n'en étais pas si sûr. Les médecins s'étaient peut-être trompés. Le fait que je sois un immigrant avec ma famille, ne pouvant m'offrir le luxe d'être malade, a peut-être agi sur mon inconscient avec une force telle que cela a provoqué une réaction naturelle de mon organisme. Ou peut-être était-ce vraiment un miracle, ce qui irait absolument à l'encontre de ce que prêche ma foi catholique : les danses ne guérissent pas.

Je me souviens que, dans mon adolescence, comme je n'avais pas la musique que je jugeais adéquate, il m'arrivait de me mettre un capuchon noir sur la tête et d'imaginer que la réalité qui m'entourait cessait d'exister : mon esprit voyageait vers Diedov, avec ces hommes et ces femmes, avec mon grand-père et son actrice tant aimée. Dans le silence de la chambre, je leur demandais de m'apprendre à danser, à dépasser mes limites, car bientôt je serais paralysé à tout jamais. Plus mon corps bougeait, plus la lumière de mon cœur apparaissait, et plus j'apprenais – peut-être tout seul, peut-être avec les fantômes du passé. J'en suis venu à imaginer la musique qu'ils écoutaient dans leurs rituels, et quand un ami s'est rendu en Sibérie bien des années plus tard, je lui ai demandé de me rapporter quelques disques ; à ma surprise, l'un d'eux ressemblait beaucoup à ce que je pensais être la danse de Diedov.

Mieux valait n'en rien dire à Athéna – c'était une personne facilement influençable, et son tempérament me semblait instable.

« Peut-être agissez-vous correctement », ai-je seulement remarqué.

Nous avons conversé encore une fois, peu avant son voyage au Moyen-Orient. Elle paraissait contente, comme si elle avait trouvé tout ce qu'elle désirait : l'amour.

« Mes collègues de travail ont formé un groupe, et ils s'appellent eux-mêmes "les pèlerins du Sommet". Tout cela grâce à votre grand-père.

— Grâce à vous, qui avez senti la nécessité de partager cela avec les autres. Je sais que vous allez partir, et je veux vous remercier d'avoir donné une autre dimension à ce que j'ai fait pendant des années, essayant de propager cette lumière avec quelques intéressés, mais toujours timidement, pensant toujours que l'on allait trouver ridicule toute cette histoire.

— Savez-vous ce que j'ai découvert ? Que si l'extase est la capacité de sortir de soi-même, la danse est une manière de s'élever dans l'espace. Découvrir de nouvelles dimensions, et cependant rester en contact avec son corps. Avec la danse, le monde spirituel et le monde réel parviennent à cohabiter sans conflits. Je pense que les danseurs classiques restent sur la pointe des pieds parce qu'ils touchent la terre et en même temps atteignent les cieux. »

Autant que je me souvienne, ce furent ses derniers mots. Pendant n'importe quelle danse à laquelle nous nous abandonnons joyeusement, le cerveau perd son pouvoir de contrôle, et le cœur dirige le corps. Alors seulement le Sommet apparaît.

Dès lors que nous y croyons, bien sûr.

Peter Sherney, 47 ans,
directeur général
d'une succursale de la banque *(supprimé)*
à Holland Park, Londres

J'ai embauché Athéna uniquement parce que sa famille était l'un de nos gros clients – après tout, ce sont les intérêts mutuels qui font tourner le monde. Comme elle était trop agitée, je l'ai affectée à un service de bureau, dans le doux espoir qu'elle finirait par présenter sa démission ; ainsi, j'aurais pu dire à son père que j'avais essayé de l'aider, sans succès.

Mon expérience en tant que directeur m'avait appris à connaître l'état d'esprit des gens, même s'ils ne disent rien. On m'avait enseigné ceci dans un cours de gestion : si vous voulez vous débarrasser de quelqu'un, faites tout pour qu'il finisse par vous manquer de respect, ainsi vous aurez un motif valable pour le licencier.

J'ai fait tout mon possible pour atteindre mon objectif avec Athéna ; comme elle n'avait pas impérativement besoin de son salaire pour survivre, elle allait découvrir que se lever tôt, laisser son fils chez sa mère, assurer toute la journée un travail répétitif, retourner chercher son fils, aller au supermarché, s'occuper de l'enfant, le coucher, gaspiller encore trois heures le lendemain dans les transports en commun, tout cela représentait un effort absolument inutile, puisqu'il y avait d'autres manières plus intéressantes de passer ses journées. Très rapidement, elle s'est montrée de plus en plus irritable, et j'étais fier de ma stratégie :

67

j'allais réussir. Elle a commencé à se plaindre de l'endroit où elle vivait, disant que le propriétaire de son appartement mettait tout le temps la musique très fort la nuit, et qu'elle n'arrivait même plus à dormir.

Et brusquement, quelque chose a changé. D'abord seulement chez Athéna. Et bientôt dans toute l'agence.

Comment ai-je pu noter ce changement ? Bien, un groupe de gens qui travaille est toujours une espèce d'orchestre ; un bon administrateur est un maestro, et il sait quel instrument est désaccordé, celui qui transmet le plus d'émotion, et celui qui se contente de suivre le reste du groupe. Athéna semblait jouer sa partition sans le moindre enthousiasme, toujours distante, ne partageant jamais avec ses camarades les joies ou les tristesses de sa vie personnelle, laissant entendre que, quand elle sortait du travail, le reste du temps se résumait à s'occuper de son fils, et rien d'autre. Et puis elle a commencé à paraître plus reposée, plus communicative, racontant à qui voulait l'entendre qu'elle avait découvert une méthode de rajeunissement.

Bien sûr, « rajeunissement » est un mot magique. Venant de quelqu'un qui n'a que vingt et un ans, il semble absolument hors contexte – et pourtant, les gens l'ont crue et ils se sont mis à réclamer le secret de cette formule.

Elle est devenue plus efficace, bien que son activité restât la même. Ses collègues de travail, qui avant s'en tenaient au « bonjour, bonsoir », se sont mis à l'inviter à déjeuner. Quand ils revenaient, ils avaient l'air satisfaits, et la productivité du service a fait un bond gigantesque.

Je sais que les gens amoureux finissent par transmettre leur passion au milieu dans lequel ils vivent, j'en ai déduit immédiatement qu'Athéna avait dû rencontrer quelqu'un qui comptait beaucoup pour elle.

Je lui ai posé la question, et elle l'a reconnu, ajoutant qu'elle n'était jamais sortie avec un client, mais que, dans ce cas, il lui avait été impossible de refuser l'invitation. Dans une situation normale, elle aurait été immédiatement licenciée – les règles de la banque étaient claires, les contacts personnels avec la clientèle étaient définitivement interdits. Mais, à ce stade, j'avais constaté que son comportement avait influencé pratiquement tout le monde ; certains de ses collègues avaient commencé à la retrouver après le travail et, à ce que j'en savais, au moins deux ou trois d'entre eux étaient allés chez elle.

J'étais confronté à une situation très périlleuse ; la jeune stagiaire, sans aucune expérience de travail antérieure, jusque-là timide et parfois agressive, était devenue une sorte de leader naturel de mes agents. Si je la licenciais, ils penseraient que c'était par jalousie – et ils cesseraient de me respecter. Si je la gardais, je courais le risque de perdre en quelques mois le contrôle du groupe.

J'ai décidé d'attendre un peu ; pendant ce temps, une meilleure « énergie » (je déteste ce mot, car en réalité il ne veut rien dire de concret, à moins que l'on ne parle d'électricité) a commencé à circuler dans l'agence. Les clients semblaient plus satisfaits et ils la recommandaient à d'autres. Les agents étaient de bonne humeur et, bien que l'activité eût doublé, je n'ai pas été obligé d'embaucher de personnel supplémentaire, puisque tous remplissaient leurs fonctions.

Un jour, j'ai reçu une lettre de mes supérieurs. Ils voulaient que je me rende à Barcelone, où devait se tenir une convention du groupe, afin que j'y explique ma méthode d'administration. D'après eux, j'avais réussi à accroître les profits sans augmenter les dépenses, et c'est tout ce qui intéresse les dirigeants – dans le monde entier, soit dit en passant.

Quelle méthode ?

Mon seul mérite était de savoir où tout avait commencé, et j'ai décidé de convoquer Athéna à mon bureau. Je lui ai fait des compliments pour son excellente productivité, elle m'a remercié d'un sourire.

J'ai fait un pas prudent, ne voulant pas être mal interprété :

« Comment va votre petit ami ? J'ai toujours pensé que quelqu'un qui reçoit de l'amour finit par donner plus d'amour encore. Que fait-il ?

— Il travaille à Scotland Yard.

J'ai préféré ne pas entrer dans les détails. Mais je devais poursuivre la conversation à tout prix, et je n'avais pas beaucoup de temps à perdre.

« J'ai noté un grand changement chez vous, et...

— Avez-vous noté un grand changement à l'agence ? »

Comment répondre à une question comme celle-là ? D'un côté, je lui aurais donné plus de pouvoir qu'il n'était conseillé, d'un autre côté, si je n'étais pas allé droit au but, je n'aurais jamais obtenu les réponses dont j'avais besoin.

« Oui, j'ai noté un grand changement. Et je pense vous accorder une promotion.

— J'ai besoin de partir à l'étranger. Je veux quitter un peu Londres, connaître de nouveaux horizons. »

Partir à l'étranger ? À présent que tout marchait bien dans mon milieu de travail, elle voulait s'en aller ? Mais, à y réfléchir, n'était-ce pas exactement cette issue dont j'avais besoin et que je désirais ?

« Je peux être utile à la banque si vous me donnez davantage de responsabilités », a-t-elle poursuivi.

Compris – et elle me donnait une excellente occasion. Comment n'y avais-je pas pensé plus tôt ? « Partir à l'étranger », cela signifiait l'éloigner, reprendre mon pouvoir, sans avoir à supporter les frais d'une démission ou d'une rébellion. Mais il me fallait réfléchir à la question car, avant d'être utile à la banque, elle devait m'aider. Maintenant que mes supérieurs avaient constaté l'accroissement de notre productivité, je savais que je devrais la soutenir, sinon je risquais de perdre mon prestige et de me retrouver dans une situation plus mauvaise qu'avant. Parfois je comprends pourquoi une grande partie de mes confrères ne cherchent pas à faire grand-chose pour améliorer leurs résultats : s'ils n'y parviennent pas, on les traite d'incompétents ; s'ils réussissent, ils sont obligés d'atteindre toujours de meilleurs résultats et ils finissent leurs jours avec un infarctus du myocarde.

J'ai fait prudemment le pas suivant. Il n'est pas conseillé d'effrayer la personne qui détient un secret que nous avons besoin de connaître avant qu'elle ne le révèle ; mieux vaut faire semblant d'accepter ce qu'elle demande.

« Je tenterai de faire parvenir votre requête à mes supérieurs. D'ailleurs, je vais les rencontrer à Barcelone et c'est justement pour cette raison que j'ai décidé de vous appeler. Serais-je dans le vrai si je disais que notre activité s'est améliorée depuis que, disons, les gens ont une meilleure relation avec vous ?

— Disons... une meilleure relation avec eux-mêmes.

— Oui. Mais vous l'avez provoqué – ou je me trompe ?

— Vous savez que vous ne vous trompez pas.

— Avez-vous lu un livre de gestion que je ne connais pas ?

— Je ne lis pas ce genre de chose. Mais j'aimerais que vous me promettiez que vous allez vraiment prendre ma demande en considération. »

J'ai pensé à son petit ami de Scotland Yard ; si je faisais une promesse et que je ne la tienne pas, serais-je victime de représailles ? Lui avait-il enseigné une technologie de pointe, grâce à laquelle on obtient des résultats impossibles ?

« Je peux absolument tout vous dire, même si vous ne tenez pas votre promesse. Mais je ne sais pas si vous obtiendrez un résultat si vous ne faites pas ce que je vous enseigne.

— Cette fameuse "technique de rajeunissement" ?

— Cela même.

— Ne suffit-il pas de la connaître seulement en théorie ?

— Peut-être. C'est par l'intermédiaire de quelques feuilles de papier qu'elle est parvenue à celui qui me l'a enseignée. »

J'étais content qu'elle ne me forçât pas à prendre des décisions hors de ma portée et contraires à mes principes. Mais, au fond, je dois avouer que j'avais aussi un intérêt personnel dans cette histoire, car je rêvais également d'un recyclage de mon potentiel. J'ai promis à Athéna que je ferais mon possible, et elle a commencé à me décrire une danse longue et ésotérique en quête d'un certain Sommet (ou Axe, je ne me souviens plus très bien). À mesure que nous parlions, je m'efforçais de replacer d'une manière objective ses réflexions hallucinées. Une heure n'a pas suffi, je lui ai donc demandé de revenir le lendemain, et nous avons préparé ensemble le rapport qui devait être présenté à la direction de la banque. À un certain moment de notre conversation, elle m'a dit en souriant :

« N'ayez pas peur d'écrire quelque chose qui se rapproche beaucoup de ce dont nous parlons. Je pense que même la direction d'une banque est faite de gens comme nous, en chair et en os, et doit s'intéresser de très près à des procédés non conventionnels. »

Athéna se trompait totalement : en Angleterre, les traditions parlent toujours plus haut que les innovations. Mais qu'est-ce que cela coûtait de prendre quelques risques, dès lors que je ne mettais pas mon emploi en péril ? Puisque la chose me paraissait totalement absurde, il me fallait la résumer et lui donner une forme que tout le monde pût comprendre. Cela suffisait.

Avant de commencer ma conférence à Barcelone, je me suis répété toute la matinée : « mon » procédé réussit, et c'est tout ce qui compte. J'ai lu quelques manuels et découvert que pour présenter une idée neuve avec le maximum d'impact, il fallait aussi créer une structure de débat qui provoque le public, de sorte que la première chose que j'ai dite aux cadres supérieurs réunis dans un hôtel de luxe a été une phrase de saint Paul : « Dieu a caché les choses importantes aux sages, parce qu'ils ne peuvent pas comprendre ce qui est simple, et il a décidé de les révéler aux simples de cœur. » *(N.d.R. : impossible de savoir ici s'il se réfère à une citation de l'évangéliste Matthieu (11, 25) où il dit « Je te loue, Père, Seigneur du ciel et de la terre, d'avoir caché cela aux sages et aux intelligents et de l'avoir révélé aux tout petits ». Ou à une phrase de Paul (Cor. 1, 27) ; « Mais ce qui est folie dans le monde, Dieu l'a choisi pour confondre les sages ; ce qui est faible dans le monde, Dieu l'a choisi pour confondre ce qui est fort. »)*

Quand j'ai dit cela, tout l'auditoire, qui avait passé deux jours à analyser des graphiques et des statistiques, est resté silencieux. J'ai pensé que j'avais perdu mon emploi, mais j'ai décidé de continuer. Premièrement, parce que j'avais étudié le sujet, j'étais sûr de ce que je disais, et je méritais la confiance. Deuxièmement, parce que, même si à certains moments j'avais dû omettre l'énorme influence d'Athéna sur tout le processus, je ne mentais pas non plus :

« J'ai découvert que de nos jours pour motiver les employés, il fallait plus qu'une bonne formation dans nos centres extrêmement qualifiés. Nous avons tous en nous une part d'inconnu qui, quand elle affleure, peut produire des miracles.

« Nous travaillons tous en vue d'une fin : nourrir nos enfants, gagner de l'argent pour subvenir à nos besoins, donner une justification à notre vie, acquérir une parcelle de pouvoir. Mais il y a des étapes détestables dans ce parcours, et le secret consiste à transformer ces étapes en une rencontre avec soi-même, ou avec quelque chose de plus élevé.

« Par exemple : la quête de la beauté n'est pas toujours associée à un objet concret, et pourtant nous la cherchons comme si c'était la chose la plus importante au monde. Les oiseaux apprennent à chanter, ce qui ne signifie pas que cela les aide à trouver de la nourriture, éviter les prédateurs, ou éloigner les parasites. Les oiseaux chantent, selon Darwin, parce que c'est leur seul moyen pour attirer leur partenaire et perpétuer l'espèce. »

J'ai été interrompu par un cadre supérieur genevois, qui réclamait avec insistance une présentation plus objective. Mais le directeur général m'a encouragé à poursuivre, ce qui m'a enthousiasmé.

« Toujours selon Darwin, qui a écrit un livre qui a su changer le cours de l'humanité *(N.d.R. :* L'Origine des espèces, *1859, dans lequel il montre que l'homme est une évolution naturelle d'un type de singe)*, tous ceux qui parviennent à éveiller des passions répètent quelque chose qui se passe depuis l'âge des cavernes, où les rites de séduction étaient fondamentaux pour la survie et l'évolution de l'espèce. Alors, quelle différence y a-t-il entre l'évolution de l'espèce humaine et l'évolution d'une agence bancaire ? Aucune. Les deux obéissent aux mêmes lois – seuls les plus capables survivent et se développent. »

À ce moment-là, j'ai été obligé de signaler que j'avais développé cette idée grâce à la collaboration spontanée de l'un de mes agents, Sherine Khalil.

« Sherine, qui aime qu'on l'appelle Athéna, a apporté sur son lieu de travail un nouveau type de comportement, c'est-à-dire la passion. Exactement, la passion, quelque chose que nous ne prenons jamais en considération quand nous traitons de prêts ou de relevés de dépenses. Mes agents se sont mis à utiliser la musique comme stimulant pour mieux satisfaire leurs clients. »

Un autre cadre m'a interrompu, pour dire que c'était là une vieille idée : les supermarchés faisaient la même chose, avec des mélodies qui incitaient le client à acheter.

« Je ne dis pas que nous mettons de la musique sur le lieu de travail. Les gens se sont mis à vivre différemment, parce que Sherine, ou Athéna si vous préférez, leur a appris à danser *avant* d'affronter leur labeur quotidien. Je ne sais pas exactement quel mécanisme cela peut éveiller chez eux ; en tant qu'administrateur, je suis seulement responsable des résultats, pas de la méthode. Je n'ai pas dansé, mais j'ai compris qu'à travers ce genre de danse, ils se sentaient tous mieux reliés à ce qu'ils faisaient.

« Nous sommes nés, nous avons grandi et nous avons été élevés avec cette maxime : le temps, c'est de l'argent. Nous savons exactement ce qu'est l'argent, mais quelle est la signification du mot *temps* ? La journée comprend vingt-quatre heures et une infinité de moments. Nous devons être conscients de chaque minute, savoir la mettre à profit dans nos activités ou simplement dans la contemplation de la vie. Si nous ralentissons, tout dure beaucoup plus longtemps. Évidemment, la vaisselle, ou le calcul des soldes, ou la compilation des crédits, ou encore le comptage des titres de créance peuvent durer davantage, mais pourquoi ne pas en profiter pour penser à des choses agréables, nous réjouir d'être en vie ? »

Le plus haut directeur de la banque me regardait surpris. Je suis certain qu'il désirait que je continue à expliquer en détail tout ce que j'avais appris, mais certains dans la salle commençaient à se sentir inquiets.

« Je comprends parfaitement ce que vous voulez dire, a-t-il déclaré. Je sais que vos agents ont mis plus d'enthousiasme dans leur travail parce qu'ils avaient au moins un moment de la journée où ils entraient en contact avec eux-mêmes. J'aimerais vous féliciter d'avoir été suffisamment souple pour permettre l'intégration d'enseignements non orthodoxes, qui donnent d'excellents résultats.

« Mais puisque nous sommes dans une convention et que nous parlons du temps, vous n'avez que cinq minutes pour conclure votre présentation. Vous serait-il possible d'essayer d'élaborer une liste des principaux points nous permettant d'appliquer ces principes dans d'autres agences ? »

Il avait raison. Tout cela pouvait être bon pour l'emploi, mais cela risquait aussi d'être fatal à ma carrière, j'ai donc décidé de résumer ce que nous avions écrit ensemble.

« Me fondant sur des observations personnelles, j'ai développé avec Sherine Khalil quelques points dont j'aurai le plus grand plaisir à discuter avec ceux que cela intéresse. En voici les principaux :

« A] Nous avons tous une capacité inconnue, qui restera inconnue à tout jamais, mais qui peut être notre alliée. Comme il est impossible de mesurer cette capacité ou de lui donner une valeur économique, elle n'est jamais prise en considération, mais je parle ici à des êtres humains, et je suis certain qu'ils comprennent ce que je dis, du moins en théorie.

« B] Dans mon agence, cette capacité a été provoquée par l'intermédiaire d'une danse basée sur un rythme qui, si je ne m'abuse, vient des déserts d'Asie. Mais peu importe son lieu de naissance, du moment que les gens peuvent exprimer avec leur corps ce que leur âme veut dire. Je sais que le mot "âme" peut être mal compris ici, je conseille donc que nous le remplacions par "intuition". Et si cet autre mot n'est pas bien assimilé, nous recourrons alors à "émotions primaires", qui semble avoir une connotation plus scientifique, bien qu'il ait moins de sens que les mots précédents.

« C] Avant qu'ils se rendent au travail, au lieu de faire de la gymnastique ou des exercices d'aérobic, j'ai encouragé mes agents à danser au moins une heure. Cela stimule le corps et l'esprit, ils commencent la journée en exigeant d'eux-mêmes de la créativité, et ils utilisent ensuite cette énergie accumulée dans leurs tâches à l'agence.

« D] Les clients et les employés vivent dans le même monde : la réalité n'est rien d'autre que des stimuli électriques dans notre cerveau. Ce que nous croyons "voir", c'est une impulsion d'énergie dans une zone complètement obscure de notre tête. Nous pouvons donc essayer de modifier cette réalité, si nous entrons dans une harmonie commune. D'une manière qui m'échappe, la joie est contagieuse, comme l'enthousiasme et l'amour. Ou comme la tristesse, la dépression, la haine – qui peuvent être perçues "intuitivement" par les clients et par les autres agents. Pour améliorer l'activité, il faut créer des mécanismes qui retiennent ces stimuli positifs.

— Très ésotérique », a déclaré une femme qui dirigeait les fonds en actions d'une agence au Canada.

J'ai perdu un peu ma contenance – je n'avais réussi à convaincre personne. Feignant d'ignorer son commentaire et faisant appel à toute ma créativité, j'ai cherché un dénouement technique :

« La banque devrait consacrer un certain budget pour rechercher comment se fait cette contagion, et ainsi nous ferions beaucoup plus de profits. »

Ce final me paraissait raisonnablement satisfaisant, si bien que j'ai préféré ne pas utiliser les deux minutes qui me restaient encore. Quand le séminaire s'est terminé, à la fin d'une journée épuisante, le directeur général m'a appelé pour que nous allions dîner – devant tous les autres collègues, comme s'il voulait montrer qu'il m'appuyait dans tout ce que j'avais dit. Je n'avais encore jamais eu cette occasion, et j'ai voulu en profiter au mieux ; j'ai commencé à parler d'activités, de tableaux de chiffres, de difficultés dans les Bourses, de nouveaux marchés. Mais il m'a interrompu : ce qui l'intéressait, c'était surtout de savoir tout ce que j'avais appris d'Athéna.

Finalement, à ma surprise, il a détourné la conversation vers des sujets personnels.

« Je sais de quoi vous parliez à la conférence, quand vous avez fait allusion au temps. Au début de cette année, j'ai pris des vacances pour les fêtes et, le premier jour, j'ai décidé de m'asseoir un peu dans mon jardin. J'ai trouvé le journal dans la boîte aux lettres, rien d'important – sauf les choses dont les journalistes ont décidé que nous devions les connaître, les suivre, et prendre position à leur sujet.

« J'ai pensé téléphoner à quelqu'un de mon équipe, mais c'était absurde, vu qu'ils étaient tous en famille. J'ai déjeuné avec ma femme, mes enfants et petits-enfants, j'ai fait un somme, à mon réveil j'ai rédigé une série de notes, et soudain j'ai constaté qu'il n'était que deux heures de l'après-midi, il me restait trois jours sans travail et, j'ai beau adorer la compagnie de ma famille, j'ai commencé à me sentir inutile.

« Le lendemain, profitant de mon temps libre, je suis allé me faire faire un examen de l'estomac, et heureusement je n'avais rien de grave. Je suis allé chez le dentiste, qui m'a dit qu'il n'y avait aucun problème. J'ai de nouveau déjeuné avec femme, enfants et petits-enfants, je suis encore allé dormir, je me suis réveillé de nouveau à deux heures de l'après-midi, et je me suis rendu compte que je n'avais absolument rien sur quoi concentrer mon attention.

« J'étais effrayé : n'aurais-je pas dû être en train de faire quelque chose ? Si je voulais m'inventer du travail, ce n'était pas très difficile – nous avons toujours des projets à développer, des lampes à changer, des feuilles mortes à balayer, des livres à ranger, les archives de l'ordinateur à mettre en ordre, et cetera. Mais pourquoi ne pas envisager le vide total ? Et c'est à ce moment que j'ai pensé à quelque chose qui m'a paru extrêmement important : je devais aller jusqu'à la poste, qui se trouve à un kilomètre de ma maison de campagne, déposer une carte de vœux que j'avais oubliée sur ma table.

« J'étais surpris : pourquoi ai-je besoin d'envoyer cette carte aujourd'hui ? Me serait-il impossible de rester comme je suis maintenant, sans rien faire ?

« Une série de pensées m'a traversé l'esprit : des amis qui s'inquiètent pour des choses qui ne sont pas encore arrivées, des connaissances qui savent remplir chaque minute de leur vie avec des tâches qui me paraissent absurdes, des conversations qui n'ont pas de sens, de longs coups de téléphone pour ne rien dire d'important. J'ai vu mes directeurs s'inventer du travail pour justifier leur fonction, ou des employés qui ont peur parce qu'on ne leur a rien donné d'important à faire ce jour-là et que cela peut signifier qu'ils ne sont plus utiles. Ma femme qui se torture parce que mon fils a divorcé, mon fils qui se torture parce que mon petit-fils a eu de mauvaises notes à l'école, mon petit-fils qui est mort de peur à l'idée d'attrister ses parents – même si nous savons tous que ces notes n'ont pas grande importance.

« J'ai mené un combat long et difficile contre moi-même pour ne pas me lever. Peu à peu, l'anxiété a fait place à la contemplation et j'ai commencé à écouter mon âme – ou mon intuition, ou mes émotions primitives, selon ce que vous croyez. Quelle que soit cette partie de moi, elle avait une envie folle de converser, mais je suis tout le temps occupé.

« Dans ce cas, ce n'est pas la danse, mais l'absence totale de bruit et de mouvement, le silence, qui m'a permis d'entrer en contact avec moi-même. Et, croyez-le si vous voulez, j'ai beaucoup appris sur les problèmes qui me préoccupaient – même si tous ces problèmes s'étaient complètement éloignés pendant que j'étais assis là. Je n'ai pas vu Dieu, mais j'ai compris plus clairement les décisions que je devais prendre. »

Avant de régler l'addition, il m'a suggéré d'envoyer l'employée en question à Dubaï, où la banque ouvrait une nouvelle agence, dans une situation à risques. En excellent directeur, il savait que j'avais déjà appris tout ce dont j'avais besoin, et que la question était maintenant simplement de donner suite – l'employée pouvait être plus utile ailleurs. Sans le savoir, il m'aidait à tenir la promesse que j'avais faite.

De retour à Londres, j'ai immédiatement communiqué la proposition à Athéna. Elle a accepté sur-le-champ ; elle m'a dit qu'elle parlait arabe couramment (je le savais, à cause des origines de son père). Nous n'avions pourtant pas l'intention de faire des affaires avec les Arabes, mais avec les étrangers. Je l'ai remerciée pour son aide, elle n'a pas manifesté la moindre curiosité au sujet de mon discours à la convention – elle a seulement demandé quand elle devait préparer ses valises.

Je ne sais toujours pas si cette histoire de petit ami à Scotland Yard était imaginaire. Je pense que, si c'était vrai, l'assassin d'Athéna serait déjà en prison – car je ne crois pas du tout à ce que les journaux ont raconté au sujet du crime. Enfin, je m'y entends beaucoup mieux en ingénierie financière, je peux même m'offrir le luxe d'affirmer que la danse aide les employés de banque à mieux travailler, mais je ne comprendrai jamais pourquoi la meilleure police du monde parvient à arrêter certains assassins, et à en laisser d'autres en liberté.

Mais cela ne fait plus de différence.

Nabil Alaihi, âge inconnu, Bédouin

Je suis très content de savoir qu'Athéna avait ma photo en place d'honneur dans son appartement, mais je ne crois pas que ce que je lui ai enseigné ait la moindre utilité. Elle est venue jusqu'ici, en plein désert, tenant par la main un enfant de trois ans. Elle a ouvert son sac, en a retiré une radiocassette, et s'est assise devant mon échoppe. Je sais que des gens en ville avaient l'habitude d'indiquer mon nom à des étrangers désireux de goûter la cuisine locale, et je lui ai dit tout de suite qu'il était très tôt pour dîner.

« Je suis venue pour une autre raison, a dit la femme. J'ai su par votre neveu Hamid, client de la banque où je travaille, que vous étiez un sage.

— Hamid n'est qu'un jeune idiot, et il a beau dire que je suis un sage, il n'a jamais suivi mes conseils. Mahomet, le Prophète, fut un sage, que la bénédiction de Dieu soit avec lui. »

J'ai fait un signe vers sa voiture.

« Vous ne devriez pas conduire seule dans un terrain auquel vous n'êtes pas habituée, ni vous aventurer par ici sans guide. »

Au lieu de me répondre, elle a allumé l'appareil. Ensuite, tout ce que j'ai pu distinguer, c'était cette femme flottant dans les dunes, l'enfant la regardant étonné et joyeux, et le son qui semblait inonder tout le désert. Quand elle a terminé, elle m'a demandé si cela m'avait plu.

J'ai dit oui. Dans notre religion, il existe une secte dans laquelle on danse pour rencontrer Allah – que Son Nom soit loué ! *(N.d.R. : la secte en question est le soufisme.)*

« Bien, a repris la femme, se présentant comme Athéna. Depuis mon enfance, je sens que je dois me rapprocher de Dieu, mais finalement la vie m'éloigne de Lui. La musique est l'un des moyens que j'ai trouvés, mais cela ne suffit pas. Chaque fois que je danse, je vois une lumière, et cette lumière me demande maintenant d'aller plus loin. Je ne peux pas continuer à apprendre seulement par moi-même, il faut que quelqu'un m'apprenne.

— N'importe quoi suffit, ai-je répondu. Parce qu'Allah, le miséricordieux, est toujours proche. Ayez une vie digne, cela suffit. »

Mais la femme ne semblait pas convaincue. J'ai dit que j'étais occupé, il me fallait préparer le dîner pour les quelques touristes qui devaient venir. Elle a répondu qu'elle attendrait le temps nécessaire.

« Et l'enfant ?

— Ne vous en faites pas. »

Pendant que je prenais les dispositions habituelles, j'observais la femme et son fils, on aurait dit qu'ils avaient tous les deux le même âge ; ils couraient dans le désert, riaient, faisaient des batailles de sable, se jetaient sur le sol et roulaient dans les dunes. Le guide est arrivé avec trois touristes allemands, qui ont mangé, demandé de la bière, et j'ai dû expliquer que ma religion m'interdisait de boire ou de servir des boissons alcoolisées. J'ai convié la femme et son fils à dîner, et l'un des Allemands, bientôt échauffé par cette présence féminine inattendue, a expliqué qu'il pensait acheter des terrains, qu'il avait accumulé une grande fortune et qu'il croyait en l'avenir de la région.

« Parfait, lui a-t-elle répondu. Moi aussi.

— Est-ce que ce ne serait pas bien que nous dînions ailleurs, pour pouvoir mieux discuter de la possibilité de...

— Non, a-t-elle tranché, lui tendant une carte. Si vous le désirez, vous pouvez venir à mon agence. »

Les touristes partis, nous nous sommes assis devant l'échoppe. Le petit s'est tout de suite endormi sur ses genoux ; j'ai pris des couvertures pour nous tous, et nous sommes restés à regarder le ciel étoilé. Enfin, elle a rompu le silence.

« Pourquoi Hamid dit-il que vous êtes sage ?

— Peut-être parce que je suis plus patient que lui. À une certaine époque, j'ai tenté de lui enseigner mon art, mais Hamid semblait se préoccuper surtout de gagner de l'argent. Aujourd'hui, il est sans doute convaincu qu'il est plus sage que moi ; il a un appartement, un bateau, alors que je suis là au milieu du désert, servant les rares touristes qui se présentent. Il ne comprend pas que je suis satisfait de ce que je fais.

— Il comprend parfaitement, parce qu'il parle de vous à tout le monde, avec beaucoup de respect. Et que signifie votre "art" ?

— Je vous ai vue danser aujourd'hui. Je fais la même chose, sauf que mon corps ne bouge pas, ce sont les lettres qui dansent. »

Elle a semblé surprise.

« Ma façon de me rapprocher d'Allah – que Son Nom soit loué ! – c'est la calligraphie, la recherche du sens parfait pour chaque mot. Une simple lettre exige que nous mettions en elle toute la force qu'elle contient, comme si nous étions en train de ciseler sa signification. Ainsi, quand les textes sacrés sont écrits, il s'y trouve l'âme de l'homme qui a servi d'instrument pour les divulguer.

« Et non seulement les textes sacrés, mais tout ce que nous mettons sur le papier. Parce que la main qui trace les lignes reflète l'âme de celui qui les écrit.

— M'enseigneriez-vous ce que vous savez ?

— Tout d'abord, je ne crois pas qu'une personne pleine d'énergie comme vous ait la patience pour cela. En outre, je ne fais pas partie de votre monde, dans lequel on imprime les choses – sans beaucoup réfléchir à ce que l'on publie, si vous me permettez ce commentaire.

— J'aimerais essayer. »

Et, pendant plus de six mois, cette femme que je trouvais agitée, exubérante, incapable de rester tranquille un seul instant, m'a rendu visite tous les vendredis. Son fils s'asseyait dans un coin, prenait des papiers et des pinceaux, et il s'appliquait lui aussi à manifester dans ses dessins ce que lui indiquaient les cieux.

Je voyais l'effort gigantesque qu'elle faisait pour rester tranquille, dans la posture adéquate, et je demandais : « Ne croyez-vous pas qu'il vaudrait mieux chercher autre chose pour vous distraire ? » Elle répondait : « J'ai besoin de cela, je dois apaiser mon âme, et je n'ai pas encore appris tout ce que vous pouvez m'enseigner. La lumière du Sommet m'a dit que je devais aller plus loin. » Je n'ai jamais demandé ce qu'était le Sommet, cela ne m'intéressait pas.

La première leçon, et peut-être la plus difficile, ce fut :

« Patience ! »

L'écriture était un acte permettant non seulement d'exprimer une pensée, mais aussi de réfléchir à la signification de chaque mot. Ensemble nous avons commencé à travailler sur des textes d'un poète arabe, car je ne crois pas que le Coran soit indiqué pour une personne élevée dans une autre foi. Je dictais chaque lettre, et ainsi elle se concentrait sur ce qu'elle faisait, au lieu de vouloir connaître tout de suite la signification du mot, de la phrase, ou du vers.

« Un jour, quelqu'un m'a dit que la musique avait été créée par Dieu et que le mouvement rapide était nécessaire pour que les personnes entrent en contact avec elles-mêmes, m'a déclaré Athéna, un de ces après-midi que nous passions ensemble. Pendant des années, j'ai constaté que c'était vrai, et maintenant je suis forcée de ralentir mes pas, la chose la plus difficile au monde. Pourquoi la patience est-elle si importante ?

— Parce qu'elle nous conduit à faire attention.

— Mais je peux danser en n'obéissant qu'à mon âme, qui m'oblige à me concentrer sur quelque chose qui est plus grand que moi et me permet d'entrer en contact avec Dieu – si je peux utiliser ce mot. Cela m'a déjà aidée à transformer beaucoup de choses, y compris mon travail. L'âme n'est-elle pas plus importante ?

— Bien sûr. Mais si votre âme parvient à communiquer avec votre cerveau, elle pourra transformer plus de choses encore. »

Nous avons continué notre travail ensemble. Je savais qu'à un certain moment je devrais dire quelque chose qu'elle n'était peut-être pas prête à entendre, alors j'ai voulu mettre à profit chaque minute pour préparer peu à peu son esprit. Je lui ai expliqué qu'avant le mot il y avait la pensée. Et, avant la pensée, l'étincelle divine qui l'a placée là. Tout, absolument tout sur cette Terre avait un sens, et les plus petites choses devaient être prises en considération.

« J'ai éduqué mon corps pour qu'il puisse manifester entièrement les sensations de mon âme, disait-elle.

— Maintenant, éduquez simplement vos doigts, pour qu'ils puissent manifester entièrement les sensations de votre corps. Ainsi sera concentrée votre immense force.

— Vous êtes un maître.

— Qu'est-ce qu'un maître ? Eh bien, je vous réponds : ce n'est pas celui qui enseigne quelque chose, mais celui qui pousse son élève à donner le meilleur de lui-même afin de découvrir ce qu'il sait déjà. »

J'ai pressenti qu'Athéna avait déjà fait cette expérience, bien qu'elle fût encore très jeune. Comme l'écriture révèle la personnalité, j'ai découvert qu'elle était consciente d'être aimée, non seulement par son fils, mais par sa famille et éventuellement par un homme. J'ai découvert également qu'elle avait des dons mystérieux, et je n'ai jamais voulu le montrer, car ces dons pouvaient causer sa rencontre avec Dieu, mais aussi sa perdition.

Je ne me limitais pas à lui enseigner la technique ; je m'efforçais aussi de lui transmettre la philosophie des calligraphes.

« La plume avec laquelle vous écrivez maintenant ces vers n'est qu'un instrument. Elle n'a aucune conscience, elle suit le désir de celui qui la tient. Et en cela elle ressemble beaucoup à ce que nous appelons la "vie". Beaucoup de gens dans ce monde ne font que jouer un rôle, sans comprendre qu'il existe une Main invisible qui les guide.

« En ce moment, dans vos mains, dans le pinceau qui trace chaque lettre, se trouvent toutes les intentions de votre âme. Essayez d'en comprendre l'importance.

— Je comprends, et je vois qu'il est important de conserver une certaine élégance, puisque vous exigez que je m'assoie dans une position déterminée, que je révère le matériel que je vais utiliser, et que je ne commence pas avant. »

Bien sûr. Dans la mesure où elle respectait le pinceau, elle découvrait que la sérénité et l'élégance étaient nécessaires pour apprendre à écrire. Et la sérénité vient du cœur.

« L'élégance n'est pas une chose superficielle, mais le moyen qu'a trouvé l'homme pour honorer la vie et le travail. Ainsi, quand vous sentez que votre posture vous incommode, ne pensez pas qu'elle est incorrecte ou artificielle : elle est juste parce qu'elle est difficile. Elle fait que le papier comme la plume se sentent fiers de votre effort. Le papier cesse d'être une surface plane et incolore, et il acquiert la profondeur de tout ce qui est placé dessus.

« L'élégance est la posture la plus adéquate pour que l'écriture soit parfaite. Il en va de même pour la vie : quand le superflu est écarté, l'être humain découvre la simplicité et la concentration. Plus simple et plus sobre est la posture, plus belle elle sera, même si au début elle paraît inconfortable. »

De temps à autre, elle me parlait de son travail. Elle disait qu'elle était enthousiasmée par ce qu'elle faisait et qu'elle venait de recevoir une proposition d'un puissant émir. Celui-ci s'était rendu à la banque pour voir un ami qui était directeur (les émirs ne vont jamais dans les banques pour retirer de l'argent, ils ont pour cela beaucoup de domestiques), et en bavardant avec elle, il avait signalé qu'il cherchait quelqu'un pour s'occuper de vente de terrains et qu'il aurait aimé savoir si elle était intéressée.

Qui aurait pu être intéressé par l'achat de terrains en plein désert, ou dans un port qui n'était pas au centre du monde ? J'ai décidé de ne faire aucun commentaire ; rétrospectivement, je suis content d'avoir gardé le silence.

Une seule fois elle a parlé de l'amour d'un homme. Chaque fois que des touristes arrivaient pour dîner et la trouvaient là, ils cherchaient à la séduire d'une manière ou d'une autre. Normalement, Athéna ne faisait même pas attention, jusqu'au jour où l'un d'eux a insinué qu'il connaissait son petit ami. Elle a pâli, et elle s'est tournée immédiatement vers son fils, qui heureusement ne s'intéressait pas du tout à la conversation.

« D'où le connaissez-vous ?

— Je plaisante, a dit l'homme. Je voulais seulement savoir si vous étiez libre. »

Elle n'a pas répondu, mais j'ai compris qu'il y avait un homme dans sa vie, qui n'était pas le père du gamin.

Un jour, elle est arrivée plus tôt que d'habitude. Elle a dit qu'elle avait quitté son emploi à la banque, qu'elle s'était mise à vendre des terrains, et qu'ainsi elle aurait davantage de temps libre. Je lui ai expliqué que je ne pouvais pas lui donner de leçon avant l'heure fixée, que j'avais un tas de choses à faire.

« Je peux joindre les deux : mouvement et quiétude, joie et concentration. »

Elle est allée jusqu'à sa voiture prendre son magnétophone, et à partir de ce moment, Athéna dansait dans le désert avant le début des leçons, tandis que l'enfant courait en souriant autour d'elle. Lorsqu'elle s'asseyait pour pratiquer la calligraphie, sa main était plus assurée que d'ordinaire.

« Il existe deux types de lettre, expliquais-je. La première est faite avec précision, mais sans âme. Dans ce cas, même si le calligraphe maîtrise parfaitement la technique, il s'est concentré exclusivement sur le métier – alors, il n'a pas évolué, il est devenu répétitif, il n'a pas réussi à progresser, et un jour il laissera tomber l'exercice de l'écriture, pensant que tout s'est transformé en routine.

« Le second type, c'est la lettre faite avec de la technique, mais avec l'âme également. Pour cela, il faut que l'intention de celui qui écrit soit en accord avec le mot ; dans ce cas, les vers les plus tristes perdent leur apparence tragique et ils deviennent de simples faits qui se trouvent sur notre chemin.

— Que faites-vous de vos dessins ? » a demandé le petit, dans un arabe parfait. Bien qu'il ne comprît pas notre conversation, il faisait son possible pour participer au travail de sa mère.

« Je les vends.

— Je peux vendre mes dessins ?

— Tu dois vendre tes dessins. Un jour tu seras riche, et tu aideras ta mère. »

Il était content de ma réplique, et il est retourné à ce qu'il était en train de faire, un papillon de toutes les couleurs.

« Et qu'est-ce que je fais de mes textes ? a demandé Athéna.

— Vous savez l'effort que cela vous a coûté de vous asseoir dans la position correcte, apaiser votre âme, clarifier votre intention, respecter chaque lettre de chaque mot. Mais, pour le moment, continuez simplement à pratiquer.

« Après beaucoup de pratique, nous ne pensons plus à tous les mouvements nécessaires : ils font désormais partie de notre propre existence. Mais avant de parvenir à cet état, il faut s'entraîner, répéter. Et comme si cela ne suffisait pas, il faut répéter et s'entraîner.

« Observez un bon forgeron qui travaille le fer. Pour l'œil mal entraîné, il répète les mêmes coups de marteau.

« Mais celui qui connaît l'art de la calligraphie sait que chaque fois qu'il soulève le marteau et le fait redescendre, l'intensité du coup est différente. La main répète le même geste, mais à mesure qu'elle s'approche du fer, elle comprend si elle doit le frapper durement ou le toucher délicatement. Il en est ainsi de la répétition : ce qui paraît la même chose est toujours différent.

« Le moment viendra où vous n'aurez plus besoin de penser à ce que vous êtes en train de faire. Vous serez la lettre, l'encre, le papier et le mot. »

Ce moment est arrivé presque un an plus tard. À ce moment-là, Athéna était déjà connue à Dubaï, elle m'envoyait des clients pour dîner dans mon échoppe, et j'ai compris par leur intermédiaire que sa carrière marchait très bien : elle vendait des morceaux de désert ! Un soir, précédé de toute sa suite, est apparu l'émir en personne. Je me suis affolé ; je n'étais pas préparé pour le recevoir, mais il m'a tranquillisé et m'a remercié pour ce que je faisais pour son employée.

« C'est une excellente personne, et j'attribue ses qualités à ce qu'elle apprend de vous. Je pense lui donner une part dans la société. Peut-être serait-il bon que j'envoie mes vendeurs apprendre la calligraphie, surtout maintenant qu'Athéna doit prendre un mois de vacances.

— Cela n'avancerait à rien, ai-je répondu. La calligraphie est seulement l'un des moyens qu'Allah – que Son Nom soit loué ! – a placés devant nous. Elle enseigne l'objectivité et la patience, le respect et l'élégance, mais nous pouvons apprendre tout cela...

— ... dans la danse, a complété Athéna, qui était près de moi.

— Ou en vendant des immeubles », ai-je conclu.

Quand ils sont tous partis, quand le gamin s'est allongé dans un coin de la tente, ses yeux se fermant presque de sommeil, j'ai apporté le matériel de calligraphie et je lui ai demandé d'écrire quelque chose. Au milieu du mot, j'ai retiré la plume de sa main. Il était temps de dire ce qui devait être dit. J'ai suggéré que nous marchions un peu dans le désert.

« Vous avez déjà appris ce dont vous aviez besoin, ai-je déclaré. Votre calligraphie est de plus en plus personnelle, spontanée. Ce n'est plus une simple répétition de la beauté, mais un geste de création personnelle. Vous avez compris ce que les grands peintres comprennent : pour oublier les règles, il faut les connaître et les respecter.

« Vous n'avez plus besoin des instruments qui vous ont permis d'apprendre. Vous n'avez plus besoin du papier, de l'encre, de la plume, parce que le chemin est plus important que ce qui vous a mise en marche. Un jour, vous m'avez raconté que la personne qui vous a appris à danser imaginait des musiques dans sa tête – et pourtant, elle était capable de répéter les rythmes nécessaires et précis.

— Exactement.

— Si les mots étaient tous attachés, ils n'auraient pas de sens, ou cela compliquerait beaucoup votre compréhension ; il est nécessaire qu'il y ait des espaces. »

Elle a acquiescé de la tête.

« Et bien que vous maîtrisiez les mots, vous ne maîtrisez pas encore les espaces blancs. Votre main, quand elle est concentrée, est parfaite. Quand elle saute d'un mot à l'autre, elle se perd.

— Comment le savez-vous ?

— Ai-je raison ?

— Vous avez tout à fait raison. Durant quelques fractions de seconde, avant de me concentrer sur le mot suivant, je me perds. Des choses auxquelles je ne veux pas penser me dominent avec insistance.

— Et vous savez exactement ce que c'est. »

Athéna savait, mais elle n'a rien dit, jusqu'à ce que nous soyons revenus à la tente et qu'elle ait pu prendre son fils endormi dans ses bras. Ses yeux semblaient pleins de larmes, même si elle faisait son possible pour se contrôler.

« L'émir a dit que vous alliez prendre des vacances. »

Elle a ouvert la porte de la voiture, elle a mis la clé de contact et enclenché le démarreur. Pour quelques instants, seul le bruit du moteur a rompu le silence du désert.

« Je sais de quoi vous parlez, a-t-elle dit finalement. Quand j'écris, quand je danse, je suis guidée par la Main qui a tout créé. Quand je regarde Viorel endormi, je sais qu'il sait qu'il est le fruit de mon amour pour son père, même si je ne le vois plus depuis un an. Mais moi... »

Elle est retombée dans le silence. Le silence qui était l'espace blanc entre les mots.

« ... Mais moi, je ne connais pas la main qui m'a bercée pour la première fois. La main qui m'a inscrite dans le livre de ce monde. »

J'ai seulement hoché la tête en signe d'affirmation.

« Vous pensez que c'est important ?

— Pas toujours. Mais dans votre cas, tant que vous n'aurez pas touché cette main, vous n'améliorerez pas... disons... votre calligraphie.

— Je ne crois pas qu'il soit nécessaire de découvrir quelqu'un qui ne s'est jamais donné la peine de m'aimer. »

Elle a fermé la portière, elle a souri, et elle a fait démarrer la voiture. Malgré les mots qu'elle venait de prononcer, je savais quelle serait sa prochaine étape.

Samira R. Khalil, mère d'Athéna

Ce fut comme si toutes ses conquêtes professionnelles, son aptitude à gagner de l'argent, sa joie d'un nouvel amour, son contentement quand elle jouait avec mon petit-fils, tout cela était passé au second plan. J'ai été tout simplement terrorisée quand Sherine m'a annoncé sa décision d'aller à la recherche de sa mère biologique.

Au début, bien sûr, je me consolais à l'idée que le centre d'adoption n'existait plus, les fiches avaient été perdues, les fonctionnaires se montreraient implacables, le gouvernement venait de tomber et il était impossible de voyager, ou bien le ventre qui lui avait donné le jour n'était plus de ce monde. Mais ce fut une consolation momentanée : ma fille était capable de tout, et elle pouvait surmonter des situations apparemment impossibles.

Jusqu'à ce moment, le sujet était tabou dans la famille. Sherine savait qu'elle avait été adoptée, puisque le psychiatre à Beyrouth m'avait conseillé de le lui dire dès qu'elle serait assez grande pour comprendre. Mais elle ne s'était jamais montrée curieuse de savoir de quelle région elle venait – son foyer avait été Beyrouth, quand la ville était encore un foyer pour nous tous.

Comme le fils adoptif de l'une de mes amies s'était suicidé quand ses parents lui avaient fait une petite sœur – et il n'avait que seize ans ! – nous avons évité d'agrandir notre famille, nous avons accepté tous les sacrifices nécessaires pour qu'elle comprenne qu'elle était la seule raison de mes joies et de mes peines, de mes amours et de mes espoirs. Mais on aurait dit que rien de tout cela ne comptait ; mon Dieu, que les enfants peuvent être ingrats !

Connaissant ma fille, je savais qu'il ne servait à rien de raisonner avec elle. Mon mari et moi, nous sommes restés une semaine sans dormir, et tous les matins, tous les après-midi, nous étions bombardés de questions, et toujours la même : « Dans quelle ville de Roumanie suis-je née ? » Pour aggraver la situation, Viorel pleurait, car il semblait comprendre tout ce qui se passait.

J'ai décidé de consulter de nouveau un psychiatre. Je lui ai demandé pourquoi une jeune fille qui avait tout dans la vie était toujours tellement insatisfaite.

« Nous voulons tous savoir d'où nous venons, a-t-il dit. C'est la question fondamentale de l'être humain sur le plan philosophique. Dans le cas de votre fille, je trouve parfaitement juste qu'elle cherche à connaître ses origines. N'auriez-vous pas cette curiosité, madame ? »

Non, pas moi. Bien au contraire, j'aurais trouvé dangereux d'aller à la recherche de quelqu'un qui m'avait refusée et m'avait rejetée, quand je n'avais pas encore les forces pour survivre.

Mais le psychiatre a insisté :

« Plutôt que d'entrer en conflit avec elle, essayez de l'aider. Si elle voit que ce n'est pas un problème pour vous, peut-être renoncera-t-elle. L'année qu'elle a passée loin de tous ses amis a dû causer une carence affective, qu'elle cherche maintenant à compenser par des provocations sans importance. Simplement pour avoir la certitude qu'elle est aimée. »

Il aurait mieux valu que Sherine fût allée elle-même chez le psychiatre. Ainsi, elle aurait compris les raisons de son comportement.

« Faites preuve de confiance, ne voyez pas en cela une menace. Et si finalement elle veut vraiment aller plus loin, il ne reste qu'à lui donner les éléments qu'elle réclame. D'après ce que je comprends, elle a toujours été une petite fille à problèmes ; peut-être sortira-t-elle renforcée de cette quête. »

J'ai demandé au psychiatre s'il avait des enfants. Il m'a dit que non, et j'ai tout de suite compris qu'il n'était pas la personne indiquée pour me conseiller.

Ce soir-là, alors que nous étions devant la télévision, Sherine est revenue au sujet :

« Qu'est-ce que vous regardez ?

— Les informations.

— Pourquoi ?

— Pour connaître les nouvelles du Liban », a répondu mon mari.

J'ai senti le piège, mais il était trop tard. Sherine a profité immédiatement de la situation.

« Finalement, vous aussi vous êtes curieux de savoir ce qui se passe dans le pays où vous êtes nés. Vous êtes bien installés en Angleterre, vous avez des amis, papa gagne beaucoup d'argent ici, vous vivez en sécurité. Pourtant, vous achetez les journaux libanais. Vous changez de chaîne jusqu'à ce que sorte une information qui concerne Beyrouth. Vous imaginez l'avenir comme si c'était le passé, sans vous rendre compte que cette guerre n'en finit pas.

« Autrement dit : si vous n'êtes pas en contact avec vos origines, vous sentez que vous avez perdu contact avec le monde. Est-ce difficile de comprendre ce que je ressens ?

— Tu es notre fille.

— J'en suis très fière. Et je serai toujours votre fille. Je vous en prie, ne doutez pas de mon amour et de ma reconnaissance pour tout ce que vous avez fait ; je ne veux rien d'autre que mettre les pieds dans mon vrai lieu de naissance. Peut-être demanderai-je à ma mère biologique pourquoi elle m'a abandonnée, ou bien je laisserai tomber cette affaire quand je la regarderai dans les yeux. Si je ne fais pas cette tentative, je me trouverai lâche, et je ne comprendrai jamais les espaces blancs.

— Les espaces blancs ?

— À Dubaï, j'ai appris la calligraphie. Chaque fois que je le peux, je danse. Mais la musique n'existe que parce qu'il y a les pauses. Les phrases n'existent que parce qu'il y a les espaces blancs. Quand je fais quelque chose, je me sens complète ; mais personne ne peut rester en activité pendant les vingt-quatre heures de la journée. Au moment où je m'arrête, je sens un manque.

« Vous avez dit plus d'une fois que j'étais une personne inquiète par nature. Mais je n'ai pas choisi cette manière de vivre : j'aimerais pouvoir être ici, tranquille, à regarder moi aussi la télévision. C'est impossible : ma tête ne s'arrête pas. Parfois je pense que je vais devenir folle, j'ai besoin de toujours danser, écrire, vendre des terrains, m'occuper de Viorel, lire tout ce qui me tombe sous la main. Vous trouvez cela normal ?

— C'est peut-être ton tempérament », a dit mon mari.

La conversation s'est arrêtée là, de la même manière que d'habitude : Viorel en pleurs, Sherine s'enfermant dans son mutisme, et moi convaincue que les enfants ne reconnaissent jamais ce que les parents font pour eux. Pourtant, le lendemain au petit déjeuner, c'est mon mari qui est revenu à la charge :

« Il y a quelque temps, quand tu étais au Moyen-Orient, j'ai essayé de voir dans quelles conditions nous pourrions rentrer chez nous. Je suis allé jusqu'à la rue où nous vivions ; la maison n'existe plus, bien que l'on reconstruise le pays, malgré l'occupation étrangère et les invasions constantes. J'ai éprouvé une sensation d'euphorie ; et si c'était le moment de tout recommencer ? Et c'est justement ce mot, "recommencer", qui m'a ramené à la réalité. Le temps où je pouvais m'offrir ce luxe est révolu ; à présent, je veux continuer ce que je fais, je n'ai pas besoin de nouvelles aventures.

« J'ai voulu revoir les gens avec qui j'avais coutume de boire un verre de whisky en fin d'après-midi. La plupart d'entre eux ne sont plus là, ceux qui sont restés ne cessent de se plaindre de leur sensation constante d'insécurité. J'ai marché dans les lieux où je me promenais, et je me suis senti un étranger, comme si tout cela ne m'appartenait plus. Le pire, c'est que le rêve d'y retourner un jour s'évanouissait à mesure que je retrouvais la ville où je suis né.

« Et pourtant, c'était nécessaire. Les chants de l'exil sont toujours dans mon cœur, mais je sais que je ne retournerai jamais vivre au Liban. D'une certaine manière, ces jours passés à Beyrouth m'ont aidé à mieux comprendre l'endroit où je me trouve maintenant et à valoriser chaque seconde que je passe à Londres.

— Que veux-tu me dire, papa ?

— Que tu as raison. Il vaut peut-être mieux comprendre vraiment ces espaces blancs. Nous pouvons garder Viorel pendant ton absence. »

Il est allé dans la chambre, et il est revenu avec un dossier jauni. C'étaient les papiers de l'adoption – qu'il a tendus à Sherine. Il l'a embrassée, et il a dit qu'il était l'heure d'aller travailler.

Heron Ryan, journaliste

Durant toute cette matinée de 1990, tout ce que je pouvais voir de la fenêtre du sixième étage de cet hôtel était le siège du gouvernement. On venait de hisser sur le toit un drapeau national, pour indiquer l'endroit exact où le dictateur mégalomane avait pris la fuite en hélicoptère, pour trouver la mort quelques heures plus tard, rattrapé par ceux qu'il avait opprimés pendant vingt-deux ans. Les anciennes maisons avaient été rasées par Ceausescu, dans son projet de faire une capitale pouvant rivaliser avec Washington. Bucarest se targuait d'être la ville la plus détruite sans qu'il y eût une guerre ou une catastrophe naturelle.

Le jour de mon arrivée, j'ai encore tenté de marcher un peu dans ses rues avec mon interprète, mais on n'y voyait pas grand-chose à part la misère, la désorientation, le sentiment qu'il n'y avait ni avenir, ni passé, ni présent : les gens vivaient dans une sorte de limbes, sans savoir exactement ce qui se passait dans leur pays et dans le reste du monde. Dix ans plus tard, quand j'y suis retourné et que j'ai vu tout le pays renaissant de ses cendres, j'ai compris que l'être humain pouvait surmonter toutes les difficultés – et le peuple roumain en était un exemple.

Mais dans ce matin gris, dans ce hall gris d'un hôtel triste, je me souciais surtout de savoir si l'interprète trouverait une voiture et assez de combustible pour que je puisse faire les recherches finales pour mon documentaire pour la BBC. Il tardait et j'ai senti les doutes m'envahir : serais-je obligé de rentrer en Angleterre sans atteindre mon objectif ? J'avais déjà investi une somme d'argent significative dans des contrats avec des historiens, dans l'élaboration du scénario, dans le tournage de quelques entretiens – mais la télévision, avant de signer l'engagement définitif, exigeait que je me rende jusqu'au fameux château pour savoir dans quel état il se trouvait. Le voyage coûtait plus cher que je ne l'avais imaginé.

J'ai tenté de téléphoner à ma compagne : on m'a dit que pour obtenir une ligne il fallait attendre une heure ou presque. Mon interprète pouvait arriver à tout moment avec la voiture, je n'avais pas de temps à perdre, j'ai décidé de ne pas prendre le risque.

J'ai cherché un journal en anglais, mais je n'en ai pas trouvé. Pour apaiser mon anxiété, j'ai commencé à observer, le plus discrètement possible, les personnes qui étaient là en train de prendre le thé, peut-être étrangères à tout ce qui s'était passé l'année précédente – les révoltes populaires, les assassinats de sang-froid de civils à Timisoara, les échanges de coups de feu dans les rues entre le peuple et les redoutables services secrets, qui tentaient désespérément de conserver le pouvoir qui leur échappait. J'ai remarqué un groupe de trois Américains, une femme intéressante, mais qui ne levait pas les yeux d'un magazine de mode, et une table entourée d'hommes qui parlaient à voix haute, dans une langue que je n'arrivais pas à identifier.

J'allais me lever pour la énième fois, marcher jusqu'à la porte pour voir si l'interprète arrivait, quand elle est entrée. Elle devait avoir à peine plus de vingt ans. Elle s'est assise, elle a commandé quelque chose pour le petit déjeuner, et j'ai entendu qu'elle parlait anglais. Aucun des hommes présents n'a paru remarquer son arrivée, mais la femme a interrompu la lecture de son magazine.

Peut-être à cause de mon anxiété, ou de l'endroit qui me déprimait, je me suis armé de courage et je me suis approché.

« Excuse-moi, je ne fais pas cela d'habitude. Je pense que le petit déjeuner est le repas le plus intime de la journée. »

Elle a souri, m'a dit son nom, et j'ai été immédiatement sur mes gardes. Elle avait offert très peu de résistance – c'était peut-être une prostituée. Mais son anglais était parfait, et elle était vêtue discrètement. J'ai décidé de ne pas poser de questions, et j'ai commencé à parler de moi de façon compulsive, constatant que la femme à la table voisine avait laissé son magazine et prêtait attention à notre conversation.

« Je suis producteur indépendant, je travaille pour la BBC de Londres, et en ce moment j'essaie de trouver un moyen de me rendre en Transylvanie... »

J'ai vu que l'éclat avait changé dans ses yeux.

« ...compléter mon documentaire au sujet du mythe du vampire. »

J'ai attendu : le sujet suscitait toujours la curiosité, mais elle, elle a cessé de se montrer intéressée dès que j'ai eu mentionné le motif de ma visite.

« Il suffit de prendre un autocar, a-t-elle répondu. Mais je ne crois pas que tu trouveras ce que tu cherches. Si tu veux en savoir davantage sur Dracula, lis le livre. Son auteur n'est jamais allé dans cette région.

— Et toi, tu connais la Transylvanie ?

— Je ne sais pas. »

Ce n'était pas une réponse ; peut-être était-ce un problème avec la langue anglaise, malgré son accent britannique.

« Mais moi aussi je vais par là, a-t-elle poursuivi. En autocar, bien sûr. »

D'après ses vêtements, elle n'avait pas l'air du genre aventurière qui court le monde pour visiter des lieux

100

exotiques. La théorie de la prostituée est revenue ; elle cherchait peut-être à me faire des avances.

« Tu ne veux pas que je t'emmène ?

— J'ai déjà acheté mon billet. »

J'ai insisté, pensant que ce premier refus faisait partie du jeu. Mais elle a refusé de nouveau, disant qu'elle avait besoin de faire le voyage seule. J'ai demandé d'où elle était, et j'ai noté une grande hésitation avant qu'elle me réponde :

« De Transylvanie, je te l'ai dit.

— Tu n'as pas exactement dit cela. Mais si c'est le cas, tu pourrais m'aider à faire les repérages pour le film et... »

Mon inconscient me disait que je devais explorer le terrain un peu plus, j'avais encore en tête l'idée de la prostituée, et il m'aurait plu énormément qu'elle m'accompagnât. Très poliment, elle a refusé mon offre. L'autre femme est intervenue dans la conversation comme si elle décidait de protéger la jeune fille, j'ai trouvé qu'elle était grossière, et je me suis éloigné.

L'interprète est arrivé peu après, essoufflé, disant qu'il avait tout arrangé, mais que cela coûterait un peu plus cher (je m'y attendais). Je suis monté dans ma chambre, j'ai pris ma valise qui était déjà rangée, je suis monté dans une voiture russe qui tombait en morceaux, j'ai traversé les larges avenues quasi désertes, et j'ai noté que j'emportais mon petit appareil photographique, mes affaires personnelles, mes soucis, des bouteilles d'eau minérale, des sandwiches, et l'image de quelqu'un qui me restait gravée dans la tête.

Les jours suivants, en même temps que je m'efforçais de construire un scénario sur le Dracula historique, et interviewais – sans succès, comme prévu – des paysans et des intellectuels au sujet du mythe du vampire, je me rendais compte que je ne cherchais plus seulement à faire un documentaire pour la télévision britannique. J'aurais aimé rencontrer de nouveau cette fille arrogante, antipathique, suffisante, que j'avais vue dans le bar d'un hôtel de Bucarest, et qui en ce moment devait se trouver ici, pas loin de moi ; dont je ne savais absolument rien d'autre que le nom, mais qui, comme le mythe du vampire, semblait attirer toute mon énergie dans sa direction.

Une absurdité, une chose insensée, inacceptable dans le monde qui était le mien et celui de mes proches.

Deidre O'Neill,
connue sous le nom d'Edda

« Je ne sais pas ce que tu es venue faire ici. Mais, quelle que soit ta motivation, tu dois aller jusqu'au bout. »

Elle m'a regardée, étonnée.

« Qui es-tu ? »

J'ai commencé à parler du magazine féminin que j'étais en train de lire, et l'homme, au bout d'un certain temps, a décidé de se lever et de sortir. Maintenant, je pouvais dire qui j'étais.

« Si tu veux connaître ma profession, j'ai fait des études de médecine il y a quelques années. Mais je ne crois pas que ce soit la réponse que tu désires entendre. »

J'ai fait une pause.

« Ta prochaine étape, ce sera donc de tenter, par des questions beaucoup plus élaborées, de savoir exactement ce que je fais ici, dans ce pays qui vient de sortir de ses années de plomb.

— Je serai directe : qu'es-tu venue faire ici ? »

J'aurais pu dire : je suis venue à l'enterrement de mon maître, j'ai pensé qu'il méritait cet hommage. Mais il n'aurait pas été prudent d'aborder ce thème ; bien qu'elle n'ait manifesté aucun intérêt pour les vampires, le mot « maître » aurait attiré son attention. Comme mon serment m'interdit de mentir, j'ai répondu par une « demi-vérité ».

« Je voulais voir où avait vécu un écrivain du nom de Mircea Eliade, dont tu n'as probablement jamais entendu parler. Eliade, qui a passé une grande partie de sa vie en France, était spécialiste de... disons... des mythes. »

La jeune fille a regardé sa montre, feignant le désintérêt.

« Et je ne parle pas de vampires. Je parle de gens qui... si je puis dire... suivent le chemin que tu es en train de suivre. »

Elle allait boire son café, elle a interrompu son geste.

« Tu es du gouvernement ? Ou bien quelqu'un à qui mes parents ont demandé de me suivre ? »

C'est moi qui me suis demandé s'il fallait poursuivre la conversation ; son agressivité était absolument inutile. Mais je pouvais voir son aura, son angoisse. Elle ressemblait beaucoup à ce que j'étais à son âge : des blessures intérieures et extérieures, qui m'ont poussée à soigner des gens sur le plan physique, et à les aider à trouver leur voie sur le plan spirituel. J'ai eu envie de dire « tes blessures t'aident, petite », prendre mon magazine et m'en aller.

Si j'avais fait cela, Athéna aurait peut-être pris un chemin totalement différent, et elle serait encore en vie auprès de l'homme qu'elle aimait, s'occupant de son fils, qu'elle aurait vu grandir, se marier et lui donner des petits-enfants. Elle serait riche, peut-être propriétaire d'une société immobilière. Elle avait tout, absolument tout pour réussir ; elle avait assez souffert pour savoir utiliser ses cicatrices à son avantage, elle aurait pu se défaire un peu de son anxiété et aller de l'avant, ce n'était qu'une question de temps.

Mais qu'est-ce qui m'a poussée à rester assise là, à vouloir poursuivre la conversation ? La réponse est très simple : la curiosité. Je ne pouvais pas comprendre pourquoi cette lumière éclatante était là, dans le hall glacé d'un hôtel.

J'ai continué :

« Mircea Eliade a écrit des livres aux titres étranges : *Occultisme, sorcellerie et modes culturelles,* par exemple. Ou bien *Histoire des croyances et des idées religieuses.* Mon maître (je l'ai dit sans le vouloir, mais elle n'a pas entendu ou a fait semblant de ne pas avoir noté) aimait beaucoup son travail. Et quelque chose me dit, intuitivement, que le sujet t'intéresse. »

Elle a de nouveau regardé sa montre.

« Je vais à Sibiu, a dit la jeune fille. Mon autocar part dans une heure, je vais voir ma mère, si c'est cela que tu désires savoir. Je travaille comme agent immobilier au Moyen-Orient, j'ai un fils qui a presque quatre ans, je suis divorcée, et mes parents vivent à Londres. Mes parents adoptifs, bien sûr, car j'ai été abandonnée dans l'enfance. »

Elle était vraiment à une étape très avancée de perception – elle s'était identifiée avec moi, bien qu'elle n'en eût pas conscience.

« Oui, c'est cela que je voulais savoir.

— Avais-tu besoin de venir aussi loin pour faire une recherche sur un écrivain ? N'y a-t-il pas de bibliothèques là où tu vis ?

— En réalité, cet écrivain a vécu en Roumanie seulement jusqu'à ce qu'il ait terminé l'université. De sorte que, si je voulais en savoir davantage sur son travail, je devrais aller à Paris, Londres ou Chicago, où il est mort. Par conséquent, ce que je fais n'est pas une recherche au sens classique : je veux voir où il a mis les pieds. Je veux sentir ce qui l'a inspiré et poussé à écrire sur des choses qui influencent ma vie et la vie des personnes que je respecte.

— A-t-il écrit aussi sur la médecine ? »

Mieux valait ne pas répondre. J'ai constaté qu'elle avait noté le mot « maître », mais elle pensait qu'il se rapportait à ma profession.

La jeune fille s'est levée. Je pense qu'elle pressentait où je voulais en venir – je voyais sa lumière briller plus intensément. Je ne parviens à entrer dans cet état de perception que lorsque je suis proche de quelqu'un qui me ressemble beaucoup.

« Cela te dérange de m'accompagner jusqu'à la gare routière ? » a-t-elle demandé.

Pas du tout. Mon avion devait partir en fin de soirée, et un jour entier, ennuyeux, interminable, s'étendait devant moi. J'avais au moins quelqu'un avec qui bavarder un peu.

Elle est montée, elle est revenue avec ses valises à la main et une série de questions en tête. Elle a commencé son interrogatoire dès que nous sommes sorties de l'hôtel.

« Je ne te reverrai peut-être plus jamais, a-t-elle dit. Mais je sens que nous avons quelque chose en commun. Alors, puisque c'est peut-être notre dernière occasion de causer dans cette incarnation, cela te poserait-il un problème d'être directe dans tes réponses ? »

J'ai accepté d'un signe de tête.

« Puisque tu as lu ces livres, crois-tu que la danse peut nous faire entrer en transe et nous faire voir une lumière ? Et que cette lumière ne nous dit absolument rien, sauf si nous sommes contents ou tristes ? »

Bonne question !

« Sans doute. Mais pas seulement la danse ; tout ce sur quoi nous parvenons à concentrer notre attention, et qui nous permet de séparer le corps de l'esprit. Comme le yoga, ou la prière, ou la méditation des bouddhistes.

— Ou encore la calligraphie.

— Je n'y avais pas pensé, mais c'est possible. Dans ces moments où le corps libère l'âme, elle monte aux cieux ou descend aux enfers, cela dépend de l'état d'esprit de la personne. Dans les deux endroits, elle apprend ce dont elle a besoin : soit à détruire son prochain, soit à le soigner. Mais je ne m'intéresse plus à ces chemins individuels ; dans ma tradition, j'ai besoin de l'aide de... Tu prêtes attention à ce que je dis ?

— Non. »

J'ai vu qu'elle s'était arrêtée au milieu de la rue et qu'elle regardait une fillette qui paraissait abandonnée. Immédiatement, elle a mis la main dans son sac.

« Ne fais pas cela, ai-je dit. Regarde de l'autre côté de la chaussée – il y a une femme qui a un regard malveillant. Elle a mis cette enfant là pour...

— Cela m'est égal. »

La jeune fille a sorti quelques pièces. J'ai retenu sa main.

« Invitons-la à manger quelque chose. C'est plus utile. »

J'ai proposé à l'enfant d'aller dans un bar, j'ai acheté un sandwich et je le lui ai donné. La petite a souri et a remercié ; une lueur de haine a brillé dans les yeux de la femme de l'autre côté de la rue. Mais les pupilles grises de la jeune fille qui marchait à côté de moi, pour la première fois, ont manifesté du respect pour ce que je venais de faire.

« Que disais-tu ?

— Peu importe. Sais-tu ce qui s'est passé il y a quelques minutes ? Tu es entrée dans une transe comme celle que provoque la danse.

— Tu te trompes.

— J'ai raison. Quelque chose a touché ton inconscient ; c'est peut-être toi que tu as vue mendier dans cette rue, si tu n'avais pas été adoptée. À ce moment, ton cerveau a cessé de réagir. Ton esprit est sorti de toi, il est parti en enfer, il a rencontré les démons de ton passé. C'est pour cela que tu n'as pas remarqué la femme de l'autre côté de la rue – tu étais en transe. Une transe désorganisée, chaotique, qui te poussait à faire un geste théoriquement bon, mais pratiquement inutile. Comme si tu étais...

— ... dans un espace blanc entre les lettres. Au moment où une note de musique s'achève et où l'autre n'a pas encore commencé.

— Exactement. Et une transe provoquée de cette manière peut être dangereuse. »

J'ai dit à peu près : « C'est le genre de transe provoquée par la peur : elle paralyse la personne, la laisse sans réaction, son corps ne répond pas, son âme n'est plus là. Tu as été terrorisée par tout ce qui aurait pu se passer si le destin n'avait pas mis tes parents sur ton chemin. » Mais elle avait laissé ses valises par terre, et elle me faisait face.

« Qui es-tu ? Pourquoi me dis-tu tout cela ?

— Comme médecin, on m'appelle Deidre O'Neill. Enchantée. Et toi, quel est ton nom ?

— Athéna. Mais, sur mon passeport, il est écrit Sherine Khalil.

— Qui t'a donné ce nom ?

— Personne d'important. Mais je n'ai pas demandé ton nom : j'ai demandé qui tu étais. Et pourquoi tu m'as approchée. Et pourquoi j'ai ressenti le même besoin de parler avec toi. Est-ce le fait que nous étions les deux seules femmes dans ce bar ? Je ne crois pas. Et tu me dis des choses qui font sens dans ma vie. »

Elle a repris ses valises, et nous avons continué à marcher vers la gare routière.

« Moi aussi j'ai un second prénom : Edda. Mais il n'a pas été choisi au hasard. Et je ne crois pas non plus que ce soit le hasard qui nous ait réunies. »

Devant nous se trouvait le portail de la gare routière, plusieurs personnes entraient et sortaient, des militaires en uniforme, des paysans, des femmes jolies mais habillées comme si elles vivaient il y a cinquante ans.

« Si ce n'est pas le hasard, c'est quoi à ton avis ? »

Il restait encore une demi-heure avant le départ de son autocar, et j'aurais pu répondre : la Mère. Certains esprits choisis émettent une lumière spéciale, ils doivent se rencontrer, et toi – Sherine ou Athéna – tu es l'un de ces esprits, mais tu dois beaucoup travailler pour utiliser cette énergie à ton avantage.

J'aurais pu expliquer qu'elle suivait le chemin classique d'une sorcière, qui cherche à travers l'individualité son contact avec le monde supérieur et inférieur, mais finit toujours par détruire sa propre vie – elle est utile, elle donne de l'énergie, et ne la reçoit jamais en retour.

J'aurais pu expliquer que, bien que les chemins soient individuels, il y avait toujours une étape où les personnes s'unissent, font la fête ensemble, discutent de leurs difficultés, et se préparent pour la Renaissance de la Mère. Que le contact avec la Lumière Divine était la plus grande réalité dont un être humain puisse faire l'expérience, mais que, dans ma tradition, ce contact ne pouvait se faire de manière solitaire, parce que des années, des siècles de persécution, nous avaient appris beaucoup de choses.

« Tu ne veux pas entrer prendre un café, pendant que j'attends l'autocar ? »

Non, je ne voulais pas. J'aurais fini par dire des choses qui, à ce stade, auraient été mal interprétées.

« Certaines personnes ont beaucoup compté dans ma vie, a-t-elle poursuivi. Le propriétaire de mon appartement, par exemple. Ou un calligraphe que j'ai connu dans le désert près de Dubaï. Tu me diras peut-être des choses que je pourrais partager avec eux, leur rendant tout ce qu'ils m'ont enseigné. »

Alors, elle avait déjà eu des maîtres dans sa vie : parfait ! Son esprit était mûr. Il lui fallait seulement poursuivre son entraînement ; sinon, elle finirait par perdre ce qu'elle avait gagné. Mais étais-je bien la personne indiquée ?

En une fraction de seconde, j'ai prié la Mère de m'inspirer, de me dire quelque chose. Je n'ai pas eu de réponse – ce qui ne m'a pas surprise, parce qu'Elle agissait toujours ainsi quand je devais prendre la responsabilité d'une décision.

Je lui ai tendu ma carte de visite, et je lui ai demandé la sienne. Elle m'a donné une adresse à Dubaï, et je n'avais pas la moindre idée de l'endroit où cela se trouvait.

J'ai décidé de m'amuser un peu et de la mettre un peu plus à l'épreuve.

« N'est-ce pas une coïncidence que trois Anglais se rencontrent dans un bar de Bucarest ?

— D'après ce que je vois sur ta carte, tu es écossaise. Cet homme travaille apparemment en Angleterre, mais je ne sais rien de lui. »

Elle a inspiré profondément.

« Et moi, je suis... roumaine. »

J'ai expliqué que je devais me dépêcher de rentrer à l'hôtel préparer mes valises.

Maintenant, elle savait où me trouver et, si c'était écrit, nous nous reverrions ; il est important de laisser le destin intervenir dans nos vies, et décider de ce qui est le mieux pour tous.

Vosho « Bushalo », 65 ans,
patron de restaurant

Ces Européens arrivent ici convaincus qu'ils savent tout, qu'ils méritent le meilleur traitement, qu'ils ont le droit de nous inonder de questions, et nous voilà obligés de leur répondre. D'autre part, ils croient que s'ils remplacent notre nom par un autre plus compliqué, comme « les gens du voyage » ou les « Roms », ils peuvent corriger les erreurs qu'ils ont commises dans le passé.

Pourquoi ne pas continuer à nous appeler Tsiganes, et tenter d'en finir avec les légendes qui nous ont toujours fait voir comme des maudits aux yeux du monde ? Ils nous accusent d'être les fruits de l'union illicite entre une femme et le démon en personne. Ils disent que l'un des nôtres a forgé les clous qui ont attaché le Christ sur la croix, que les mères doivent faire attention quand nos caravanes s'approchent, parce que nous avons l'habitude de voler des enfants et d'en faire des esclaves.

C'est pour cela qu'ils ont laissé faire des massacres tout au long de l'Histoire – nous avons été chassés comme les sorcières au Moyen Âge, pendant des siècles, les tribunaux allemands n'acceptaient pas notre témoignage. Quand le vent du nazisme a balayé l'Europe, j'étais déjà né, et j'ai vu mon père être déporté dans un camp de concentration en Pologne, avec le symbole humiliant d'un triangle noir cousu sur ses vêtements. Des cinq cent mille Tsiganes envoyés au travail forcé, cinq mille seulement ont survécu pour raconter l'histoire.

Et personne, absolument personne, ne veut entendre cela.

Dans cette région oubliée de la terre, où la plupart des tribus ont décidé de s'installer, jusqu'à l'an dernier, notre culture, notre religion et notre langue étaient interdites. Si vous demandez à n'importe qui en ville ce qu'il pense des Tsiganes, il vous dira sans beaucoup réfléchir : « Ce sont tous des voleurs. » Nous avons beau essayer de mener une vie normale, laisser notre éternelle pérégrination et habiter dans des lieux où nous serons facilement identifiés, le racisme continue. Mes enfants sont obligés de s'asseoir aux derniers rangs de leurs salles de classe, et il ne se passe pas une semaine sans que quelqu'un les insulte.

Ensuite ils nous reprochent de ne pas répondre directement aux questions, de vouloir nous dissimuler, de ne jamais parler ouvertement de nos origines. Pourquoi faire cela ? Tout le monde sait reconnaître un Tsigane, et tout le monde sait comment se « protéger » de nos « malveillances ».

Quand arrive une petite aux allures d'intellectuelle, souriante, disant qu'elle est de notre culture et de notre race, je suis immédiatement sur mes gardes. Elle est peut-être envoyée par la Securitate, la police secrète de ce dictateur fou, le Conducator, le Génie des Carpates, le Leader. On prétend qu'il a été jugé et fusillé, mais je ne le crois pas ; son fils a encore du pouvoir dans cette région, bien qu'il ait disparu en ce moment.

La petite insiste ; en souriant – comme si ce qu'elle dit était très amusant – elle affirme que sa mère est tsigane, et qu'elle aimerait la rencontrer. Elle a son nom complet ; comment a-t-elle réussi à obtenir cette information sans le soutien de la Securitate ?

Mieux vaut ne pas irriter quelqu'un qui a des contacts avec le gouvernement. Je dis que je ne sais rien, je suis seulement un Tsigane qui a décidé de se construire une vie honnête, mais elle insiste encore ; elle veut voir sa mère. Je sais qui elle est, je sais aussi qu'elle a eu, il y a plus de vingt ans, un enfant qu'elle a remis à un orphelinat, et dont elle n'a plus eu de nouvelles. Nous avons été forcés de l'accepter dans notre milieu à cause de ce forgeron qui se prenait pour le maître du monde. Mais qui me garantit que la petite intellectuelle qui est devant moi est la fille de Liliana ? Avant de chercher à savoir qui est sa mère, elle devrait au moins respecter certaines de nos coutumes, et ne pas se présenter habillée en rouge, parce que ce n'est pas le jour de son mariage. Elle devrait porter des jupes plus longues, pour se protéger du désir des hommes. Et comment a-t-elle pu m'adresser la parole comme elle l'a fait ?

Si aujourd'hui je parle d'elle au présent, c'est que pour ceux qui voyagent le temps n'existe pas – il n'y a que l'espace. Nous sommes venus de très loin, certains disent d'Inde, d'autres affirment que notre origine se trouve en Égypte, le fait est que nous portons le passé comme s'il avait lieu maintenant. Et les persécutions continuent.

La jeune fille essaie d'être sympathique, elle montre qu'elle connaît notre culture, alors que cela n'a aucune importance ; elle devrait connaître nos traditions.

« J'ai su en ville que vous étiez un Rom Baro, un chef de tribu. Avant de venir jusqu'ici, j'ai beaucoup appris sur notre histoire...

— Ce n'est pas la "nôtre", je vous en prie. C'est la mienne, celle de ma femme, de mes enfants, de ma tribu. Vous êtes une Européenne. On ne vous a jamais jeté des pierres dans la rue, comme cela m'est arrivé quand j'avais cinq ans.

— Je crois que les choses s'améliorent.

— Elles se sont toujours améliorées, pour empirer ensuite. »

Mais elle ne cesse pas de sourire. Elle demande un whisky. Nos femmes ne feraient jamais cela.

Si elle était entrée ici simplement pour boire, ou pour trouver de la compagnie, elle serait traitée comme une cliente. J'ai appris à être sympathique, attentionné, élégant, parce que mon affaire en dépend. Quand les clients de mon restaurant veulent en savoir davantage sur les Tsiganes, je raconte quelques histoires curieuses, je leur conseille d'écouter l'ensemble qui va bientôt jouer, j'explique deux ou trois détails de notre culture, et ils sortent d'ici avec l'impression de tout connaître sur nous.

Mais la jeune fille n'est pas venue ici pour faire du tourisme : elle affirme qu'elle est de la race.

Elle me tend de nouveau le certificat qu'elle a obtenu du gouvernement. Je pense que le gouvernement tue, vole, ment, mais ne se risque pas à fournir de faux certificats, et qu'elle doit être vraiment la fille de Liliana, parce qu'il y a là son nom entier et l'endroit où elle vivait. J'ai su par la télévision que le Génie des Carpates, le Père du Peuple, notre Conducator à tous, celui qui nous a fait crever de faim pendant qu'il exportait tout à l'étranger, qui avait dans ses palais des couverts plaqués d'or pendant que le peuple mourait d'inanition, cet homme, avec sa maudite femme, avait l'habitude d'envoyer la Securitate parcourir les orphelinats pour enlever des bébés qui seraient formés par l'État pour devenir des assassins.

Ils prenaient seulement les garçons, ils laissaient les filles. Peut-être est-elle vraiment sa fille.

Je regarde de nouveau le certificat, et je me demande si je dois lui dire ou non où se trouve sa mère. Liliana mérite de rencontrer cette intellectuelle, qui se dit « une des nôtres ». Liliana mérite de regarder cette femme en face ; je pense qu'elle a déjà suffisamment souffert après avoir trahi son peuple, couché avec un *gadjo (N.d.R. : étranger)*, fait honte à ses parents. Il est peut-être temps que cet enfer se termine, qu'elle voie que sa fille a survécu, qu'elle a gagné de l'argent, et pourra même l'aider à sortir de la misère dans laquelle elle se trouve.

Je peux peut-être me faire payer l'information. Et plus tard, notre tribu obtiendra quelques faveurs, parce que nous vivons une période troublée ; tout le monde dit que le Génie des Carpates est mort, on va jusqu'à montrer des scènes de son exécution, mais il peut réapparaître demain, et tout cela n'aura été qu'un excellent coup pour voir qui était de son côté, et qui était prêt à le trahir.

Les musiciens vont commencer d'ici peu, mieux vaut parler affaires.

« Je sais où cette femme se trouve. Et je peux vous conduire jusqu'à elle. »

J'ai pris un ton plus sympathique.

« Cependant, je pense que cette information vaut quelque chose.

— J'y étais préparée, répond-elle, me tendant plus d'argent que je ne pensais en réclamer.

— Cela ne paiera même pas le taxi jusque là-bas.

— Vous aurez la même somme quand je serai arrivée à destination. »

Et je sens que, pour la première fois, elle hésite. On dirait qu'elle a peur d'aller plus loin. Je prends tout de suite l'argent qu'elle a déposé sur le comptoir.

« Demain, je vous conduis jusqu'à Liliana. »

Ses mains tremblent. Elle demande un autre whisky, mais soudain un homme entre dans le bar, change de couleur, et se dirige immédiatement vers elle ; je comprends qu'ils ont dû se connaître hier, et aujourd'hui les voilà déjà en train de parler comme s'ils étaient de vieux amis. Il la désire des yeux. Elle en est pleinement consciente, et elle le provoque encore plus. L'homme commande une bouteille de vin, ils vont s'asseoir tous les deux à une table, et il semble que l'histoire de la mère a été complètement oubliée.

Mais je veux l'autre moitié de l'argent. Quand je vais apporter la boisson, je demande dans quel hôtel elle est descendue, et je dis que j'y serai à dix heures du matin.

Heron Ryan, journaliste

Dès le premier verre de vin, elle a prévenu – sans que je n'aie rien demandé, évidemment – qu'elle avait un petit ami, policier à Scotland Yard. Bien sûr, c'était un mensonge ; elle avait dû lire dans mes yeux, et elle cherchait déjà à m'écarter.

J'ai répondu que j'avais une compagne, et nous sommes allés vers le match nul.

Dix minutes après que la musique eut commencé, elle s'est levée. Nous avions très peu parlé – aucune question au sujet de mes recherches sur les vampires, rien que des généralités, des impressions sur la ville, des protestations concernant les routes. Mais ce que j'ai vu par la suite – plus exactement, ce que tout le monde dans le restaurant a vu – c'était une déesse qui se montrait dans toute sa gloire, une prêtresse qui évoquait anges et démons.

Elle avait les yeux fermés, et elle ne paraissait plus savoir qui elle était, où elle se trouvait, ce qu'elle attendait du monde ; c'était comme si elle flottait en évoquant son passé, révélant son présent, découvrant et prophétisant l'avenir. Elle mêlait érotisme et chasteté, pornographie et révélation, adoration de Dieu et de la nature en même temps.

Tous les clients ont cessé de manger et ont commencé à regarder ce spectacle. Elle ne suivait pas la musique, c'étaient les musiciens qui s'efforçaient d'accompagner ses pas, et ce restaurant dans le sous-sol d'un vieil édifice de la ville de Sibiu est devenu un de ces temples égyptiens, où les adoratrices d'Isis se réunissaient pour leurs rites de fertilité. L'odeur de la viande rôtie et du vin s'est changée en un encens qui nous faisait partager sa transe, l'expérience de quitter le monde et d'entrer dans une dimension inconnue.

Les instruments à cordes et à vent ne jouaient plus, seules les percussions ont continué. Athéna dansait comme si elle n'était plus là, la sueur dégoulinant de son visage, ses pieds nus frappant violemment le parquet. Une femme s'est levée et, gentiment, elle a attaché un foulard autour de son cou et de ses seins, car sa chemise menaçait à tout instant de glisser de son épaule. Mais elle n'a pas paru le remarquer, elle était dans d'autres sphères, aux frontières de ces mondes qui touchent presque le nôtre, mais que l'on ne découvre jamais.

Les gens dans le restaurant ont commencé à frapper dans leurs mains pour accompagner la musique, et Athéna dansait plus vite, captant l'énergie de ces battements, tournant sur elle-même, retrouvant son équilibre dans le vide, emportant tout ce que nous, pauvres mortels, devions offrir à la divinité suprême.

Et soudain, elle s'est arrêtée. Tout le monde s'est arrêté, y compris les musiciens qui jouaient de la batterie. Ses yeux étaient encore fermés, mais des larmes roulaient sur son visage. Elle a levé les bras vers les cieux, et elle a crié :

« Quand je mourrai, enterrez-moi debout, parce que j'ai vécu à genoux toute ma vie ! »

Personne n'a dit un mot. Elle a ouvert les yeux comme si elle se réveillait d'un profond sommeil et elle a marché vers la table, comme si rien ne s'était passé. L'orchestre s'est remis à jouer, des couples ont occupé la piste pour tenter de se divertir, mais l'atmosphère du lieu semblait totalement transformée ; les clients ont aussitôt réglé leur addition et ont commencé à quitter le restaurant.

« Tout va bien ? ai-je demandé, quand j'ai vu qu'elle était remise de son effort physique.

— J'ai peur. J'ai découvert comment arriver là où je ne voulais pas.

— Veux-tu que je t'accompagne ? »

Elle a fait « non » de la tête. Mais elle a demandé dans quel hôtel je me trouvais. Je lui ai donné l'adresse.

Les jours suivants, j'ai terminé mes recherches pour le documentaire, j'ai renvoyé mon interprète à Bucarest avec la voiture de location, et à partir de ce moment, je suis resté à Sibiu uniquement parce que je voulais la rencontrer de nouveau. J'ai beau être depuis toujours une personne guidée par la logique, capable de comprendre que l'amour peut être construit et pas simplement découvert, je savais que si je ne la revoyais plus, je laisserais pour toujours en Transylvanie une part importante de ma vie, bien que je ne l'aie découvert que beaucoup plus tard. J'ai lutté contre la monotonie de ces heures interminables, plus d'une fois je suis allé jusqu'à la gare pour connaître les horaires des cars pour Bucarest, j'ai dépensé en téléphone plus que mon modeste budget de producteur indépendant ne le permettait pour appeler la BBC et ma compagne. J'expliquais que le matériel n'était pas encore prêt, qu'il manquait certaines choses, peut-être un jour de plus, peut-être une semaine, les Roumains étaient très compliqués, ils se révoltaient toujours quand quelqu'un associait la jolie Transylvanie à l'horrible histoire de Dracula. Les producteurs ont enfin paru convaincus, et ils m'ont permis de rester au-delà du temps nécessaire.

Nous étions logés dans l'unique hôtel de la ville, et un jour elle est apparue, elle m'a vu de nouveau dans le hall, notre première rencontre lui est apparemment revenue en tête ; cette fois, c'est elle qui m'a invité à

119

sortir, et je me suis efforcé de contenir ma joie. Moi aussi, peut-être, je comptais dans sa vie.

Plus tard, j'ai découvert que la phrase qu'elle avait prononcée à la fin de sa danse était un vieux proverbe tsigane.

Liliana, couturière, âge et nom inconnus

Je parle au présent parce que pour nous le temps n'existe pas, il n'y a que l'espace. Parce que c'est comme si c'était hier.

La seule coutume de la tribu que je n'ai pas respectée, c'est celle qui voulait que l'homme soit à mes côtés au moment de la naissance d'Athéna. Mais les accoucheuses sont venues, même si elles savaient que j'avais couché avec un *gadjo*, un étranger. Elles ont défait mes cheveux, elles ont coupé le cordon ombilical, fait plusieurs nœuds, et m'ont remis l'enfant. À ce moment-là, la tradition voulait qu'elle soit enveloppée dans un vêtement de son père ; il avait laissé un foulard, qui me rappelait son parfum, que je portais de temps en temps à mon nez pour le sentir près de moi, et maintenant ce parfum allait disparaître à tout jamais.

Je l'ai enveloppée dans le foulard et je l'ai posée sur le sol, pour qu'elle reçoive l'énergie de la Terre. Je suis restée là, ne sachant quoi ressentir, quoi penser ; ma décision était déjà prise.

Elles m'ont dit de choisir un prénom, et de ne le dire à personne – il ne pouvait être prononcé qu'une fois la petite baptisée. Elles m'ont remis l'huile sacrée et les amulettes que je devais lui mettre au cou deux semaines plus tard. Une d'elles m'a dit qu'il ne fallait pas m'inquiéter, que toute la tribu était responsable de l'enfant, et que je devais m'habituer aux critiques

– cela passerait très vite. Elles m'ont aussi conseillé de ne pas sortir entre la tombée du jour et l'aurore, parce que les *tsinvari (N.d.R. : esprits malins)* pouvaient nous attaquer et nous posséder, et dès lors notre vie serait une tragédie.

Une semaine plus tard, dès le lever du soleil, je suis allée jusqu'à un centre d'adoption à Sibiu pour la déposer sur le seuil de la porte, espérant qu'une main charitable viendrait la recueillir. Alors que j'allais le faire, une infirmière m'a attrapée et m'a entraînée à l'intérieur. Elle m'a injuriée autant qu'il est possible, disant qu'ils étaient préparés à ce genre de comportement : il y avait toujours quelqu'un qui surveillait, je ne pouvais pas fuir aussi facilement mes responsabilités, j'avais mis un enfant au monde.

« Évidemment, abandonner son enfant, on ne peut pas attendre autre chose d'une Tsigane ! »

J'ai été obligée de remplir une fiche avec tous les renseignements et, comme je ne savais pas écrire, elle a répété encore une fois : « Évidemment, une Tsigane ! Et n'essaie pas de nous tromper en fournissant des renseignements faux, ou tu pourrais bien aller en prison ! » Par peur, j'ai fini par raconter la vérité.

Je l'ai regardée une dernière fois, et voilà tout ce que j'ai réussi à penser : « Petite fille sans nom, puisses-tu trouver l'amour, beaucoup d'amour dans ta vie. »

Je suis sortie et j'ai marché dans la forêt pendant des heures. Je pensais à toutes ces nuits pendant ma grossesse, où j'aimais et haïssais l'enfant et l'homme qui l'avait planté en moi.

Comme toutes les femmes, j'ai rêvé toute ma vie de rencontrer le prince charmant, me marier, remplir ma maison d'enfants et prendre soin de ma famille. Comme beaucoup de femmes, j'ai fini par tomber amoureuse d'un homme qui ne pouvait pas me donner cela – mais avec qui j'ai partagé des moments que je n'oublierai jamais. Ces moments, je n'aurais pas pu les faire comprendre à l'enfant, elle aurait toujours été stigmatisée au sein de notre tribu, une *gadjo*, une fille sans père. J'aurais pu le supporter, mais je ne voulais pas qu'elle connaisse la souffrance qui était la mienne depuis que j'avais découvert que j'étais enceinte.

Je pleurais et je me griffais, pensant que, sous l'effet de la douleur, je réfléchirais peut-être moins, je retournerais à la vie, à l'opprobre de la tribu ; quelqu'un se chargerait de la petite, et moi, je vivrais toujours avec l'idée de la revoir un jour, quand elle serait grande.

Je me suis assise sur le sol, je me suis cramponnée à un arbre, ne pouvant cesser de pleurer. Mais quand mes larmes et le sang de mes blessures ont touché le tronc, un calme étrange s'est emparé de moi. J'avais l'impression d'entendre une voix me disant que je ne devais pas me faire de souci, que mon sang et mes larmes avaient purifié le chemin de la petite et allégé ma souffrance. Depuis, chaque fois que je sens le désespoir me gagner, je me rappelle cette voix et je suis tranquillisée.

C'est pour cela que je n'ai pas été surprise de la voir arriver avec le Rom Baro de notre tribu – qui a demandé un café, un verre, m'a adressé un sourire ironique, et est parti aussitôt. La voix m'avait dit qu'elle reviendrait, et maintenant elle est là, devant moi. Jolie, elle ressemble à son père, je ne sais pas ce qu'elle éprouve pour moi – peut-être de la haine parce que je l'ai abandonnée un jour. Je n'ai pas besoin d'expliquer pourquoi j'ai fait cela ; personne au monde ne pourrait comprendre.

Nous restons une éternité sans rien nous dire, à nous regarder simplement – sans sourire, sans pleurer, sans rien. Un élan d'amour sort du fond de mon âme, je ne sais pas si elle s'intéresse à ce que je ressens.

« Tu as faim ? Tu veux manger quelque chose ? »

L'instinct. Toujours l'instinct d'abord. Elle fait « oui » de la tête. Nous entrons dans la petite pièce où je vis, et qui sert en même temps de salon, de chambre, de

123

cuisine et d'atelier de couture. Elle regarde tout cela, elle est étonnée, mais je fais semblant de ne pas l'avoir remarqué : je vais jusqu'au fourneau, je reviens avec deux assiettes de l'épaisse soupe de légumes et de graisse animale. Je prépare un café fort et, alors que je vais mettre du sucre, j'entends sa première phrase :

« Sans sucre, s'il te plaît. » Elle ne savait pas que je parlais anglais.

J'allais dire : « c'est ton père », mais je me suis contrôlée. Nous mangeons en silence et, à mesure que le temps passe, tout commence à me paraître familier, je suis là avec ma fille, elle a parcouru le monde et maintenant elle est de retour, elle a connu d'autres chemins et elle rentre à la maison. Je sais que c'est une illusion, mais la vie m'a donné tant de moments de dure réalité qu'il ne coûte rien de rêver un peu.

« Qui est cette sainte ? » Elle indique un cadre au mur.

— Sainte Sara, la patronne des Gitans. J'ai toujours voulu visiter son église, en France, mais nous ne pouvons pas sortir d'ici. Je n'aurais pas de passeport, de permis, et... »

J'allais dire : « même si je l'obtenais, je n'aurais pas d'argent », mais j'ai interrompu ma phrase. Elle aurait pu penser que je lui réclamais quelque chose.

« ... et je suis très occupée par mon travail. »

Le silence revient. Elle termine sa soupe, allume une cigarette, son regard ne manifeste rien, aucun sentiment.

« As-tu pensé que tu me reverrais ? »

Je réponds oui. Et j'ai su hier, par la femme du Rom Baro, qu'elle était dans son restaurant.

« Un orage approche. Tu ne veux pas dormir un peu ?

— Je n'entends aucun bruit. Le vent ne souffle ni plus ni moins fort qu'avant. Je préfère causer.

— Crois-moi. J'ai le temps que tu veux, j'ai la vie qui me reste pour être près de toi.

— Ne dis pas cela maintenant.

— ... Mais tu es fatiguée, je poursuis, feignant de n'avoir pas entendu son commentaire. Je vois l'orage qui approche. Comme tous les orages, il apporte la destruction ; pourtant en même temps il arrose les champs, et la sagesse du ciel descend avec sa pluie. Comme tous les orages, il doit passer. Plus il sera violent, plus il sera rapide. »

Grâce à Dieu, j'ai appris à affronter les orages.

Et comme si les Saintes-Maries-de-la-Mer m'avaient entendue, les premières gouttes commencent à tomber sur le toit en zinc. La petite termine sa cigarette, je la prends par la main, et je la conduis jusqu'à mon lit. Elle se couche et ferme les yeux.

Je ne sais pas combien de temps elle a dormi ; je la contemplais sans penser à rien, et la voix que j'avais entendue un jour dans la forêt me disait que tout allait bien, que je n'avais pas à m'en faire, que les changements que le destin provoque en nous sont favorables si nous savons déchiffrer ce qu'ils racontent. Je ne savais pas qui l'avait recueillie à l'orphelinat, l'avait élevée et en avait fait la femme indépendante qu'elle semblait être. J'ai fait une prière pour cette famille qui avait permis à ma fille de survivre et de vivre mieux. Au milieu de la prière, j'ai éprouvé jalousie, désespoir, regret, et j'ai cessé de parler à sainte Sara ; est-ce qu'il était vraiment important de l'avoir fait revenir ? Là se trouvait tout ce que j'avais perdu et ne retrouverais jamais.

Mais là se trouvait aussi la manifestation physique de mon amour. Je ne savais rien, et en même temps tout m'était révélé, des scènes me revenaient, où j'avais pensé au suicide, envisagé l'avortement, m'étais imaginée quittant ce coin du monde et partant à pied jusqu'à la limite de mes forces, le moment où j'avais vu mon sang et mes larmes sur l'arbre, la conversation avec la nature qui s'était intensifiée à partir de ce moment et ne m'avait plus jamais quittée – bien que peu de gens l'aient su dans ma tribu. Mon protecteur, qui m'avait trouvée errante dans la forêt, pouvait comprendre tout cela, mais il venait de mourir.

« La lumière est instable, elle s'éteint avec le vent, elle s'allume avec l'éclair, jamais elle ne brille comme le soleil – mais il vaut la peine de lutter pour elle », disait-il.

Lui seul m'avait acceptée, et il avait convaincu la tribu que je pouvais de nouveau faire partie de ce monde. Lui seul avait l'autorité morale suffisante pour empêcher mon expulsion.

Et malheureusement, lui seul ne connaîtrait jamais ma fille. J'ai pleuré pour lui, pendant qu'elle restait immobile dans mon lit, elle qui était sans doute habituée à tout le confort du monde. Des milliers de questions sont revenues – qui étaient ses parents adoptifs, où vivait-elle, avait-elle fait l'université, aimait-elle quelqu'un, quels étaient ses projets ? Cependant, ce n'était pas moi qui avais couru le monde pour la trouver, mais le contraire ; alors, je n'étais pas là pour poser des questions, mais pour y répondre.

Elle a ouvert les yeux. J'ai songé à toucher ses cheveux, lui donner la tendresse que j'avais retenue pendant toutes ces années, mais j'ignorais sa réaction, et j'ai pensé qu'il valait mieux me contrôler.

« Tu es venue jusqu'ici pour savoir pourquoi...

— Non. Je ne veux pas savoir pourquoi une mère abandonne sa fille ; il n'y a aucun motif pour cela. »

Ses mots me fendent le cœur, mais je ne sais pas comment répondre.

« Qui suis-je ? Quel sang coule dans mes veines ? Hier, quand j'ai su que je pouvais te trouver, j'ai éprouvé un état de terreur absolue. Je commence par où ? Toi, comme toutes les Tsiganes, tu dois savoir lire l'avenir dans les cartes, n'est-ce pas ?

— Ce n'est pas vrai. Nous faisons cela seulement avec les *gadjos*, les étrangers, c'est un moyen de gagner notre vie. Jamais nous ne lisons dans les cartes ou les lignes de la main, ni n'essayons de prévoir l'avenir quand nous sommes avec notre tribu. Et toi...

— ... Je fais partie de la tribu. Bien que la femme qui m'a mise au monde m'ait envoyée très loin.

— Oui.

— Alors, qu'est-ce que je fais ici ? J'ai vu ton visage, je peux retourner à Londres, mes vacances se terminent.

— Veux-tu savoir qui est ton père ?

— Cela ne m'intéresse pas du tout. »

Et soudain j'ai compris en quoi je pouvais l'aider. Ce fut comme si la voix de quelqu'un d'autre sortait de ma bouche :

« Comprends mieux le sang qui coule dans mes veines, et dans ton cœur. »

C'était mon maître qui parlait à travers moi. Elle a refermé les yeux, et elle a dormi presque douze heures d'affilée.

Le lendemain, je l'ai conduite dans la banlieue de Sibiu, où l'on avait fait un musée avec des maisons de toute la région. Pour la première fois, j'avais eu le plaisir de préparer son petit déjeuner. Elle était plus reposée, moins tendue, et elle me posait des questions sur la culture tsigane, bien qu'elle ne voulût rien savoir à mon sujet. Elle a aussi livré un peu de sa vie ; j'ai su que j'étais grand-mère ! Elle n'a parlé ni de son mari, ni de ses parents adoptifs. Elle a dit qu'elle vendait des terrains quelque part très loin d'ici, et que bientôt elle devrait retourner au travail.

J'ai expliqué que je pouvais lui apprendre à faire des amulettes pour prévenir le mal, et elle n'a manifesté aucun intérêt. Mais quand j'ai parlé d'herbes qui guérissent, elle m'a demandé de lui montrer comment les reconnaître. Dans le parc où nous nous promenions, j'ai essayé de lui transmettre toute la connaissance que je possédais, même si j'avais la certitude qu'elle allait tout oublier à peine rentrée dans son pays natal – qui, je le savais maintenant, était Londres.

« Nous ne possédons pas la terre : c'est elle qui nous possède. Comme autrefois nous voyagions sans arrêt, tout ce qui nous entourait était à nous : les plantes, l'eau, les paysages que traversaient nos caravanes. Nos lois étaient les lois de la nature : les plus forts survivent, et nous, les faibles, les éternels exilés, nous apprenons à dissimuler notre force, pour nous en servir seulement au moment opportun.

« Nous ne croyons pas que Dieu ait fait l'univers ; Dieu est l'univers, nous sommes en Lui, et il est en nous. Bien que... »

Je me suis arrêtée. Mais j'ai décidé de poursuivre, parce que c'était une façon de rendre hommage à mon protecteur.

« ... à mon avis, nous devrions l'appeler Déesse. Mère. Pas la femme qui abandonne sa fille dans un orphelinat, mais Celle qui est en nous, et qui nous protège quand nous sommes en danger. Elle sera toujours avec nous quand nous nous acquitterons de nos tâches quotidiennes avec amour, avec joie, comprenant que rien n'est souffrance, que tout est une manière de louer la Création. »

Athéna – à présent je savais son prénom – a tourné les yeux vers l'une des maisons qui se trouvaient dans le parc.

« Qu'est-ce que c'est, ça ? Une église ? »

Les heures que j'avais passées à côté d'elle m'avaient permis de recouvrer mes forces ; je lui ai demandé si elle voulait changer de sujet. Elle a réfléchi un moment, avant de répondre.

« Je veux continuer à écouter ce que tu as à me dire. Mais d'après ce que j'ai compris dans tout ce que j'ai lu avant de venir ici, ce que tu me racontes ne correspond pas à la tradition des Tsiganes.

— C'est mon protecteur qui me l'a enseigné. Parce qu'il savait des choses que les Tsiganes ne savent pas, il a obligé la tribu à m'accepter de nouveau en son sein. Et à mesure que j'apprenais avec lui, je me rendais compte du pouvoir de la Mère – moi qui avais refusé cette bénédiction. »

J'ai pris dans mes mains un petit arbuste.

« Si un jour ton fils a de la fièvre, mets-le près d'une jeune plante, et secoue les feuilles : la fièvre passera dans la plante. Si tu te sens angoissée, fais la même chose.

— Je préfère que tu continues à me parler de ton protecteur.

— Il me disait qu'au début la Création était profondément solitaire. Alors elle a engendré quelqu'un avec qui parler. Ces deux-là, dans un acte d'amour, ont fait une troisième personne, et dès lors tout s'est multiplié par milliers, par millions. Tu m'as interrogée au sujet de l'église que nous venons de voir : je ne connais pas son origine, et cela ne m'intéresse pas, mon temple c'est le parc, le ciel, l'eau du lac et du ruisseau qui l'alimente. Mon peuple, ce sont les personnes qui partagent une idée avec moi, et pas celles à qui je suis liée par les liens du sang. Mon rituel, c'est célébrer avec ces gens tout ce qui se trouve autour de moi. Quand as-tu l'intention de rentrer chez toi ?

— Demain peut-être. À condition que cela ne te dérange pas. »

Nouvelle blessure dans mon cœur, mais je ne pouvais rien dire.

« Reste le temps que tu voudras. J'ai posé la question simplement parce que j'aimerais fêter ta venue avec les autres. Je peux faire ça ce soir, si tu es d'accord. »

Elle ne dit rien, et je comprends que c'est « oui ». Nous rentrons à la maison, je la nourris de nouveau, elle explique qu'elle doit aller jusqu'à l'hôtel, à Sibiu, prendre quelques vêtements, à son retour j'ai déjà tout organisé. Nous allons sur une colline au sud de la ville, nous nous asseyons autour du feu qui vient d'être allumé, nous jouons de nos instruments, nous chantons, nous dansons, nous racontons des histoires. Elle assiste à tout cela sans participer, bien que le Rom Baro ait dit qu'elle était une excellente danseuse. Pour la première fois de toutes ces années, je suis heureuse, parce que j'ai pu préparer un rituel pour ma fille et célébrer avec elle le miracle qui nous fait être encore toutes les deux en vie, en bonne santé, entièrement livrées à l'amour de la Grande Mère.

À la fin, elle annonce que cette nuit elle va dormir à l'hôtel. Je demande si nous nous quittons, elle dit que non. Elle reviendra demain.

Pendant toute une semaine, ma fille et moi avons partagé l'adoration de l'Univers. Un soir, elle a amené un ami, mais en expliquant avec insistance qu'il n'était pas son bien-aimé, ni le père de son fils. L'homme, qui devait avoir dix ans de plus qu'elle, a demandé qui nous célébrions dans nos rituels. J'ai expliqué que – selon mon protecteur – adorer une personne, cela signifiait la mettre hors de notre monde. Nous n'adorons rien, nous communions seulement avec la Création.

« Mais vous priez ?

— Personnellement, je prie sainte Sara. Mais ici, nous sommes une partie du tout, nous célébrons plutôt que de prier. »

J'ai pensé qu'Athéna avait été fière de ma réponse. En réalité, je répétais seulement les paroles de mon protecteur.

« Et pourquoi faites-vous cela en groupe, puisque nous pouvons célébrer seul notre contact avec l'Univers ?

— Parce que les autres sont moi. Et moi, je suis les autres. »

À ce moment, Athéna m'a regardée, et j'ai senti que je lui fendais le cœur à mon tour.

« Je m'en vais demain, a-t-elle dit.

— Avant de partir, viens prendre congé de ta mère. »

C'était la première fois, au long de tous ces jours, que j'utilisais ce terme. Ma voix n'a pas tremblé, mon regard est resté ferme, et je savais que, malgré tout, là se trouvait le sang de mon sang, le fruit de mes entrailles. À ce moment-là, je me comportais comme une petite fille qui vient de comprendre que le monde n'est pas plein de fantômes et de malédictions, comme les adultes nous l'ont enseigné ; qu'il déborde d'amour, quelle que soit la manière dont il se manifeste. Un amour qui pardonne les erreurs et qui rachète les péchés.

Elle m'a serrée contre elle un long moment. Puis elle a rajusté le voile qui couvrait mes cheveux – bien que je n'aie pas de mari, la tradition tsigane disait que je devais le porter puisque je n'étais plus vierge. Que me réservait le lendemain, après le départ d'un être que j'avais toujours aimé et redouté de loin ? J'étais tous, et tous étaient moi et ma solitude.

Le jour suivant, Athéna est venue avec un bouquet de fleurs, elle a rangé ma chambre, elle a dit que je devrais porter des lunettes parce que la couture m'abîmait les yeux. Elle a demandé si les amis avec qui je célébrais ces cérémonies n'avaient pas finalement des problèmes avec la tribu, j'ai dit que non, que mon protecteur avait été un homme respecté, il avait appris ce que beaucoup d'entre nous ne savaient pas, il avait des disciples dans le monde entier. Je lui ai expliqué qu'il était mort peu avant son arrivée.

« Un jour, un chat s'est approché et l'a touché de son corps. Pour nous, cela signifiait la mort et nous avons tous été inquiets ; il existe cependant un rituel pour briser ce maléfice.

« Mais mon protecteur a dit qu'il était temps pour lui de partir, il devait voyager dans des mondes dont il savait l'existence, renaître enfant, et d'abord se reposer un peu dans les bras de la Mère. Ses funérailles ont été simples, dans une forêt près d'ici, mais il est venu des gens du monde entier pour y assister.

— Parmi ces personnes, une femme aux cheveux noirs, d'à peu près trente-cinq ans ?

— Je ne me souviens pas exactement, mais c'est possible. Pourquoi veux-tu savoir ?

— J'ai rencontré quelqu'un dans un hôtel de Bucarest, qui m'a dit qu'elle était venue pour les funérailles d'un ami. Je crois qu'elle a mentionné quelque chose comme "son maître". »

Elle m'a demandé de lui parler davantage des Tsiganes, mais il n'y avait pas grand-chose qu'elle ne sût déjà. Surtout que, à part les coutumes et les traditions, nous connaissons à peine notre histoire. Je lui ai suggéré d'aller un jour en France, et d'apporter de ma part un manteau pour la statue de Sara dans la petite ville française des Saintes-Maries-de-la-Mer.

« Je suis venue jusqu'ici parce qu'il manquait quelque chose dans ma vie. J'avais besoin de remplir mes espaces blancs, et j'ai pensé que la seule vue de ton visage serait suffisante. Mais non, je devais aussi comprendre que... j'avais été aimée.

— Tu es aimée. »

J'ai fait une longue pause : elle avait finalement mis en mots ce que j'aurais souhaité dire depuis que je l'avais laissée partir. Pour éviter qu'elle ne s'attendrisse, j'ai continué :

« J'aimerais te demander quelque chose.

— Ce que tu voudras.

— Je veux te demander pardon. »

Elle s'est mordu les lèvres.

« J'ai toujours été une personne très agitée. Je travaille beaucoup, je m'occupe trop de mon fils, je danse comme une folle, j'ai appris la calligraphie, je suis des cours de perfectionnement pour la vente, je lis un livre à la suite de l'autre. Tout cela pour éviter ces moments où rien ne se passe, parce que ces espaces blancs m'apportent une sensation de vide absolu, dans lequel n'existe même pas une simple miette d'amour. Mes parents ont toujours tout fait pour moi, et je pense que je ne cesse pas de les décevoir.

« Mais ici, pendant que nous étions ensemble, dans les moments où j'ai célébré avec toi la nature et la Grande Mère, j'ai compris que ces blancs commençaient à se remplir. Ils sont devenus des pauses – le moment où l'homme lève la main du tambour, avant de le frapper de nouveau violemment. Je pense que je peux partir ; je ne dis pas que j'irai en paix, parce que ma vie a besoin d'un rythme auquel je suis habituée. Mais je ne partirai pas non plus amère. Tous les Tsiganes croient-ils à la Grande Mère ?

— Si tu poses la question, aucun ne dira oui. Ils ont adopté les croyances et les coutumes des lieux où ils se sont installés. Mais la seule chose qui nous unit dans la religion, c'est l'adoration de sainte Sara, et le pèlerinage au moins une fois dans la vie jusqu'à son tombeau, aux Saintes-Maries-de-la-Mer. Certaines tribus l'appellent Kali Sara, la Sara noire. Ou la Vierge des Gitans, ainsi qu'elle est connue à Lourdes.

— Je dois partir, a dit Athéna au bout d'un certain temps. L'ami que tu as rencontré l'autre jour va m'accompagner.

— Il a l'air d'un homme bon.

— Tu parles comme une mère.

— Je suis ta mère.

— Je suis ta fille. »

Elle m'a serrée contre elle, les larmes aux yeux cette fois. J'ai caressé ses cheveux, la tenant dans mes bras comme je l'avais toujours rêvé, depuis qu'un jour le destin – ou ma peur – nous avait séparées. Je l'ai priée de prendre soin d'elle, et elle a répondu qu'elle avait beaucoup appris.

« Tu apprendras plus encore, car même si nous sommes tous aujourd'hui prisonniers de nos maisons, de nos villes et de nos emplois, le temps des caravanes, les voyages et les enseignements que la Grande Mère a mis sur notre chemin pour que nous puissions survivre coulent encore dans ton sang. Apprends, mais apprends toujours avec quelqu'un à côté de toi. Ne reste pas seule dans cette quête : si tu fais un faux pas, tu n'auras personne pour t'aider à le corriger. »

Elle continuait à pleurer, serrée contre moi, comme si elle me demandait de la garder. J'ai imploré mon protecteur de ne pas me laisser verser une larme, car je voulais le meilleur pour Athéna, et son destin était d'aller de l'avant. Ici, en Transylvanie, à part mon amour, elle ne trouverait plus rien. Et j'ai beau croire que l'amour suffit pour donner sa justification à toute une existence, j'avais la certitude absolue que je ne pouvais pas lui demander de sacrifier son avenir pour rester à mes côtés.

Athéna m'a embrassée sur le front et elle est partie sans dire adieu, pensant peut-être qu'un jour elle reviendrait. Tous les Noëls, elle m'envoyait assez d'argent pour que je passe l'année entière sans avoir besoin de coudre ; je ne suis jamais allée à la banque toucher ses chèques, même si tout le monde dans la tribu trouvait que j'agissais comme une femme ignorante.

Il y a six mois, ses envois ont cessé. Elle a sans doute compris que j'avais besoin de la couture pour remplir ce qu'elle appelait des « espaces blancs ».

J'aurais beaucoup aimé la voir encore une fois, mais je sais qu'elle ne reviendra jamais ; en ce moment, elle doit être cadre supérieur, mariée avec l'homme qu'elle aime, je dois avoir beaucoup de petits-enfants, mon sang demeurera sur cette terre et mes erreurs seront pardonnées.

Samira R. Khalil, maîtresse de maison

Dès qu'Athéna est entrée chez nous en poussant des cris de joie, elle a attrapé pour le serrer contre elle un Viorel affolé, et j'ai compris que tout s'était passé mieux que je ne l'avais imaginé. J'ai senti que Dieu avait entendu mes prières et qu'elle n'avait plus rien à découvrir sur elle-même, elle pouvait enfin s'adapter à une vie normale, élever son fils, se remarier, et laisser de côté toute cette anxiété qui la rendait euphorique et déprimée en même temps.

« Je t'aime, maman. »

À mon tour, je l'ai prise et serrée dans mes bras. Pendant son absence, j'avoue que certaines nuits, j'étais terrorisée à l'idée qu'elle puisse envoyer quelqu'un chercher Viorel, et qu'ils ne reviennent plus jamais.

Elle a mangé, pris un bain, raconté sa rencontre avec sa vraie mère, décrit les paysages de la Transylvanie (je ne m'en souvenais pas très bien, vu que j'y étais seulement à la recherche d'un orphelinat), puis je lui ai demandé quand elle retournerait à Dubaï.

« La semaine prochaine. Je dois d'abord aller voir quelqu'un en Écosse. »

Un homme !

« Une femme, a-t-elle poursuivi, remarquant peut-être mon sourire complice. Je sens que j'ai une mission. J'ai découvert des choses dont je n'imaginais pas l'existence pendant que je célébrais la vie et la nature. Ce que je pensais rencontrer seulement dans la danse se trouve partout. Et a un visage de femme : j'ai vu dans... »

J'ai pris peur. Je lui ai dit que sa mission, c'était éduquer son fils, essayer de progresser dans son travail, gagner plus d'argent, se remarier, respecter Dieu tel que nous Le connaissons.

Mais Sherine ne m'écoutait pas.

« C'était un soir où, assis autour du feu, nous buvions, riions de nos histoires, écoutions de la musique. Sauf une fois au restaurant, tous les jours que j'ai passés là-bas, je n'ai pas ressenti la nécessité de danser, comme si j'accumulais de l'énergie pour autre chose. Soudain, j'ai senti que tout autour de moi vivait, palpitait – moi et la Création nous ne faisions qu'un. J'ai pleuré de joie quand les flammes du bûcher ont semblé prendre la forme du visage d'une femme, pleine de compassion, qui me souriait. »

J'en ai eu la chair de poule ; de la sorcellerie de Tsigane, j'en étais sûre. Et en même temps m'est revenue l'image de la petite à l'école, qui disait qu'elle avait vu « une femme en blanc ».

« Ne te laisse pas prendre à ces choses démoniaques. Tu as toujours eu de bons exemples dans notre famille, ne peux-tu pas simplement mener une vie normale ? »

Apparemment, j'avais jugé un peu vite que le voyage à la recherche de sa mère biologique lui avait fait du bien. Mais au lieu de réagir avec son agressivité coutumière, elle a poursuivi en souriant :

« Qu'est-ce qui est normal ? Pourquoi papa est-il toujours surchargé de travail, si nous avons déjà assez d'argent pour subvenir aux besoins de trois générations ? C'est un homme honnête, il mérite ce qu'il gagne, mais il dit toujours, avec une certaine fierté, qu'il est surchargé de travail. Pourquoi ? Où veut-il en venir ?

136

— C'est un homme qui donne de la dignité à sa vie.

— Quand je vivais avec vous, chaque fois qu'il rentrait à la maison, il demandait où en étaient mes devoirs, il m'expliquait avec une quantité d'exemples combien son travail était nécessaire pour le monde, il allumait la télévision, il faisait des commentaires sur la situation politique au Liban, avant de dormir il lisait un livre technique ou un autre, il était toujours occupé.

« Et avec toi c'est pareil ; j'étais la mieux habillée à l'école, tu m'emmenais aux fêtes, tu veillais à ce que la maison soit en ordre, tu as toujours été gentille, aimante, et tu m'as donné une éducation impeccable. Mais à présent que la vieillesse arrive, qu'avez-vous l'intention de faire de votre vie, puisque j'ai grandi et que je suis indépendante ?

— Nous allons voyager. Courir le monde, profiter de notre repos bien mérité.

— Pourquoi ne pas commencer, alors que vous avez encore la santé ? »

Je m'étais déjà posé la même question. Mais je sentais que mon mari avait besoin de son travail – pas pour l'argent, mais pour la nécessité d'être utile, de prouver qu'un exilé aussi honore ses engagements. Quand il prenait des vacances et restait en ville, il ne pouvait pas s'empêcher de passer au bureau, causer avec ses amis, prendre une décision ou une autre qui aurait pu attendre. J'essayais de le forcer à aller au théâtre, au cinéma, dans les musées, il faisait tout ce que je lui demandais, mais je sentais que cela l'ennuyait ; son seul souci, c'était l'entreprise, le travail, les affaires.

Pour la première fois, je lui ai parlé comme si elle était une amie, et non ma fille – mais en recourant à un langage qui ne me compromettrait pas et qu'elle pourrait comprendre facilement.

« Veux-tu dire que ton père lui aussi cherche à remplir ce que tu appelles des "espaces blancs" ?

— Le jour où il prendra sa retraite, bien que je ne croie pas que ce jour arrive jamais, tu peux être sûre qu'il sombrera dans la dépression. Que faire de cette liberté si durement conquise ? Tout le monde lui fera des compliments pour sa brillante carrière, pour l'héritage qu'il nous a laissé, pour l'intégrité avec laquelle il a dirigé son entreprise. Mais personne n'aura de temps pour lui – la vie suit son cours, et tout le monde y est plongé. Papa va se sentir de nouveau exilé, sauf que cette fois il n'aura pas de pays où se réfugier.

— Tu as une meilleure idée ?

— Je n'en ai qu'une : je ne veux pas que cela m'arrive. Je suis trop agitée et, comprends-moi bien, je ne vous reproche pas du tout l'exemple que vous m'avez donné, mais j'ai besoin de bouger.

« De bouger rapidement. »

Deidre O'Neill,
connue sous le nom d'Edda

Assise dans l'obscurité complète.

Le petit, bien sûr, est sorti immédiatement de la pièce – la nuit est le règne de la terreur, des monstres du passé, de l'époque où nous marchions comme les Tsiganes, comme mon vieux maître – que la Mère ait pitié de son âme, et qu'il soit soigné avec tendresse, jusqu'au moment de son retour.

Athéna ne sait pas quoi faire depuis que j'ai éteint la lumière. Elle s'enquiert de son fils, je lui dis de ne pas s'inquiéter, que je m'en occupe. Je sors, j'allume la télévision, je mets une chaîne de dessins animés, j'éteins le son ; le petit est hypnotisé, et voilà, l'affaire est réglée. Je me demande comment cela se passait autrefois, parce que les femmes venaient pour le rituel auquel Athéna doit participer maintenant, elles amenaient leurs enfants, et il n'y avait pas la télévision. Que faisaient les personnes qui étaient là pour enseigner ?

Bon, ce n'est pas mon problème.

Ce que le gamin est en train de vivre devant la télévision – une porte vers une réalité différente – est la même chose que ce que je vais provoquer chez Athéna. Tout est tellement simple, et en même temps tellement compliqué ! Simple, parce qu'il suffit de changer d'attitude : je ne chercherai plus le bonheur. Désormais je suis indépendante, je vois la vie avec mes yeux, et pas avec ceux des autres. Je vais chercher l'aventure d'être en vie.

Et compliqué : pourquoi ne vais-je pas chercher le bonheur, si l'on m'a enseigné que c'était le seul objectif qui vaille la peine ? Pourquoi vais-je me risquer sur un chemin où les autres ne se risquent pas ?

Après tout, qu'est-ce que le bonheur ?

L'amour, répond-on. Mais l'amour n'apporte pas, et il n'a jamais apporté le bonheur. Bien au contraire, c'est toujours une angoisse, un champ de bataille, beaucoup de nuits blanches à nous demander si nous agissons correctement. Le véritable amour est fait d'extase et de souffrance.

La paix, alors. La paix ? Si nous regardons la Mère, elle n'est jamais en paix. L'hiver lutte contre l'été, le soleil et la lune ne se rencontrent jamais, le tigre poursuit l'homme, qui a peur du chien, qui poursuit le chat, qui poursuit le rat, qui fait peur à l'homme.

L'argent apporte le bonheur. Très bien : alors tous ceux qui en ont assez pour avoir un niveau de vie très élevé pourraient cesser de travailler. Mais ils continuent, toujours plus agités, comme s'ils redoutaient de tout perdre. L'argent apporte plus d'argent, ça, c'est vrai. La pauvreté peut apporter le malheur, mais le contraire n'est pas vrai.

J'ai cherché le bonheur très longtemps dans ma vie – ce que je veux maintenant, c'est la joie. La joie, c'est comme le sexe : ça commence et ça finit. Je veux le plaisir. Je veux être contente – mais le bonheur ? J'ai cessé de tomber dans ce piège.

Quand je me trouve avec un groupe de gens et que je décide de les provoquer en posant l'une des questions les plus importantes de notre existence, tous disent : « Je suis heureux. »

Je continue : « Mais ne désirez-vous pas avoir davantage, ne voulez-vous pas continuer à vous développer ? » Tous répondent : « Évidemment. »

J'insiste : « Alors, vous n'êtes pas heureux. » Ils changent tous de sujet.

Mieux vaut retourner dans la pièce où Athéna se trouve maintenant. Sombre. Elle m'entend marcher, frotter une allumette, et allumer une bougie.

« Tout ce qui nous entoure est le Désir Universel. Ce n'est pas le bonheur, c'est un désir. Et les désirs sont toujours incomplets – quand ils sont assouvis, ils cessent d'être des désirs, n'est-ce pas ?

— Où est mon fils ?

— Ton fils va bien, il regarde la télévision. Je veux que tu regardes seulement cette bougie, et que tu ne parles pas, que tu ne dises rien. Que tu croies seulement.

— Croire que...

— Je t'ai demandé de ne rien dire. Crois, simplement – ne te pose pas de question. Tu es en vie, et cette bougie est le seul point de ton univers – crois à cela. Oublie pour toujours cette idée que le chemin est un moyen d'arriver à une destination : en réalité, chaque pas est toujours une arrivée. Répète cela tous les matins : "Je suis arrivée." Tu verras qu'il sera beaucoup plus facile d'être en contact avec chaque seconde de ta journée. »

J'ai fait une pause.

« La flamme de la bougie illumine ton monde. Demande-lui : "Qui suis-je ?" »

J'ai attendu un peu. Puis j'ai continué :

« J'imagine ta réponse : je suis unetelle, j'ai vécu telles et telles expériences. J'ai un fils, je travaille à Dubaï. Maintenant, informe-toi encore auprès de la bougie : "Qui ne suis-je pas ?" »

De nouveau j'ai attendu. Et de nouveau j'ai continué :

« Tu as dû répondre : je ne suis pas une personne contente. Je ne suis pas une mère de famille typique, qui ne se soucie que de son fils, de son mari, d'avoir une maison avec un jardin et un endroit où passer les vacances chaque été. J'ai visé juste ? Tu peux parler.

— Tu as vu juste.

— Alors nous sommes sur la bonne voie. Tu es – et moi aussi – une personne insatisfaite. Ta "réalité" ne s'accorde pas avec la "réalité" des autres. Et tu as peur que ton fils ne suive le même chemin, n'est-ce pas ?

— C'est vrai.

— Pourtant, tu sais que tu ne peux pas t'arrêter. Tu luttes, mais tu ne parviens pas à contrôler tes doutes. Regarde bien cette bougie : en ce moment, elle est ton univers ; elle concentre ton attention, elle éclaire un peu autour de toi. Inspire profondément, retiens l'air dans tes poumons le plus longtemps possible, et expire. Répète cela cinq fois. »

Elle a obéi.

« Cet exercice a dû calmer ton âme. Maintenant, rappelle-toi ce que je t'ai dit : crois. Crois que tu es capable, que tu es arrivée où tu voulais. À un moment donné de ta vie, tu l'as raconté quand nous prenions le thé cet après-midi, le comportement de tes collègues à la banque où tu travaillais a changé parce que tu leur avais appris à danser. Ce n'est pas vrai.

« Tu as tout changé, parce que tu as changé ta réalité par la danse. Tu as cru à cette histoire du Sommet, qui me paraît intéressante, bien que je n'en aie jamais entendu parler. Tu aimais danser, tu croyais à ce que tu faisais. On ne peut pas croire à quelque chose que l'on n'aime pas, l'as-tu compris ? »

Athéna a fait de la tête un signe d'affirmation, gardant les yeux fixés sur la flamme de la bougie.

« La foi n'est pas un désir. La foi est une Volonté. Les désirs sont toujours des choses qui doivent s'accomplir, la Volonté est une force. La Volonté modifie l'espace autour de nous, comme tu l'as fait dans ton travail à la banque. Mais pour cela, le Désir est nécessaire. Je t'en prie, concentre-toi sur la bougie !

« Ton fils est sorti de cette pièce et il est allé regarder la télévision, parce que le noir lui fait peur. Et quelle en est la cause ? Dans le noir, nous pouvons projeter n'importe quoi, et en général nous ne projetons que nos fantasmes. Cela vaut pour les enfants et pour les adultes. Lève ton bras droit lentement. »

Le bras s'est levé. Je l'ai priée d'en faire autant avec le bras gauche. J'ai bien regardé ses seins – beaucoup plus jolis que les miens.

« Tu peux les baisser, mais lentement aussi. Ferme les yeux, inspire profondément, je vais allumer la lumière. Voilà : le rituel est terminé. Allons au salon. »

Elle s'est levée péniblement – ses jambes étaient engourdies à cause de la position que je lui avais indiquée.

Viorel dormait déjà ; j'ai éteint la télévision, nous sommes allées à la cuisine.

« À quoi a servi tout cela ? a-t-elle demandé.

— Seulement à t'éloigner de la réalité quotidienne. Cela aurait pu être n'importe quel objet sur lequel tu puisses fixer ton attention, mais j'aime l'obscurité et la flamme d'une bougie. Enfin, tu me demandes où je veux en venir, n'est-ce pas ? »

Athéna m'a fait remarquer qu'elle avait passé trois heures en train ou presque, avec son fils dans les bras, alors qu'elle devait préparer sa valise pour retourner travailler ; elle aurait pu regarder une bougie dans sa chambre, sans avoir besoin de venir jusqu'en Écosse.

« Si, tu en avais besoin, ai-je répondu. Pour savoir que tu n'es pas seule, que d'autres sont en contact avec la même chose que toi. Le simple fait de comprendre, cela te permet de croire.

— Croire quoi ?

— Que tu es sur le bon chemin. Et comme je te l'ai dit : que chaque pas est une arrivée.

— Quel chemin ? J'ai cru qu'en allant à la recherche de ma mère en Roumanie, j'allais enfin trouver la paix de l'esprit dont j'avais tellement besoin, et je ne l'ai pas trouvée. De quel chemin parles-tu ?

— Je n'en ai pas la moindre idée. Toi seule tu le découvriras quand tu commenceras à enseigner. De retour à Dubaï, trouve-toi un ou une disciple.

— Enseigner la danse ou la calligraphie ?

— Ça, tu connais déjà. Il te faut enseigner quelque chose que tu ne connais pas. Que la Mère désire révéler à travers toi. »

Elle m'a regardée comme si j'étais devenue folle.

« Exactement, ai-je insisté. Pourquoi t'ai-je demandé de lever les bras et d'inspirer profondément ? Pour que tu croies que j'en savais plus que toi. Mais ce n'est pas vrai ; ce n'était qu'un moyen de t'éloigner du monde auquel tu es habituée. Je ne t'ai pas demandé de remercier la Mère, de dire qu'elle est merveilleuse et que son visage brille dans les flammes d'un bûcher. Je t'ai simplement demandé de lever les bras, un geste absurde et inutile, et de concentrer ton attention sur une bougie. C'est suffisant – essayer, chaque fois que possible, de faire quelque chose qui ne correspond pas à la réalité qui nous entoure.

« Quand tu commenceras à créer des rituels pour ton disciple, tu seras guidée. C'est là que commence l'apprentissage, comme le disait mon protecteur. Si tu veux entendre mes paroles, très bien. Si tu ne le veux pas, ne change rien à la vie que tu mènes en ce moment, et tu finiras par te cogner contre un mur appelé "insatisfaction". »

J'ai appelé un taxi, nous avons parlé un peu de la mode et des hommes, et Athéna est partie. J'avais la certitude absolue qu'elle m'écouterait, surtout parce qu'elle faisait partie de ce genre de personnes qui ne renoncent jamais devant un défi.

« Apprends aux gens à être différents. Simplement ! » ai-je crié, tandis que le taxi s'éloignait.

C'est cela la joie. Le bonheur, ç'aurait été se satisfaire de tout ce qu'elle avait déjà – un amour, un fils, un emploi. Et Athéna, comme moi, n'était pas née pour ce mode de vie.

Heron Ryan, journaliste

Évidemment, je n'admettais pas que j'étais amoureux. J'avais une compagne qui m'aimait, me complétait, partageait avec moi les moments difficiles et les heures de joie.

Toutes les rencontres et tous les événements de Sibiu faisaient partie d'un voyage ; ce n'était pas la première fois que cela arrivait quand je m'absentais de chez moi. Les gens ont tendance à devenir plus aventureux quand ils s'éloignent de leur univers, parce que les barrières et les préjugés sont restés au loin.

En rentrant en Angleterre, la première chose que j'ai faite a été de déclarer que ce documentaire sur le Dracula historique était une bêtise, un simple livre écrit par un Irlandais fou avait réussi à donner une très mauvaise image de la Transylvanie, l'un des plus beaux endroits de la planète. Évidemment, les producteurs n'ont pas été satisfaits du tout, mais à ce stade leur opinion m'importait peu : j'ai quitté la télévision et je suis allé travailler pour l'un des plus grands journaux du monde.

C'est alors que j'ai commencé à me rendre compte que j'avais envie de revoir Athéna. J'ai téléphoné, nous avons pris rendez-vous pour une promenade avant qu'elle ne retourne à Dubaï. Elle a accepté, mais elle a dit qu'elle aimerait me guider dans Londres.

Nous sommes montés dans le premier autobus qui a stoppé à l'arrêt, sans demander dans quelle direction il allait, nous avons choisi au hasard une dame qui se trouvait là et nous lui avons dit que nous descendrions au même endroit qu'elle. Nous sommes descendus à Temple, nous avons croisé un clochard qui nous a demandé l'aumône et nous ne lui avons rien donné – nous avons passé notre chemin, entendant ses insultes et comprenant que ce n'était qu'une façon de communiquer avec nous.

Nous avons vu un individu qui essayait de détruire une cabine téléphonique ; j'ai songé à appeler la police, mais Athéna m'en a empêché ; peut-être venait-il de terminer une relation avec l'amour de sa vie et avait-il besoin de se soulager de tout ce qu'il ressentait. Ou bien, il n'avait personne à qui parler, et il ne pouvait pas permettre aux autres de l'humilier en se servant de ce téléphone pour parler d'affaires ou de sentiments.

Elle m'a fait fermer les yeux et décrire exactement les vêtements que nous portions, elle et moi ; à ma surprise, seuls quelques détails ne m'avaient pas échappé.

Elle m'a demandé si je me rappelais ce qui se trouvait sur ma table de travail ; j'ai dit qu'il y avait là des papiers que, par paresse, je n'avais pas mis en ordre.

« As-tu déjà imaginé que ces papiers ont une vie, des sentiments, des demandes, des histoires à raconter ? Je trouve que tu n'accordes pas à la vie l'attention qu'elle mérite. »

J'ai promis de les examiner un par un quand je retournerais au journal, le lendemain.

Un couple d'étrangers, tenant un plan, nous a demandé des informations sur un certain monument touristique. Athéna a donné des indications précises, mais complètement fausses.

« Tu leur as indiqué une mauvaise direction !

— Cela n'a aucune importance. Ils vont se perdre et il n'y a rien de mieux pour découvrir des endroits intéressants.

« Fais un effort pour remettre dans ta vie un peu de fantaisie ; au-dessus de nos têtes, il y a un ciel auquel toute l'humanité, en des milliers d'années d'observation, a déjà donné une série d'explications raisonnables. Oublie ce que tu as appris au sujet des étoiles, et elles redeviendront des anges, ou des enfants, ou autre chose si tu as envie d'y croire en ce moment. Cela ne te rendra pas plus stupide : ce n'est qu'un jeu, mais cela peut enrichir ta vie. »

Le lendemain, quand je suis retourné au journal, j'ai pris soin de chaque papier comme si c'était un message adressé directement à moi et non à l'institution que je représente. À midi, je suis allé parler au secrétaire de rédaction, et j'ai proposé d'écrire un article sur la Déesse que vénéraient les Tsiganes. Ils ont trouvé l'idée excellente, et j'ai été désigné pour aller voir les fêtes aux Saintes-Maries-de-la-Mer, la Mecque des Gitans.

Aussi incroyable que cela paraisse, Athéna n'a pas manifesté le moindre désir de m'accompagner. Elle disait que son petit ami – ce policier imaginaire dont elle se servait pour me tenir à distance – ne serait pas très content s'il savait qu'elle partait en voyage avec un autre homme.

« Mais n'as-tu pas promis à ta mère d'apporter un manteau pour la sainte ?

— J'ai promis, si la ville se trouvait sur mon chemin. Mais ce n'est pas le cas. Si un jour je passe par là, je tiendrai ma promesse. »

Comme elle retournait à Dubaï le dimanche suivant, elle est allée avec son fils en Écosse, revoir la femme que nous avions rencontrée tous les deux à Bucarest. Je ne me souvenais pas d'elle, mais, de même qu'existait ce « petit ami fantôme », la « femme fantôme » était peut-être une nouvelle excuse, et j'ai décidé de ne pas trop faire pression sur elle. Mais j'étais jaloux, comme si elle préférait se trouver avec d'autres que moi.

J'ai trouvé ce sentiment fort troublant. Et j'ai décidé que s'il me fallait me rendre au Moyen-Orient faire un reportage sur le boom immobilier dont quelqu'un disait au service économique du journal qu'il était en train de se produire, j'étudierais tout sur les terrains, l'économie, la politique, et le pétrole – du moment que cela me rapprocherait d'Athéna.

Les Saintes-Maries-de-la-Mer ont produit un excellent article. Selon la tradition, Sara était une Gitane qui vivait dans la petite ville au bord de la mer, quand la tante de Jésus, Marie Salomé y arriva, avec d'autres réfugiés, pour échapper aux persécutions des Romains. Sara les aida, et elle finit par se convertir au christianisme.

Lors de la fête à laquelle j'ai pu assister, on retire d'un reliquaire des fragments du squelette de deux femmes qui sont enterrées sous l'autel et on les soulève pour bénir la foule de caravanes qui arrivent de tous les coins de l'Europe avec leurs costumes bigarrés, leur musique et leurs instruments. Ensuite, la statue de Sara – avec ses superbes manteaux, elle est retirée d'un local proche de l'église, puisque le Vatican ne l'a jamais canonisée – est portée en procession jusqu'à la mer par des ruelles couvertes de roses. Quatre Gitans en costume traditionnel déposent les reliques dans une barque remplie de fleurs, entrent dans l'eau, et répètent l'arrivée des fugitives et la rencontre avec Sara. À partir de là, tout est musique, fête, chants, et démonstrations de courage face au taureau.

Un historien, Antoine Locadour, m'a aidé à compléter mon sujet par des informations intéressantes concernant la Divinité Féminine. J'ai envoyé à Dubaï les deux pages écrites pour le cahier tourisme du journal. Je n'ai reçu qu'une réponse aimable, me remerciant pour l'attention, sans autre commentaire.

Au moins avais-je eu la confirmation que son adresse existait.

Antoine Locadour, 74 ans,
historien, I.C.P., France

Il est facile de reconnaître en Sara l'une des nombreuses Vierges noires que l'on peut rencontrer dans le monde. Sara la Kali, dit la tradition, était de descendance noble, et elle connaissait les secrets du monde. Elle serait, selon moi, l'une des nombreuses manifestations de ce que l'on appelle la Grande Mère, la Déesse de la Création.

Et je ne suis pas surpris que de plus en plus de gens s'intéressent aux traditions païennes. Pourquoi ? Parce que Dieu le Père est toujours associé à la rigueur et à la discipline du culte. La Déesse Mère, au contraire, montre l'importance de l'amour, qui prime tous les interdits et tabous que nous connaissons.

Le phénomène n'est pas nouveau : chaque fois que la religion durcit ses normes, un groupe de gens significatif tend à rechercher plus de liberté dans le contact spirituel. C'est ce qui s'est passé au cours du Moyen Âge, quand l'Église catholique se bornait à créer des impôts et construire des couvents débordant de luxe ; en réaction, on a assisté au surgissement d'un phénomène appelé « sorcellerie » qui, bien que réprimé à cause de son caractère révolutionnaire, a laissé des racines et des traditions qui ont survécu à tous ces siècles.

Dans les traditions païennes, le culte de la nature est plus important que le respect des livres sacrés ; la

Déesse est en tout, et tout fait partie de la Déesse. Le monde n'est qu'une expression de sa bonté. Il existe de nombreux systèmes philosophiques – comme le taoïsme et le bouddhisme – qui éliminent l'idée de la distinction entre le créateur et la créature. Les personnes essaient non plus de déchiffrer le mystère de la vie, mais d'en faire partie ; dans le taoïsme et dans le bouddhisme, même sans figure féminine, le principe central affirme aussi que « tout est un ».

Dans le culte de la Grande Mère, ce que nous appelons « péché », en général une transgression de codes moraux arbitraires, n'existe plus ; sexe et mœurs sont plus libres, parce qu'ils font partie de la nature et ne peuvent être considérés comme fruits du mal.

Le nouveau paganisme montre que l'homme peut vivre sans religion instituée, et en même temps poursuivre sa quête spirituelle pour donner une justification à son existence. Si Dieu est mère, alors il n'est nécessaire que de se réunir et de l'adorer par des rites qui cherchent à satisfaire son âme féminine – comme la danse, le feu, l'eau, l'air, la terre, les chants, la musique, les fleurs, la beauté.

C'est une tendance qui se développe considérablement ces dernières années. Nous sommes peut-être en présence d'un moment très important de l'histoire du monde, où enfin l'Esprit s'intègre à la Matière, les deux ne font plus qu'un et se transforment. En même temps, j'estime qu'il y aura une réaction très violente des institutions religieuses organisées, qui commencent à perdre des fidèles. Le fondamentalisme va sans doute progresser, et s'installer partout.

En tant qu'historien, je me contente de collecter des données et d'analyser cette confrontation entre la liberté d'adorer et l'obligation d'obéir. Entre le Dieu qui contrôle le monde et la Déesse qui fait partie du monde. Entre les personnes qui se réunissent dans des groupes où la célébration se fait de façon spontanée, et celles qui s'enferment dans des cercles où elles apprennent ce qui doit et ce qui ne doit pas se faire.

J'aimerais être optimiste, penser que l'être humain a enfin trouvé son chemin vers le monde spirituel. Mais les signes ne sont pas très positifs : une nouvelle persécution conservatrice, comme il s'en est produit très souvent dans le passé, peut encore étouffer le culte de la Mère.

Andrea McCain, actrice de théâtre

Il m'est très difficile d'être impartiale, de raconter une histoire qui a commencé avec l'admiration et s'est terminée dans la rancœur. Mais je vais essayer, je vais sincèrement faire un effort pour décrire l'Athéna que j'ai vue pour la première fois dans un appartement de Victoria Street.

Elle venait de revenir de Dubaï, avec de l'argent et l'envie de partager tout ce qu'elle savait des mystères de la magie. Cette fois, elle n'était restée que quatre mois au Moyen-Orient : elle avait vendu des terrains pour la construction de deux supermarchés, reçu une énorme commission, elle disait qu'elle était assez riche pour subvenir à ses besoins et à ceux de son fils pendant les trois années suivantes, et qu'elle pourrait retourner travailler quand elle le voudrait – maintenant, c'était le moment de profiter du présent, de vivre ce qu'il lui restait de jeunesse, et d'enseigner tout ce qu'elle avait appris.

Elle m'a reçue sans grand enthousiasme :

« Que désires-tu ?

— Je fais du théâtre et nous allons monter une pièce sur le visage féminin de Dieu. J'ai su par un ami journaliste que tu étais allée dans le désert et dans les montagnes des Balkans, avec les Tsiganes, et que tu avais des informations à ce sujet.

« — Tu es venue ici acquérir des connaissances sur la Mère seulement pour une pièce ?

— Et toi, pour quelle raison as-tu appris ? »

Athéna s'est arrêtée, elle m'a regardée des pieds à la tête, et elle a souri :

« Tu as raison. C'était ma première leçon comme maîtresse : enseigne à qui désire apprendre. Peu importe le motif.

— Comment ?

— Rien.

— L'origine du théâtre est sacrée. Il a commencé en Grèce, par des hymnes à Dionysos, le dieu du vin, du renouveau et de la fertilité. Mais on croit que, dès les temps les plus reculés, les êtres humains avaient un rituel dans lequel ils jouaient le rôle d'autres personnes, et cherchaient ainsi la communication avec le sacré.

— Deuxième leçon, merci.

— Je ne comprends pas. Je suis venue ici pour apprendre, pas pour enseigner. »

Cette femme commençait à m'agacer. Peut-être était-elle ironique.

« Ma protectrice...

— Protectrice ?

— ... Un jour, je t'expliquerai. Ma protectrice a dit que j'apprendrais ce dont j'ai besoin seulement si l'on me provoquait. Et depuis que je suis revenue de Dubaï, tu es la première personne qui est venue me montrer cela. Ce qu'elle a dit fait sens. »

J'ai expliqué que, dans mes recherches pour la pièce de théâtre, j'étais allée d'un maître à l'autre. Mais il n'y avait rien d'exceptionnel dans leurs enseignements – sauf le fait que ma curiosité augmentait à mesure que je progressais dans le sujet. J'ai dit aussi que les personnes qui traitaient de ce thème paraissaient embarrassées et ne savaient pas exactement ce qu'elles voulaient.

« Par exemple ? »

Le sexe, par exemple. Dans certains lieux où je me suis rendue, il était complètement prohibé. Dans d'autres, non seulement il était totalement libre, mais parfois cela allait jusqu'à des orgies. Elle a demandé des détails – et je n'ai pas compris si c'était pour me tester, ou si elle ne savait rien de ce qui se passait.

Athéna a repris avant que j'aie pu répondre à sa question.

« Quand tu danses, sens-tu du désir ? Sens-tu que tu provoques un supplément d'énergie ? Quand tu danses, y a-t-il des moments où tu cesses d'être toi ? »

Je ne savais que dire. En réalité, dans les boîtes et dans les fêtes entre amis, la sensualité était toujours présente dans la danse – je commençais par provoquer, cela me plaisait de voir le désir dans le regard des hommes, mais à mesure que la nuit avançait, il me semblait que j'entrais en contact avec moi-même, le fait de séduire ou non ne faisait plus grande différence...

Athéna a continué.

« Si le théâtre est un rituel, la danse aussi. En outre, c'est un moyen ancestral de se rapprocher de son partenaire. Comme si les fils qui nous connectent au reste du monde étaient débarrassés du préjugé et des peurs. Quand tu danses, tu peux t'offrir le luxe d'être toi. »

J'ai commencé à l'écouter respectueusement.

« Après, nous redevenons ce que nous étions avant ; des gens peureux, qui essaient d'être plus importants qu'ils ne le sont. »

Exactement ce que je ressentais. Serait-ce que tout le monde vit la même chose ?

« Tu as un petit ami ? »

Je me suis souvenue que quelque part où j'étais allée pour apprendre la « Tradition de Gaïa », un des « druides » m'avait demandé de faire l'amour devant lui. Ridicule et effrayant – comment ces personnes osaient-elles utiliser la quête spirituelle pour leurs desseins les plus sinistres ?

« Tu as un petit ami ? a-t-elle répété.

— Oui. »

Athéna n'a rien dit de plus. Elle a simplement posé la main sur ses lèvres, me demandant de me taire.

Et soudain, je me suis rendu compte qu'il m'était extrêmement difficile de garder le silence devant une personne à peine rencontrée. J'ai tendance à parler de n'importe quoi – du temps, des problèmes de circulation, des meilleurs restaurants. Nous étions toutes les deux assises sur le sofa de son salon tout blanc, avec un lecteur de CD et une petite étagère où étaient rangés les disques. Je ne voyais de livres nulle part, ni de tableaux sur les murs. Comme elle avait voyagé, je m'étais attendue à trouver des objets et des souvenirs du Moyen-Orient.

Mais c'était vide, et maintenant le silence.

Ses yeux gris étaient fixés dans les miens, mais je suis restée ferme et je n'ai pas détourné le regard. L'instinct, peut-être. Une façon de dire que l'on n'a pas peur, mais que l'on affronte le défi en face. Sauf que, avec le silence et le salon blanc, le bruit du trafic dehors, tout a commencé à paraître irréel. Combien de temps allions-nous rester là, sans rien dire ?

J'ai commencé à suivre mes pensées ; j'étais venue là en quête de matériau pour ma pièce, ou bien voulais-je la connaissance, la sagesse, les... pouvoirs ? Je ne parvenais pas à définir ce qui m'avait conduite à une...

À une quoi ? Une sorcière ?

Mes rêves d'adolescente sont remontés à la surface : qui n'aimerait pas rencontrer une vraie sorcière, apprendre la magie, susciter crainte et respect chez ses amies ? Quelle jeune fille n'a pas ressenti comme une injustice personnelle les siècles de répression de la femme, et trouvé que ce moyen était le meilleur pour retrouver son identité perdue ? J'avais déjà dépassé cette phase, j'étais indépendante, je faisais ce qui me plaisait dans le théâtre, un domaine où règne la compétition, mais pourquoi n'étais-je jamais contente, avais-je besoin de toujours mettre à l'épreuve ma... curiosité ?

Nous devions avoir plus ou moins le même âge... ou étais-je plus vieille ? Avait-elle elle aussi un petit ami ?

Athéna s'est rapprochée de moi. Maintenant moins d'un bras nous séparait, et j'ai pris peur. Et si elle était lesbienne ?

Sans même détourner les yeux, je savais où était la porte et je pouvais sortir dès que je le voudrais. Personne ne m'avait obligée à venir dans cette maison, rencontrer quelqu'un que je n'avais jamais vu de ma vie, et rester là à perdre du temps, sans rien dire, sans absolument rien apprendre. Où voulait-elle en venir ?

Au silence, peut-être. Mes muscles ont commencé à se tendre. J'étais seule, sans protection. J'avais désespérément besoin de parler, ou de faire que mon esprit cesse de me dire que tout me menaçait. Comment pouvait-elle savoir qui j'étais ? Nous sommes ce que nous énonçons par le discours !

Ne m'a-t-elle pas interrogée sur ma vie ? Elle a voulu savoir si j'avais un petit ami, n'est-ce pas ? J'ai essayé de reparler de théâtre, mais je n'ai pas pu. Et les histoires que j'ai entendues, sur son ascendance tsigane, la rencontre qu'elle a faite en Transylvanie, le pays des vampires ?

Les pensées ne s'arrêtaient pas : combien allait coûter cette consultation ? J'étais épouvantée, j'aurais dû le demander avant. Une fortune ? Et si je ne payais pas, allait-elle me jeter un sort qui finirait par me détruire ?

J'ai voulu me lever, remercier, mais dire que je n'étais pas venue là pour demeurer en silence. Si vous allez chez un psychiatre, vous devez parler. Si vous allez à l'église, vous écoutez un sermon. Si vous vous intéressez à la magie, vous trouvez un maître qui veut vous expliquer le monde et vous propose une série de rituels. Mais le silence ? Et pourquoi cela me mettait-il si mal à l'aise ?

Les questions se bousculaient – je ne pouvais pas cesser de penser, de vouloir découvrir une raison à notre présence ici, toutes les deux, sans rien dire. Soudain, après cinq longues minutes, dix peut-être, sans que rien ne bouge, elle a souri.

J'ai souri aussi, et je me suis détendue.

« Essaie d'être différente. Seulement cela.

— Seulement cela ? Demeurer silencieuse, est-ce être différente ? J'imagine qu'en cette minute il y a des milliers d'âmes ici à Londres qui désirent ardemment avoir quelqu'un à qui parler, et tout ce que tu me dis, c'est que le silence fait la différence ?

— Maintenant que tu parles et réorganises l'univers, tu finiras par te convaincre que tu as raison, et que j'ai tort. Mais tu as vu : garder le silence, c'est différent.

— C'est désagréable. Cela n'apprend rien. »

Elle n'a pas paru se soucier de ma réaction.

« Dans quel théâtre travailles-tu ? »

Enfin ma vie commençait à avoir un intérêt ! Je revenais à la condition d'être humain, j'avais même une profession ! Je l'ai invitée à assister à la pièce qui était présentée à ce moment-là – c'était le seul moyen que j'avais trouvé pour me venger en montrant que j'étais capable de choses qu'Athéna ne savait pas faire. Ce silence m'avait laissé dans la bouche un goût d'humiliation.

Elle a demandé si elle pouvait emmener son fils, j'ai répondu non – c'était pour les adultes.

« Bon, je peux le laisser chez ma mère ; cela fait très longtemps que je ne suis pas allée au théâtre. »

Elle n'a pas fait payer la consultation. Quand j'ai retrouvé les autres membres de mon équipe, j'ai raconté ma rencontre avec la mystérieuse créature ; ils se sont montrés très curieux de connaître quelqu'un qui, au premier contact, ne demande rien d'autre que le silence.

Athéna est venue le jour fixé. Elle a assisté à la pièce, elle est allée dans ma loge me féliciter, sans dire si cela lui avait plu ou non. Mes collègues m'ont suggéré de l'inviter au bar où nous avions l'habitude de nous rendre après le spectacle. Là, loin de se taire cette fois, elle a abordé une question qui était restée sans réponse lors de notre première rencontre :

« Personne, pas même la Mère, ne pourrait désirer que l'on pratique l'activité sexuelle en guise de célébration ; il faut que l'amour soit présent. Tu as dit que tu avais rencontré des gens de ce genre, n'est-ce pas ? Fais attention. »

Mes amis n'ont rien compris, mais le sujet leur a plu, et ils ont commencé à la bombarder de questions. Quelque chose me gênait : ses réponses étaient très techniques, comme si elle n'avait pas beaucoup d'expérience de ce dont elle parlait. Elle a expliqué le jeu de la séduction, les rites de fertilité, et elle a terminé par une légende grecque – certainement parce que je lui avais dit lors de notre première rencontre que les origines du théâtre se trouvaient en Grèce. Elle avait sans doute passé toute la semaine à potasser le sujet.

« Après des millénaires de domination masculine, nous revenons au culte de la Grande Mère. Les Grecs l'appelaient Gaïa, et le mythe raconte qu'elle est née du Chaos, le vide qui régnait auparavant dans l'univers. Avec elle est venu Éros, le dieu de l'Amour, et bientôt elle a engendré la Mer et le Ciel.

— Qui était le père ? a demandé un de mes amis.

— Personne. Il existe un terme technique, la parthénogenèse, qui signifie la capacité de donner le jour sans intervention masculine. Il existe aussi un terme mystique, auquel nous sommes plus habitués : l'Immaculée Conception.

« De Gaïa sont venus tous les dieux qui plus tard allaient peupler les champs Élysées de la Grèce – y compris notre cher Dionysos, votre idole. Mais à mesure que l'homme s'affirmait comme l'élément politique principal dans les cités, Gaïa est tombée dans l'oubli, remplacée par Zeus, Arès, Apollon, et d'autres – tous très compétents, mais dépourvus du charme de la Mère qui avait été l'origine de tout. »

Ensuite, elle nous a soumis à un véritable questionnaire au sujet de notre travail. Le directeur a demandé si elle ne voulait pas nous donner quelques leçons.

« Sur quoi ?

— Sur ce que vous savez.

— À vrai dire, j'ai acquis des connaissances sur les origines du théâtre cette semaine. J'apprends tout à mesure de mes besoins, c'est ce que m'a dit Edda. »

Confirmé !

« Mais je peux partager avec vous d'autres choses que la vie m'a enseignées. »

Tout le monde était d'accord. Personne n'a demandé qui était Edda.

Deidre O'Neill,
connue sous le nom d'Edda

Je disais à Athéna : tu n'as pas besoin de venir jusqu'ici tout le temps pour poser des questions idiotes. Si un groupe a décidé de t'accepter comme professeure, pourquoi ne saisis-tu pas cette occasion pour te transformer en maîtresse ?

Fais ce que j'ai toujours fait.

Essaie de te sentir bien quand tu penseras que tu es la dernière des créatures. Ne crois pas que tu ailles mal : laisse la Mère posséder ton corps et ton âme, laisse-toi aller grâce à la danse ou au silence, ou dans les choses ordinaires de la vie – emmener ton fils à l'école, préparer le dîner, vérifier que la maison est bien rangée. Tout est adoration – si ton esprit est concentré sur le moment présent.

N'essaie pas de convaincre quiconque de quoi que ce soit. Quand tu ne sais pas, demande ou va te renseigner. Mais, à mesure que tu agis, sois comme un fleuve qui coule, silencieux, livré à une énergie supérieure. Crois – c'est ce que je lui ai dit lors de notre première rencontre.

Crois que tu es capable.

Au début, tu seras perdue, tu manqueras d'assurance. Après, tu te diras que tout le monde pense être abusé. Il n'en est rien : tu sais, il te faut seulement être consciente. Tous les esprits de la planète se laissent facilement influencer et redoutent le pire, la maladie,

160

l'invasion, l'agression, la mort : essaie de leur rendre la joie perdue.

Sois claire.

Reprogramme-toi à chaque minute de la journée avec des pensées qui te fassent progresser. Quand tu seras irritée, perdue, essaie de rire de toi-même. Ris tout haut, ris beaucoup de cette femme qui s'inquiète, s'angoisse, croyant que ses problèmes sont les plus importants du monde. Ris de cette situation pathétique, car tu es la manifestation de la Mère, et tu crois encore que Dieu est homme, plein de règles. Au fond, la plupart de nos problèmes se résument à ceci : suivre des règles.

Concentre-toi.

Si tu ne trouves rien pour fixer ton intérêt, concentre-toi sur ta respiration. C'est par là, par ton nez, qu'entre le fleuve de lumière de la Mère. Écoute les battements de ton cœur, suis les pensées que tu ne parviens pas à contrôler, contrôle l'envie de te lever immédiatement et de faire quelque chose d'« utile ». Reste assise quelques minutes par jour sans rien faire, profites-en autant que tu le peux.

Quand tu feras la vaisselle, prie. Remercie pour le fait que tu as des assiettes à laver ; cela signifie qu'il s'y est trouvé de la nourriture, que tu as nourri quelqu'un, que tu as traité avec affection une ou plusieurs personnes – tu as cuisiné, mis le couvert. Imagine les millions de personnes qui en ce moment n'ont absolument rien à laver, ni personne pour qui préparer la table.

Évidemment, d'autres femmes disent : je ne ferai pas la vaisselle, les hommes n'ont qu'à la faire. Qu'ils la fassent s'ils le veulent, mais je ne vois pas là-dedans une égalité de conditions. Il n'y a rien de mal à faire des choses simples – et pourtant, si demain je publiais un article contenant tout ce que je pense, on dirait que je travaille contre la cause des femmes.

Quelle bêtise ! Comme si faire la vaisselle, ou porter un soutien-gorge, ou ouvrir et fermer les portes, c'était humiliant pour ma condition de femme ! En réalité, j'adore qu'un homme m'ouvre la porte : l'étiquette dit « elle a besoin que je le fasse, parce qu'elle est fragile », mais dans mon âme il est écrit « je suis traitée comme une déesse, je suis une reine ».

Je ne suis pas là pour travailler pour la cause féminine, parce que les hommes sont autant que les femmes une manifestation de la Mère, l'Unité Divine. Personne ne peut être plus que cela.

J'adorerais pouvoir te voir donner des leçons sur ce que tu apprends ; c'est ça l'objectif de la vie – la révélation ! Tu te transformes en un canal, tu t'écoutes toi-même, tu n'en reviens pas de ce dont tu es capable. Te rappelles-tu ton travail à la banque ? Tu ne l'as peut-être jamais compris, mais c'était l'énergie coulant dans ton corps, tes yeux, tes mains.

Tu vas dire : « Ce n'est pas vrai, c'était la danse. »

La danse fonctionne simplement comme un rituel. Qu'est-ce qu'un rituel ? C'est transformer ce qui est monotone en quelque chose qui soit différent, rythmé, qui puisse canaliser l'Unité. C'est pourquoi j'insiste : sois différente même quand tu fais la vaisselle. Fais bouger tes mains de manière à ce qu'elles ne répètent jamais le même geste – tout en gardant la cadence.

Si tu trouves que cela t'aide, tâche de visualiser des images : des fleurs, des oiseaux, des arbres dans une forêt. N'imagine pas des choses isolées, comme la bougie sur laquelle tu as concentré ton attention la première fois que tu es venue ici. Essaie de penser à quelque chose de collectif. Et sais-tu ce que tu vas remarquer ? Que tu n'as pas décidé de ta pensée.

Je vais te donner un exemple avec les oiseaux : imagine une bande d'oiseaux en vol. Combien d'oiseaux as-tu vus ? Onze, dix-neuf, cinq ? Tu as une idée, mais tu ne sais pas leur nombre exact. Alors, d'où est partie cette pensée ? Quelqu'un l'a mise là. Quelqu'un qui sait le nombre exact des oiseaux, des arbres, des pierres, des fleurs. Quelqu'un qui, en ces fractions de seconde, te prend en charge et montre Son pouvoir.

Tu es ce que tu crois être.

Ne répète pas, comme ces gens qui croient à la « pensée positive », que tu es aimée, forte, ou capable. Tu n'as pas besoin de te dire cela, car tu sais déjà. Et quand tu doutes – je pense que cela doit arriver très souvent à ce stade d'évolution – fais ce que j'ai suggéré. Plutôt que d'essayer de prouver que tu es meilleure que tu ne le penses, ris simplement. Ris de tes soucis, de tes insécurités. Vois avec humour tes angoisses. Au début, c'est difficile, mais peu à peu tu t'habitueras.

Maintenant, rentre et va à la rencontre de tous ces gens qui pensent que tu sais tout. Convaincs-toi qu'ils ont raison, parce que nous tous savons tout, il s'agit seulement d'y croire.

Crois.

Les groupes sont très importants, je te l'ai expliqué à Bucarest, la première fois que nous nous sommes vues. Parce qu'ils nous obligent à nous améliorer ; si tu es seule, tout ce que tu peux faire, c'est rire de toi-même ; mais si tu es avec les autres, tu riras et tu agiras aussitôt. Les groupes nous défient. Les groupes nous permettent de sélectionner nos affinités. Les groupes provoquent une énergie collective, et l'extase y est beaucoup plus facile, parce qu'elle est contagieuse.

Évidemment, les groupes peuvent aussi nous détruire. Mais cela fait partie de la vie, c'est cela la condition humaine : vivre avec les autres. Et si une personne n'a pas réussi à bien développer son instinct de survie, alors elle n'a rien compris à ce que dit la Mère.

Tu as de la chance, petite. Un groupe vient de te demander de lui enseigner quelque chose – et cela fera de toi une maîtresse.

Heron Ryan, journaliste

Avant la première rencontre avec les acteurs, Athéna est venue chez moi. Depuis que j'avais publié l'article sur Sara, elle était convaincue que je comprenais son monde – ce qui n'est pas absolument vrai. Mon seul intérêt était d'attirer son attention. Je tentais bien d'admettre qu'il y avait peut-être une réalité invisible capable d'intervenir dans nos vies, mais la seule raison en était un amour que je n'acceptais pas, et qui continuait pourtant de se développer d'une manière subtile et dévastatrice.

Et moi, j'étais satisfait de mon univers, je ne voulais en aucune façon en changer, même si j'y étais poussé.

« J'ai peur, a-t-elle dit à peine entrée. Mais je dois aller plus loin, faire ce qu'ils me demandent. Je dois croire.

— Tu as une grande expérience de la vie. Tu as appris avec les Tsiganes, avec les derviches dans le désert, avec...

— D'abord, ce n'est pas vrai. Que signifie apprendre ? Accumuler des connaissances ? Ou transformer sa vie ? »

J'ai suggéré que nous sortions ce soir-là pour dîner et danser un peu. Elle a accepté le dîner, mais refusé la danse.

« Réponds-moi, a-t-elle insisté, regardant mon appartement. Apprendre, est-ce empiler des choses dans sa bibliothèque, ou se débarrasser de tout ce qui ne sert à rien et poursuivre son chemin plus léger ? »

Là se trouvaient les œuvres que j'avais eu tant de peine à acheter, lire, souligner. Là se trouvaient ma personnalité, ma formation, mes vrais maîtres.

« Combien de livres as-tu ? Plus de mille, j'imagine. Et pourtant, dans leur grande majorité, tu ne les ouvriras plus jamais. Tu gardes tout cela parce que tu ne crois pas.

— Je ne crois pas ?

— Tu ne crois pas, point final. Quelqu'un qui croit va lire comme je l'ai fait au sujet du théâtre quand Andrea m'a interrogée. Mais après, il s'agit de laisser la Mère parler pour toi, et à mesure qu'elle parle, tu découvres. Et à mesure que tu découvres, tu parviens à remplir les espaces blancs que les écrivains ont laissés là à dessein, pour provoquer l'imagination du lecteur. Et quand tu remplis ces espaces, tu te mets à croire à ton propre talent.

« Combien aimeraient lire les livres que tu as là, mais n'ont pas les moyens de les acheter ? Pendant ce temps, tu gardes cette énergie inerte, pour impressionner les amis qui te rendent visite. Ou parce que tu ne crois pas qu'ils t'aient déjà appris quelque chose, et que tu auras besoin de les consulter de nouveau. »

J'ai trouvé qu'elle était dure avec moi. Et cela me fascinait.

« Tu penses que je n'ai pas besoin de cette bibliothèque ?

— Je pense que tu dois lire, mais que tu n'as pas besoin de garder tout cela. Serait-ce trop demander que nous sortions maintenant, et qu'avant d'aller au restaurant, nous distribuions la plupart de ces livres aux gens que nous croiserons en chemin ?

— Ils ne tiendraient pas dans ma voiture.

— Louons un camion.

— Dans ce cas, nous n'arriverions jamais au restaurant à temps pour dîner. En outre, tu es venue ici parce que tu n'es pas sûre de toi, et non pour me dire ce que je dois faire de mes livres. Sans eux, je me sentirais nu.

— Ignorant, tu veux dire.

— Inculte, si tu cherches le mot juste.

— Alors, ta culture n'est pas dans ton cœur, mais dans les bibliothèques de ta maison. »

Cela suffisait. J'ai pris le téléphone, j'ai réservé la table, j'ai dit que j'arriverais dans quinze minutes. Athéna voulait éluder le sujet qui l'avait amenée jusqu'ici – du fait de sa profonde insécurité, elle se lançait à l'attaque plutôt que de se connaître elle-même. Elle avait besoin d'un homme à ses côtés et – qui sait ? – me sondait pour savoir jusqu'où je pouvais aller, usant de ces artifices féminins pour découvrir si j'étais prêt à faire n'importe quoi pour elle.

Chaque fois que j'étais en sa présence, mon existence paraissait avoir une justification. Était-ce ce qu'elle voulait entendre ? Eh bien, je le lui dirais au cours du dîner. Je pouvais tout faire ou presque, y compris quitter la femme avec qui j'étais alors – mais jamais je ne distribuerais mes livres, évidemment.

Nous sommes revenus au sujet du groupe de théâtre dans le taxi, même si, à ce moment-là, j'étais prêt à lui dire ce que je ne lui avais jamais dit – parler d'amour est pour moi une affaire beaucoup plus compliquée que Marx, Jung, le Parti travailliste en Angleterre, ou les problèmes quotidiens dans les rédactions des journaux.

« Tu n'as pas à t'inquiéter, ai-je dit, mourant d'envie de lui prendre la main. Tout se passera bien. Parle de calligraphie. Parle de danse. Parle de choses que tu sais.

— Si je fais cela, je ne découvrirai jamais ce que je ne sais pas. Quand je serai là-bas, je dois garder l'esprit calme, et laisser parler mon cœur. Mais c'est la première fois que je fais cela, et j'ai peur.

— Aimerais-tu que je vienne avec toi ? »

166

Elle a accepté sur-le-champ. Nous sommes arrivés au restaurant, nous avons commandé du vin et nous avons commencé à boire. Moi parce que j'avais besoin de me donner du courage pour dire ce que je croyais ressentir, même s'il me semblait absurde d'aimer quelqu'un que je ne connaissais pas très bien. Elle parce qu'elle avait peur de dire ce qu'elle ne savait pas.

Au deuxième verre, j'ai compris qu'elle avait les nerfs à fleur de peau. J'ai tenté de lui prendre la main, mais elle l'a retirée délicatement.

« Je ne peux pas avoir peur.

— Mais si, bien sûr, Athéna. J'ai peur très souvent. Et pourtant, quand il le faut, je vais de l'avant et j'affronte tout. »

J'ai constaté que moi aussi j'avais les nerfs à fleur de peau. J'ai rempli nos verres – le garçon venait à tout instant demander ce que nous voulions manger, et je disais que nous choisirions plus tard.

Je parlais de façon compulsive sur tous les sujets qui me venaient à l'esprit, Athéna écoutait poliment, mais elle semblait loin, dans un univers sombre, plein de fantômes. À un certain moment, elle a parlé de nouveau de la femme en Écosse, et de ce qu'elle avait dit. J'ai demandé si cela avait un sens d'enseigner ce que l'on ne sait pas.

« Quelqu'un t'a-t-il jamais appris à aimer ? » a-t-elle répondu.

Lisait-elle dans mes pensées ?

« Et pourtant, comme tout être humain, tu en es capable. Comment as-tu appris ? Tu n'as pas appris : tu crois. Tu crois, donc tu aimes.

— Athéna... »

J'ai hésité, mais j'ai réussi à terminer ma phrase, bien que mon intention fût de dire autre chose.

« ... Il est peut-être temps de commander le repas. »

Je me suis rendu compte que je n'étais pas prêt à parler de choses qui perturbaient mon univers. J'ai appelé le garçon, je lui ai demandé d'apporter des entrées, encore des entrées, un plat principal, un dessert, et une autre bouteille de vin. Plus cela durerait, mieux ce serait.

« Tu es bizarre. Serait-ce mon commentaire à propos des livres ? Fais ce que tu veux, je ne suis pas là pour changer ton monde. Je finis par me mêler de ce qui ne me regarde pas. »

J'avais pensé à cette histoire de « changer le monde » quelques secondes plus tôt.

« Athéna, tu me parles tout le temps... plutôt, j'ai besoin de parler de quelque chose qui s'est passé dans ce bar de Sibiu, avec la musique tsigane...

— Au restaurant, tu veux dire.

— Oui, au restaurant. Aujourd'hui, nous parlions de livres, d'objets qui s'accumulent et occupent l'espace. Tu as peut-être raison. Il y a quelque chose que je désire te donner depuis que je t'ai vue danser ce jour-là. Cela me pèse de plus en plus sur le cœur.

— Je ne sais pas de quoi tu parles.

— Bien sûr, tu sais. Je parle d'un amour que je suis en train de découvrir et que je fais mon possible pour détruire avant qu'il ne se manifeste. J'aimerais que tu le reçoives ; c'est tout ce que j'ai, et je ne le possède pas. Il ne t'est pas réservé exclusivement, parce que j'ai quelqu'un dans ma vie, mais je serais heureux si tu l'acceptais d'une manière ou d'une autre.

« Un poète arabe de ton pays, Khalil Gibran, dit ceci : *Il est bien de donner quand on est sollicité, mais il est mieux encore de pouvoir tout offrir à qui n'a rien demandé.* Si je ne dis pas cela ce soir, je resterai un simple témoin des événements – et non celui qui les vit. »

J'ai inspiré profondément : le vin m'avait aidé à me libérer.

Elle a bu son verre d'un trait, et j'en ai fait autant. Le garçon est venu avec le repas, a fait quelques commentaires au sujet des plats, en expliquant les ingrédients et la manière de les cuisiner. Nous sommes restés tous les deux les yeux dans les yeux – Andrea m'avait raconté qu'Athéna avait agi ainsi quand elles s'étaient rencontrées pour la première fois, et elle était convaincue que c'était pour elle un moyen d'intimider les autres.

Le silence était terrifiant. Je l'imaginais se levant de table, parlant de son fameux et invisible petit ami de Scotland Yard, ou expliquant qu'elle avait été très flattée mais qu'elle était préoccupée par le cours du lendemain.

« *"Et est-il une chose qui se puisse refuser ? Tout ce que nous possédons sera donné un jour. Les arbres donnent afin de continuer à vivre, car retenir c'est mettre une fin à leur existence."* »

Sa voix était basse et un peu lente à cause du vin, mais elle imposait le silence autour de nous.

« *"Et le plus grand mérite ne revient pas à celui qui offre, mais à celui qui reçoit sans se sentir débiteur. L'homme donne peu quand il ne dispose que des biens matériels qu'il possède, mais il donne beaucoup quand il s'offre lui-même."* »

Elle disait tout cela sans sourire. On aurait dit que je parlais avec un sphinx.

« C'est du poète que tu as cité – je l'ai appris à l'école, mais je n'ai pas besoin du livre dans lequel il a écrit ça ; j'ai gardé ses mots dans mon cœur. »

Elle a bu encore un peu. J'en ai fait autant. Maintenant je ne me demandais plus si elle avait accepté ou pas ; je me sentais plus léger.

« Tu as peut-être raison ; je vais faire don de mes livres à une bibliothèque publique, j'en garderai seulement quelques-uns que je relis vraiment.

— C'est de cela que tu veux parler maintenant ?

— Non. Je ne sais pas comment poursuivre la conversation. Alors dînons et apprécions le repas. Cela paraît une bonne idée ? »

Non, cela ne paraissait pas une bonne idée ; j'aurais voulu entendre autre chose. Mais j'avais peur de poser des questions, alors j'ai continué à parler de bibliothèques, de livres, de poètes, compulsivement, regrettant d'avoir commandé tous ces plats – c'était moi qui voulais partir en courant, parce que je ne savais pas comment donner suite à cette rencontre.

À la fin, elle m'a fait promettre que j'irais au théâtre assister à son premier cours, et ç'a été pour moi un signe. Elle avait besoin de moi, elle avait accepté ce que, inconsciemment, je rêvais de lui offrir depuis que je l'avais vue danser dans un restaurant en Transylvanie, mais que je n'avais pu comprendre que ce soir-là.

Ou croire, comme le disait Athéna.

Andrea McCain, actrice

Bien sûr, je suis coupable. Sans moi, Athéna ne serait jamais venue au théâtre ce matin-là rejoindre le groupe, nous demander de tous nous coucher par terre sur la scène, et d'entreprendre une relaxation complète qui comprenait respiration et conscience de chaque partie du corps.

« Détendez maintenant les cuisses... »

Nous obéissions tous, comme si nous étions devant une déesse, quelqu'un qui en savait plus que nous tous réunis, alors que nous avions déjà fait ce genre d'exercice des centaines de fois. Nous étions tous curieux de ce qui viendrait après

« ... maintenant, détendez le visage, inspirez profondément », et cetera.

Croyait-elle qu'elle nous enseignait une nouveauté ? Nous attendions une conférence, un discours ! Mais je dois me contrôler, revenons au passé. Nous nous sommes détendus, puis est venu ce silence qui nous a totalement déconcertés. J'en ai parlé par la suite avec certains compagnons, et nous avons tous eu la sensation que l'exercice était fini ; il était temps de nous asseoir, de regarder autour de nous, mais personne ne l'a fait. Nous sommes restés allongés, dans une sorte de méditation forcée, quinze interminables minutes.

Alors, sa voix s'est fait de nouveau entendre.

« Vous avez eu le temps de douter de moi. Certains ont manifesté de l'impatience. Mais maintenant je vais demander une seule chose : quand j'aurai compté jusqu'à trois, levez-vous et soyez différents.

« Je ne dis pas : soyez une autre personne, un animal, une maison. Évitez de faire tout ce que vous avez appris dans les cours de dramaturgie – je ne vous demande pas d'être des acteurs et de montrer vos qualités. Je vous commande de cesser d'être humains, et de vous transformer en quelque chose que vous ne connaissez pas. »

Nous étions allongés par terre, les yeux fermés, et aucun ne savait comment l'autre réagissait. Athéna jouait avec cette incertitude.

« Je vais dire certains mots, et vous allez associer des images à ces commandements. Souvenez-vous que vous êtes empoisonnés par les concepts, et que si je disais "destin", vous commenceriez peut-être à imaginer vos vies futures. Si je disais "rouge", vous feriez une interprétation psychanalytique. Ce n'est pas ce que je veux. Je veux que vous soyez différents, comme je l'ai dit. »

Je ne pouvais même pas expliquer ce que je désirais. Comme personne n'a protesté, j'ai eu la certitude que les autres essayaient d'être polis, mais que, quand cette « conférence » aurait pris fin, ils n'inviteraient plus jamais Athéna.

« Voici le premier mot : "sacré". »

Pour ne pas mourir d'ennui, j'ai décidé de prendre part au jeu : j'ai imaginé ma mère, mon compagnon, mes futurs enfants, une carrière brillante.

« Faites un geste qui signifie "sacré". »

J'ai croisé les bras sur la poitrine, comme si j'étreignais tous les êtres qui m'étaient chers. J'ai su plus tard que la plupart avaient écarté les bras en forme de croix, et qu'une fille avait écarté les jambes, comme si elle faisait l'amour.

« Détendez-vous de nouveau. Oubliez tout et gardez les yeux fermés. Je ne critique rien, mais d'après les gestes que j'ai vus, vous donnez une forme à ce que vous considérez comme sacré. Je ne veux pas cela – je vous demande, au prochain mot, de ne pas tenter de le définir comme il se manifeste dans ce monde. Ouvrez vos canaux, laissez se dissiper cette intoxication de réalité. Soyez abstraits ; alors vous entrerez dans le monde vers lequel je vous guide. »

La dernière phrase a résonné avec une telle autorité que j'ai senti l'énergie du lieu se transformer. La voix savait maintenant où elle désirait nous conduire. Une maîtresse, plutôt qu'une conférencière.

« Terre », a-t-elle dit.

Soudain j'ai compris ce dont elle parlait. Ce n'était plus mon imagination qui racontait, mais mon corps en contact avec le sol. J'étais la Terre.

« Faites un geste qui représente "Terre". »

Je n'ai fait aucun mouvement ; j'étais le plancher de cette scène.

« Parfait, a-t-elle dit. Personne n'a bougé. Vous avez tous, pour la première fois, éprouvé le même sentiment ; au lieu de décrire quelque chose, vous êtes devenus l'idée. »

De nouveau, elle s'est tue un temps, que j'ai pris pour cinq longues minutes. Le silence nous égarait, nous ne pouvions distinguer si elle ne savait pas comment poursuivre, ou si elle ne connaissait pas notre rythme de travail intense.

« Je vais dire un troisième mot. »

Elle a fait une pause.

« Centre. »

J'ai senti – et ce fut un mouvement inconscient – que toute mon énergie vitale gagnait mon nombril, et que là brillait comme une lumière jaune. Cela m'a fait peur : si quelqu'un l'avait touché, j'aurais pu mourir.

« Geste de centre ! »

La phrase est venue comme un commandement. Immédiatement, j'ai mis les mains sur mon ventre, pour me protéger.

« Parfait, a dit Athéna. Vous pouvez vous asseoir. »

J'ai ouvert les yeux et j'ai remarqué les éclairages de la scène au-dessus, lointains, éteints. Je me suis frotté le visage, je me suis relevée, notant que mes compagnons étaient surpris.

« C'est ça la conférence ? a demandé le directeur.

— Vous pouvez l'appeler conférence.

— Merci d'être venue. Maintenant, si vous nous le permettez, nous devons commencer les répétitions de la prochaine pièce.

— Mais je n'ai pas encore terminé.

— Laissons ça pour une autre fois. »

Tous semblaient déconcertés par la réaction du directeur. Après le doute initial, je pense que cela nous plaisait – c'était différent, il ne s'agissait pas de représenter des choses ou des personnes, ni d'imaginer des images comme des pommes, des bougies. Ni de nous asseoir en cercle en nous tenant les mains, et feindre de pratiquer un rituel sacré. C'était simplement quelque chose d'absurde, et nous voulions savoir où cela s'arrêterait.

Sans manifester la moindre émotion, Athéna s'est baissée pour prendre son sac. À ce moment, nous avons entendu une voix dans la salle :

« Merveilleux ! »

Heron était venu avec elle. Et le directeur le craignait, parce qu'il connaissait les critiques de théâtre de son journal, et il avait d'excellentes relations dans les médias.

« Vous avez cessé d'être des individus, et vous êtes devenus des idées ! Dommage que vous soyez occupés, mais ne t'en fais pas, Athéna, nous trouverons un autre groupe pour que je puisse voir comment se termine ta conférence. J'ai mes contacts. »

Je me rappelais la lumière voyageant sur tout mon corps et se concentrant sur mon nombril. Qui était cette femme ? Mes camarades avaient-ils éprouvé la même chose ?

« Un moment, a dit le directeur, regardant l'air surpris de tous ceux qui se trouvaient là. Peut-être pouvons-nous ajourner les répétitions aujourd'hui, et...

— Vous ne le devez pas. Parce qu'il me faut retourner maintenant au journal, pour écrire sur cette femme. Continuez à faire ce que vous avez toujours fait : je viens de découvrir une histoire excellente. »

Si Athéna paraissait perdue dans cette discussion entre les deux hommes, elle n'en a rien montré. Elle est descendue de la scène, et elle a accompagné Heron. Nous nous sommes tournés vers le directeur, lui demandant pourquoi il avait réagi ainsi.

« Avec tout le respect que je dois à Andrea, je trouve que notre conversation sur le sexe au restaurant a été beaucoup plus riche que ces bêtises que nous venons de faire. Avez-vous remarqué comme elle restait silencieuse ? Elle n'avait aucune idée de la façon de continuer !

— Mais j'ai ressenti une chose étrange, a dit l'un des plus vieux acteurs. Au moment où elle a dit "centre", il m'a semblé que toute ma force vitale se concentrait sur mon nombril. Je n'avais jamais fait cette expérience.

— Tu... es certain ? » C'était une actrice qui, d'après le ton de sa voix, avait ressenti la même chose.

« Cette femme a tout d'une sorcière, a dit le directeur, interrompant la conversation. Retournons au travail. »

Nous nous sommes allongés, puis échauffés, avons médité, tout comme le manuel le conseillait. Puis, après quelques improvisations, nous avons aussitôt commencé la lecture du nouveau texte. Peu à peu, la présence d'Athéna semblait se dissoudre, tout redevenait ce qu'il était – un théâtre, un rituel créé par les

Grecs voilà des millénaires, dans lequel nous avions l'habitude de faire semblant d'être des gens différents.

Mais ce n'était que représentation. Athéna était différente, et j'étais prête à retourner la voir, surtout après ce que le directeur avait dit à son sujet.

Heron Ryan, journaliste

À son insu, j'avais suivi les étapes qu'elle suggérait aux acteurs, obéi à tous ses ordres – la seule différence étant que je gardais les yeux ouverts pour suivre ce qui se passait sur la scène. Au moment où elle avait dit « geste de centre », j'avais mis la main sur mon nombril et constaté, à ma surprise, que tous, y compris le directeur, faisaient la même chose. Qu'était-ce donc que cela ?

L'après-midi, je devais écrire un article très ennuyeux sur la visite d'un chef d'État en Angleterre, de quoi mettre ma patience à l'épreuve. Entre les coups de téléphone, pour me distraire, j'ai décidé d'interroger des confrères de la rédaction pour savoir quel geste ils feraient si je leur demandais de désigner le « centre ». La plupart ont plaisanté, évoquant des partis politiques. L'un a indiqué le centre de la planète. Un autre a mis la main sur son cœur. Personne, mais absolument personne, ne supposait que le nombril fût le centre de quoi que ce soit.

Enfin, une des personnes avec qui j'ai pu converser cet après-midi-là m'a expliqué une chose intéressante. Quand je suis rentré à la maison, Andrea avait déjà pris son bain, mis le couvert, et elle m'attendait pour dîner. Elle a ouvert une bouteille de très bon vin, rempli deux verres et m'en a tendu un.

« Alors comment s'est passé le dîner hier soir ? »

Combien de temps un homme peut-il vivre avec un mensonge ? Je ne voulais pas perdre la femme qui était devant moi, qui me tenait compagnie aux heures difficiles, qui était toujours à mes côtés quand je me sentais incapable de trouver un sens à ma vie. Je l'aimais, mais je m'enfonçais sans le savoir dans un monde fou, et mon cœur était distant, cherchant à s'adapter à une situation qu'il connaissait peut-être mais qu'il ne pouvait accepter : être assez grand pour deux personnes.

Comme je n'aurais jamais pris le risque de laisser la proie pour l'ombre, j'ai tenté de minimiser ce qui s'était passé au restaurant. Surtout qu'il ne s'était absolument rien passé, nous avions seulement échangé des vers d'un poète qui avait beaucoup souffert par amour.

« Athéna est une personne difficile à vivre. »

Andrea a ri.

« Et, justement pour cela, elle doit être extrêmement intéressante pour les hommes ; elle éveille votre instinct de protection, dont vous vous servez de moins en moins. »

Mieux valait changer de sujet. J'ai toujours eu la certitude que les femmes avaient un pouvoir surnaturel qui leur permet de savoir ce qui se passe dans l'âme d'un homme. Ce sont toutes des sorcières.

« J'ai fait quelques recherches sur ce qui s'est passé aujourd'hui au théâtre. Tu ne le sais pas, mais j'avais les yeux ouverts pendant les exercices.

— Tu as toujours les yeux ouverts ; je pense que cela fait partie de ton métier. Et tu vas parler des moments où tous se sont comportés de la même manière. Nous en avons beaucoup causé au bar, après les répétitions.

— Un historien m'a expliqué qu'en Grèce, dans le temple où l'on prophétisait l'avenir *(N.d.R. : le temple de Delphes, consacré à Apollon)*, il y avait une pièce de marbre, appelée justement "nombril". Des récits de l'époque racontent que là se trouvait le centre de la planète. Je suis allé aux archives du journal faire quelques recherches : à Pétra, en Jordanie, existe un autre "nombril conique", symbolisant le centre non seulement de la planète, mais de tout l'univers. Celui de Delphes comme celui de Pétra veulent montrer l'axe par où transite l'énergie du monde, marquant de façon visible quelque chose qui se manifeste seulement au plan, si l'on peut dire, "invisible". On appelle aussi Jérusalem le nombril du monde, de même qu'une île dans l'océan Pacifique, et un autre endroit que j'ai oublié – car je n'ai jamais associé une chose à l'autre.

— La danse !

— Que dis-tu ?

— Rien.

— Je sais ce que tu veux dire : dans les danses du ventre orientales, les plus anciennes dont on ait connaissance, tout tourne autour du nombril. Tu as voulu éviter le sujet, parce que je t'ai raconté qu'en Transylvanie j'avais vu Athéna danser. Elle était habillée, bien que...

— ... bien que le mouvement commence au nombril, pour seulement alors se répandre dans le reste du corps. »

Elle avait raison.

Mieux valait de nouveau changer de sujet, parler de théâtre, des ennuis du journalisme, boire un peu, aller au lit faire l'amour pendant qu'il commençait à pleuvoir dehors. J'ai senti qu'au moment de l'orgasme le corps d'Andrea tournait autour de son nombril – j'avais déjà vu cela des centaines de fois, et je n'y avais jamais prêté attention.

Antoine Locadour, historien

Heron s'est mis à dépenser une fortune en appels téléphoniques pour la France, me demandant de lui trouver tout le matériel pour la fin de la semaine, insistant sur cette histoire de nombril – qui me paraissait la chose la plus inintéressante et la moins romantique du monde. Mais enfin, les Anglais n'ont pas l'habitude de voir les choses comme les Français ; et plutôt que de poser des questions, je suis allé chercher ce qu'en disait la science.

J'ai compris tout de suite que les connaissances historiques ne suffisaient pas – je pouvais localiser un monument ici, un dolmen là, mais ce qui est curieux, c'est que les cultures anciennes semblaient s'accorder autour du même thème, et recourir au même mot pour définir des lieux considérés comme sacrés. Je n'y avais jamais prêté attention, et le sujet a commencé à m'intéresser. Quand j'ai constaté l'excès de coïncidences, je suis allé à la recherche de quelque chose de complémentaire : le comportement humain et ses croyances.

La première explication, la plus logique, a été immédiatement écartée : par le cordon ombilical, nous sommes nourris, il est le centre de la vie. Un psychologue m'a dit tout de suite que cette théorie n'avait aucun sens : l'idée centrale de l'homme est toujours de « couper » le cordon, et dès lors le cerveau ou le cœur deviennent des symboles plus importants.

Quand nous nous intéressons à un sujet, tout autour de nous semble s'y rapporter (les mystiques appellent cela des « signes », les sceptiques une « coïncidence », et les psychologues un « foyer de concentration », mais je dois encore définir comment les historiens doivent se référer à ce thème). Un soir, ma fille adolescente est rentrée à la maison avec un piercing dans le nombril.

« Pourquoi as-tu fait cela ?

— Parce que j'en avais envie. »

Explication absolument naturelle et sincère, même pour un historien qui doit trouver une raison à tout. Quand je suis entré dans sa chambre, j'ai vu un poster de sa chanteuse favorite : le ventre était nu, et le nombril, sur cette photo au mur aussi, paraissait être le centre du monde.

J'ai téléphoné à Heron, et je lui ai demandé pourquoi cela l'intéressait tellement. Pour la première fois il m'a raconté ce qui s'était passé au théâtre, comment les gens avaient réagi d'une manière spontanée mais inattendue à un commandement. Impossible d'arracher davantage d'informations à ma fille, j'ai donc décidé de consulter des spécialistes.

Personne ne semblait accorder grande attention au sujet, et puis j'ai rencontré François Shepka, un psychologue indien *(N.d.R. : le nom et la nationalité du scientifique ont été modifiés afin de respecter son désir formel)* qui commençait à révolutionner les thérapies actuellement en usage : selon lui, cette histoire de retour à l'enfance pour résoudre les traumatismes n'avait jamais mené l'être humain nulle part – beaucoup de problèmes qui avaient déjà été surmontés par la vie finissaient par resurgir, et les personnes adultes recommençaient à rendre leurs parents coupables de leurs échecs et de leurs défaites. Shepka était en pleine guerre avec les sociétés psychanalytiques françaises, et une conversation sur des absurdités – comme le nombril – a semblé le détendre.

Le thème l'a enthousiasmé, mais il ne l'a pas abordé immédiatement. Il m'a dit que pour l'un des psychanalystes les plus respectés, le Suisse Carl Gustav Jung, nous buvions tous à la même source. Elle s'appelle « l'âme du monde » ; bien que nous tentions toujours d'être des individus indépendants, une part de notre mémoire est commune. Tout le monde cherche l'idéal de la beauté, de la danse, de la divinité, de la musique.

Cependant, la société se charge de définir comment ces idéaux vont se manifester au plan du réel. Ainsi, par exemple, de nos jours l'idéal de beauté est la maigreur, alors qu'il y a des milliers d'années les statues représentaient les déesses bien en chair. Il se passe la même chose pour le bonheur : il existe une série de règles que vous devez suivre, sinon votre conscient n'acceptera pas l'idée que vous êtes heureux.

Jung avait l'habitude de classer le progrès individuel en quatre étapes : la première était la Persona – masque que nous portons tous les jours, imitant celui que nous sommes. Nous sommes convaincus que le monde dépend de nous, que nous sommes des parents parfaits et que nos enfants ne nous comprennent pas, que les patrons sont injustes, que le rêve de l'être humain est de ne jamais travailler et de passer sa vie à voyager. Beaucoup de gens se rendent compte que quelque chose ne va pas dans cette histoire : mais comme ils ne veulent rien changer, ils chassent rapidement le sujet de leur esprit. Quelques-uns veulent comprendre ce qui ne va pas, et ils finissent par rencontrer l'Ombre.

L'Ombre est notre côté noir, qui dicte la façon dont nous devons agir et nous comporter. Quand nous tentons de nous délivrer de la Persona, nous allumons une lumière en nous, et nous voyons les toiles d'araignée, la lâcheté, la mesquinerie. L'Ombre est là pour nous empêcher de progresser – et en général elle y parvient, nous nous dépêchons de redevenir ce que nous étions avant de douter. Cependant, certains survivent à cette confrontation violente avec leurs toiles d'araignée, en disant : « Certes, j'ai un tas de défauts, mais je suis digne, et je veux aller de l'avant. »

À ce moment-là, l'Ombre disparaît et nous entrons en contact avec l'Âme.

Par Âme, Jung ne définit rien de religieux ; il parle d'un retour à cette Âme du Monde, source de la connaissance. Les instincts se réveillent, les émotions sont radicales, les signes de la vie sont plus importants que la logique, la perception de la réalité n'est plus aussi rigide. Nous commençons à savoir nous y prendre avec des choses auxquelles nous ne sommes pas habitués, à réagir d'une façon pour nous inattendue.

Et nous découvrons que, si nous parvenons à canaliser ce jaillissement continu d'énergie, nous allons l'ordonner dans un centre très solide, que Jung appelle le Vieux Sage pour les hommes, ou la Grande Mère pour les femmes.

Il est dangereux de permettre cette manifestation. En général, celui qui atteint cette étape a tendance à se considérer comme un saint, un prophète, quelqu'un qui dompte les esprits. Il faut une grande maturité pour entrer en contact avec l'énergie du Vieux Sage ou de la Grande Mère.

« Jung est devenu fou, a dit mon ami, après m'avoir expliqué les quatre étapes décrites par le psychanalyste suisse. Quand il est entré en contact avec son Vieux Sage, il a commencé à dire qu'il était guidé par un esprit, du nom de Philémon.

— Et enfin...

— ... Nous arrivons au symbole du nombril. Non seulement les personnes, mais les sociétés sont constituées de ces quatre étapes. La civilisation occidentale a une Persona, les idées qui nous guident.

« Dans sa tentative de s'adapter aux changements, elle entre en contact avec l'Ombre – nous voyons les grandes manifestations de masse, dans lesquelles l'énergie collective peut être manipulée pour le meilleur comme pour le pire. Soudain, pour une raison quelconque, la Persona ou l'Ombre ne satisfont plus les êtres humains – et le moment est venu d'un saut, dans lequel se fait une connexion inconsciente avec l'Âme. De nouvelles valeurs surgissent.

— J'ai noté cela. J'ai observé la réapparition du culte de la face féminine de Dieu.

— Excellent exemple. Et, au terme de ce processus, pour que ces nouvelles valeurs s'installent, la race tout entière commence à entrer en contact avec les symboles – le langage chiffré par lequel les générations actuelles communiquent avec le savoir des ancêtres. Un de ces symboles de renaissance est le nombril. Sur le nombril de Vishnu, divinité indienne responsable de la création et de la destruction, est assis le dieu qui va tout gouverner dans chaque cycle. Les yogis le considèrent comme un chakra, un point sacré dans le corps humain. Les tribus les plus primitives avaient coutume de placer des monuments là où elles pensaient que se trouvait le nombril de la planète. En Amérique du Sud, des personnes en transe disent que la vraie forme de l'être humain est un œuf lumineux, qui se connecte aux autres par l'intermédiaire de filaments qui sortent de son nombril.

« Le mandala, dessin qui stimule la méditation, en est une représentation symbolique. »

J'ai envoyé toute l'information en Angleterre avant la date que nous nous étions fixée. J'ai dit à Heron que la femme qui parvient à éveiller dans un groupe cette réaction absurde doit avoir un pouvoir extraordinaire, et que je ne serais pas surpris que cela relève du paranormal. Je lui ai suggéré d'essayer de l'étudier de plus près.

Je n'avais jamais réfléchi à ce thème, et j'ai voulu l'oublier immédiatement ; ma fille m'a dit que je me comportais d'une manière bizarre, que je ne pensais qu'à moi, que je ne regardais que mon nombril !

Deidre O'Neill,
connue sous le nom d'Edda

« Tout a raté : comment as-tu réussi à me mettre dans la tête que je saurais enseigner ? Pourquoi m'humilier devant les autres ? J'aurais dû oublier ton existence. Quand on m'a appris à danser, j'ai dansé. Quand on m'a appris à écrire des lettres, j'ai appris. Mais toi, tu as été perverse : tu as exigé de moi quelque chose qui était au-delà de mes limites. Voilà pourquoi j'ai pris un train pour venir jusqu'ici – pour que tu voies combien je te déteste ! »

Elle ne cessait pas de pleurer. Heureusement qu'elle avait laissé l'enfant à ses parents, parce qu'elle parlait un peu trop fort, et son haleine avait... un parfum de vin. Je l'ai priée d'entrer, faire ce scandale devant ma porte n'apporterait rien à ma réputation – déjà bien compromise parce qu'on racontait que je recevais des hommes, des femmes, et que j'organisais de grandes parties de débauche au nom de Satan.

Mais elle restait là, hurlant :

« C'est ta faute ! Tu m'as humiliée ! »

Une fenêtre s'est ouverte, puis une autre. Bon, une femme qui est prête à déplacer l'axe du monde doit être prête aussi à savoir que les voisins ne seront pas toujours contents. Je me suis approchée d'Athéna et j'ai fait exactement ce qu'elle désirait que je fasse : je l'ai prise dans mes bras.

Elle a continué à pleurer sur mon épaule. Prudemment, je lui ai fait monter les quelques marches, et nous sommes entrées chez moi. J'ai préparé une tisane dont je ne partage la formule avec personne, car c'est mon protecteur qui me l'a enseignée ; je l'ai posée devant elle, et elle l'a bue d'un seul trait. Elle a montré ainsi que sa confiance en moi était encore intacte.

« Pourquoi suis-je comme cela ? » a-t-elle poursuivi.

Je savais que l'alcool avait cessé de faire son effet.

« J'ai des hommes qui m'aiment. J'ai un fils qui m'adore et qui voit en moi un modèle de vie. J'ai des parents adoptifs que je considère comme ma vraie famille, et qui pourraient mourir pour moi. J'ai rempli les espaces blancs de mon passé quand je suis allée à la recherche de ma mère. J'ai assez d'argent pour passer trois ans sans rien faire d'autre que profiter de la vie – et je ne suis pas contente !

« Je me sens misérable, coupable, parce que Dieu m'a bénie par des tragédies que j'ai pu surmonter et des miracles que j'ai honorés, et je ne suis jamais contente ! Je veux toujours plus. Je n'avais pas besoin d'aller à ce théâtre et d'ajouter une frustration à ma liste de victoires !

— Crois-tu que tu as mal agi ? »

Elle s'est arrêtée, et elle m'a regardée avec étonnement.

« Pourquoi poses-tu cette question ? »

J'ai juste attendu la réponse.

« J'ai bien agi. J'étais avec un journaliste quand je suis entrée, sans la moindre notion de ce que j'allais faire, et tout d'un coup les choses ont commencé à surgir comme si elles sortaient du néant. Je sentais la présence de la Grande Mère près de moi, qui me guidait, me donnait des instructions, transmettait par ma voix une sécurité que, dans mon for intérieur, je ne possédais pas.

— Alors pourquoi te plains-tu ?

— Parce que personne n'a compris !

— Et c'est important ? Tellement important que cela te pousse à venir en Écosse pour m'insulter devant tout le monde ?

186

— Bien sûr que c'est important ! Si tu es capable de tout, si tu sais que ce que tu fais est juste, comment se fait-il que tu ne parviennes pas au moins à être aimée et admirée pour cela ? »

C'était le problème. Je l'ai prise par la main et je l'ai conduite dans la chambre où, quelques semaines auparavant, elle avait contemplé la bougie. Je l'ai priée de s'asseoir et d'essayer de se calmer un peu – même si j'étais certaine que la tisane faisait son effet. Je suis allée dans ma chambre, j'ai pris un miroir circulaire, et je l'ai placé devant son visage.

« Tu as tout, tu as lutté pour chaque pouce de ton territoire. Maintenant regarde-toi, tu es en larmes. Regarde cette amertume sur ton visage. Essaie de voir la femme qui est dans le miroir ; cette fois ne ris pas, mais essaie de la comprendre. »

Je lui ai laissé suffisamment de temps pour qu'elle suive mes instructions. Quand j'ai constaté qu'elle entrait dans la transe désirée, je suis allée plus loin :

« Quel est le secret de la vie ? Nous l'appelons "grâce" ou "bénédiction". Tout le monde cherche à se satisfaire de ce qu'il a. Pas moi. Pas toi. Pas nous, les quelques rares personnes qui, malheureusement, devront se sacrifier un peu, au nom d'une chose supérieure.

« Notre imagination est plus grande que le monde qui nous entoure, nous allons au-delà de nos limites. Autrefois on appelait cela "sorcellerie" – mais, heureusement les choses ont changé, ou bien à cette heure nous serions déjà sur le bûcher. Quand on a cessé de brûler les femmes, la science a trouvé une explication, normalement appelée "hystérie féminine" ; même si elle ne cause pas la mort par le feu, elle finit par provoquer un tas de problèmes, surtout dans le travail.

« Mais ne t'inquiète pas, bientôt on l'appellera "sagesse". Garde les yeux fixés sur le miroir : que vois-tu ?

— Une femme.

— Et qu'est-ce qu'il y a derrière la femme ? »

Elle a hésité un peu. J'ai insisté, et elle a fini par répondre :

« Une autre femme. Plus vraie, plus intelligente que moi. Comme une âme qui ne m'appartiendrait pas, mais qui ferait partie de moi.

— C'est cela. Maintenant, je vais te demander d'imaginer l'un des symboles les plus importants de l'alchimie : un serpent qui fait un cercle et se dévore la queue. Peux-tu imaginer cela ? »

Elle a hoché la tête en signe d'affirmation.

« C'est la vie des personnes comme moi et comme toi. Elles se détruisent et se construisent tout le temps. Toute ton existence n'a été que cela : de l'abandon à la rencontre, du divorce au nouvel amour, de la filiale de la banque au désert. Une seule chose demeure intacte – ton fils. Il est le fil conducteur de tout, respecte cela. »

Elle s'est remise à pleurer. Mais c'était une sorte de larmes différente.

« Tu es venue ici parce que tu avais vu un visage féminin dans le feu. C'est le même visage qui se trouve à présent dans le miroir, efforce-toi de l'honorer. Ne te laisse pas opprimer par ce que pensent les autres, puisque dans quelques années, ou dans quelques décennies, ou dans quelques siècles, cette pensée sera modifiée. Vis maintenant ce que les gens vivront dans le futur seulement.

« Que veux-tu ? Tu ne peux pas vouloir être heureuse, parce que c'est facile et ennuyeux. Tu ne peux pas vouloir simplement aimer, parce que c'est impossible. Que veux-tu ? Tu veux donner une justification à ta vie – la vivre le plus intensément possible. C'est en même temps un piège et une extase. Fais attention au danger, et vis la joie, l'aventure d'être la Femme qui est derrière l'image reflétée dans le miroir. »

Ses yeux se sont fermés, mais je savais que mes paroles avaient pénétré dans son âme, et y demeureraient.

« Si tu veux prendre des risques et continuer à enseigner, fais-le. Si tu ne veux pas, sache que tu es déjà allée beaucoup plus loin que la plupart des gens. »

Son corps a commencé à se détendre. Je l'ai retenue dans mes bras avant qu'elle ne tombe, et elle s'est endormie la tête appuyée contre mes seins.

J'ai tenté de murmurer quelque chose, car j'étais déjà passée par les mêmes étapes, et je savais à quel point c'était difficile – mon protecteur me l'avait dit et je l'avais éprouvé dans ma propre chair. Mais le fait qu'elle soit difficile ne rendait pas cette expérience moins intéressante.

Quelle expérience ? Vivre comme être humain et comme divinité. Passer de la tension au relâchement. Du relâchement à la transe. De la transe au contact plus intense avec les personnes. De ce contact, de nouveau à la tension, et ainsi de suite, comme le serpent qui se mord la queue.

Pas facile – surtout parce que cela exige un amour inconditionnel, qui ne craint pas la souffrance, le rejet, la perte.

Mais, pour qui a bu une fois de cette eau, il est impossible de se désaltérer à d'autres sources.

Andrea McCain, actrice

« L'autre jour, tu as parlé de Gaïa, qui s'est créée elle-même et a eu un enfant sans avoir besoin d'un homme. Tu as dit, avec raison, que la Grande Mère avait finalement cédé la place aux dieux masculins. Mais tu as oublié Héra, une des descendantes de ta déesse favorite.

« Héra compte davantage, parce qu'elle est plus pragmatique. Elle gouverne les cieux et la terre, les saisons de l'année et les tempêtes. D'après ces mêmes Grecs que tu as cités, la Voie lactée que nous voyons dans les cieux est composée du lait qui a giclé de son sein. Un beau sein, soit dit en passant, parce que le tout-puissant Zeus a changé de forme et s'est transformé en oiseau, simplement pour pouvoir l'embrasser sans être rejeté. »

Nous déambulions dans un grand magasin de Knightsbridge. J'avais téléphoné pour dire que j'aimerais bavarder un peu, et elle m'avait invitée à faire les soldes d'hiver – il aurait été beaucoup plus sympathique de prendre un thé ensemble, ou d'aller déjeuner dans un restaurant tranquille.

« Ton fils risque de se perdre dans cette foule.

— Ne t'inquiète pas. Continue ton récit.

— Héra a découvert la ruse, et elle a obligé Zeus à l'épouser. Mais, aussitôt après la cérémonie, le grand roi de l'Olympe a repris sa vie de play-boy, séduisant toutes les déesses ou humaines qui passaient devant lui. Héra est restée fidèle : plutôt que de faire des reproches à son mari, elle disait que c'était aux femmes de mieux se comporter.

— N'est-ce pas ce que nous faisons toutes ? »

Je ne savais pas où elle voulait en venir, alors j'ai continué comme si je n'avais pas entendu :

« Et puis elle a décidé de lui rendre la monnaie de sa pièce, de se trouver un dieu ou un homme et de le mettre dans son lit. Ne pourrions-nous pas nous arrêter un peu et prendre un café ? »

Mais Athéna venait d'entrer dans une boutique de lingerie.

« C'est joli ? m'a-t-elle demandé, montrant un ensemble provocant, petite culotte et soutien-gorge en maille couleur peau.

— Très. Quand tu le porteras, quelqu'un le verra-t-il ?

— Bien sûr. Me prends-tu pour une sainte ? Mais reprends ce que tu disais à propos d'Héra.

— Zeus a été effrayé par son comportement. Mais maintenant qu'elle était indépendante, Héra ne s'inquiétait plus pour son mariage. Tu as vraiment un petit ami ? »

Elle a regardé autour de nous. Seulement quand elle a vu que l'enfant ne pouvait nous entendre, elle a répondu par un monosyllabe :

« Oui.

— Je ne l'ai jamais vu. »

Elle est allée à la caisse, elle a payé la lingerie, elle l'a mise dans son sac.

« Viorel a faim, et je suis certaine que les légendes grecques ne l'intéressent pas. Termine l'histoire d'Héra.

— Elle a une fin un peu ridicule : de peur de perdre sa bien-aimée, Zeus lui a fait croire qu'il allait se remarier. Lorsque Héra l'a su, elle a compris que les choses étaient allées trop loin – elle acceptait qu'il ait des maîtresses, mais le divorce aurait été impensable.

— Rien d'original.

— Elle a décidé de se rendre sur le lieu de la cérémonie, de faire un scandale, et alors seulement elle s'est rendu compte qu'il demandait la main d'une statue.

— Qu'a fait Héra ?

— Elle a beaucoup ri. La glace était rompue entre eux, et elle est redevenue la reine des cieux.

— Formidable. Si cela t'arrive un jour...

— ... Quoi ?

— Si ton homme se trouve une autre femme, n'oublie pas de rire.

— Je ne suis pas une déesse. Je serais beaucoup plus destructrice. Pourquoi n'ai-je jamais vu ton petit ami ?

— Parce qu'il est toujours très occupé.

— Où l'as-tu connu ? »

Elle s'est arrêtée, la lingerie dans les mains.

« Je l'ai connu à la banque où je travaillais, il y avait un compte. Et maintenant, excuse-moi : mon fils m'attend. Tu as raison, si je ne lui accorde pas toute l'attention nécessaire, il peut se perdre au milieu de ces centaines de personnes. Nous organisons une réunion chez moi la semaine prochaine ; bien sûr tu es invitée.

— Je sais qui l'a organisée. »

Athéna m'a donné deux baisers cyniques sur le front, et elle est partie ; au moins avait-elle compris mon message.

L'après-midi, au théâtre, le directeur est venu dire qu'il était agacé par mon comportement : j'avais constitué un groupe pour rendre visite à cette femme. J'ai expliqué que l'idée n'était pas venue de moi – Heron, fasciné par l'histoire du nombril, m'avait demandé si quelques acteurs seraient prêts à poursuivre la conférence qui avait été interrompue.

« Mais il n'a pas d'ordres à te donner. »

Bien sûr, mais la dernière chose que je désirais dans ce monde, c'était qu'il se rendît seul chez Athéna.

Les acteurs étaient déjà réunis, mais plutôt qu'une autre lecture de la nouvelle pièce, le directeur a décidé de changer de programme.

« Aujourd'hui, nous allons faire encore un exercice de psychodrame *(N.d.R. : technique dans laquelle les personnes présentent sous forme théâtrale des expériences personnelles).* »

Ce n'était pas nécessaire ; nous savions tous déjà comment les personnages se comporteraient dans les situations voulues par l'auteur.

« Puis-je suggérer le thème ? »

Tout le monde s'est tourné vers moi. Il a semblé surpris.

« Qu'est-ce que c'est ? Une rébellion ?

— Écoute jusqu'au bout : nous allons créer une situation dans laquelle un homme, après beaucoup d'efforts, parvient à réunir un groupe de personnes pour célébrer un rite important dans la communauté. Disons, quelque chose qui ait à voir avec la récolte de l'automne suivant. Mais une étrangère arrive dans la ville, et à cause de sa beauté et des légendes qui courent sur son compte – on dit que c'est une déesse déguisée – , le groupe que le brave homme avait réuni pour maintenir les traditions de son village se disperse bientôt, et va rejoindre la nouvelle venue.

— Mais cela n'a rien à voir avec la pièce que nous sommes en train de répéter ! » a dit une actrice.

Le directeur, lui, avait compris le message.

« C'est une excellente idée. Nous pouvons commencer. »

Et, se tournant vers moi :

« Andrea, tu seras la nouvelle venue. Ainsi, tu comprendras mieux la situation du village. Et je serai le brave homme qui essaie de garder les coutumes intactes. Et le groupe sera composé de couples qui fréquentent l'église, se réunissent le samedi pour les travaux communautaires, et s'entraident. »

Nous nous sommes allongés par terre, nous nous sommes relaxés, et nous avons commencé l'exercice – qui en réalité est très simple : le personnage central (moi dans ce cas) crée des situations, et les autres réagissent à mesure qu'ils sont provoqués.

La relaxation terminée, je me suis transformée en Athéna. Dans mon fantasme, elle courait le monde comme Satan à la recherche de sujets pour son royaume, mais déguisée en Gaïa, la déesse qui sait tout et qui est l'origine de tout. Pendant quinze minutes, les « couples » se sont formés, se sont rencontrés, se sont inventé une histoire commune dans laquelle il y avait des enfants, des fermes, de la compréhension et de l'amitié. Quand j'ai senti que l'univers était prêt, je me suis assise dans un coin de la scène, et j'ai commencé à parler d'amour.

« Nous sommes ici dans ce petit village, et vous pensez que je suis une étrangère, alors vous vous intéressez à ce que j'ai à raconter. Vous n'avez jamais voyagé, vous ne savez pas ce qui se passe de l'autre côté des montagnes, mais je peux vous le dire : il n'est pas nécessaire de louer la terre. Elle sera toujours généreuse avec cette communauté. L'important est de louer l'être humain. Vous dites que vous aimez voyager ? Alors, vous ne vous servez pas du mot juste – l'amour est une relation entre les personnes.

« Vous désirez que la récolte soit fertile et pour cela vous avez décidé d'aimer la terre ? Autre sottise : l'amour n'est pas désir, ni connaissance, ni admiration. C'est un défi, un feu qui brûle sans que nous puissions le voir. Alors, si vous pensez que je suis une étrangère dans ce pays, vous vous trompez : tout m'est familier, parce que je viens avec cette force, avec cette flamme, et quand je partirai, aucun de vous ne sera plus le même. J'apporte le véritable amour, pas celui que vous ont enseigné les livres et les contes de fées. »

Le « mari » de l'un des couples a commencé à me regarder. La femme était désorientée par sa réaction.

Pendant le reste de l'exercice, le directeur – ou plutôt, le brave homme – faisait son possible pour expliquer aux gens qu'il était important de maintenir les traditions, louer la terre, lui demander d'être généreuse cette année comme elle l'avait été l'année précédente. Moi, je parlais seulement d'amour.

« Il dit que la terre veut des rites ? Eh bien, je vous l'assure : si vous avez assez d'amour entre vous, la récolte sera abondante, parce que c'est un sentiment qui transforme tout. Mais qu'est-ce que je vois ? L'amitié. La passion s'est éteinte depuis longtemps, parce que vous vous êtes habitués les uns aux autres. C'est pour cela que la terre donne seulement ce qu'elle a donné l'année dernière, ni plus ni moins. Et c'est pour cela que, dans le noir de vos âmes, vous vous plaignez en silence que rien ne change dans vos vies. Pourquoi ? Parce que vous avez voulu contrôler la force qui transforme tout, pour que vos vies puissent continuer sans grands défis. »

Le brave homme expliquait :

« Notre communauté a toujours survécu parce qu'elle a respecté les lois, qui guident même l'amour. Celui qui tombe amoureux sans tenir compte du bien commun vivra dans une angoisse constante : de blesser sa compagne, d'irriter sa nouvelle passion, de perdre tout ce qu'il a construit. Une étrangère sans attaches et sans histoire peut dire ce qu'elle veut, mais elle ne sait pas les difficultés que nous avons connues avant d'arriver là où nous sommes arrivés. Elle ne sait pas le sacrifice que nous avons fait pour nos enfants. Elle ignore le fait que nous travaillons sans repos pour que la terre soit généreuse, que la paix soit avec nous, que les provisions soient engrangées pour le lendemain. »

Pendant une heure, j'ai défendu la passion qui dévore tout, tandis que le brave homme parlait du sentiment qui apporte paix et tranquillité. À la fin, je parlais toute seule, tandis que la communauté entière se réunissait autour de lui.

J'avais joué mon rôle avec un enthousiasme et une foi que je n'aurais jamais imaginé posséder ; malgré tout, l'étrangère quittait le petit village sans avoir convaincu personne.

Et j'en étais très, très contente.

Heron Ryan, journaliste

Un vieil ami me disait souvent : « On acquiert vingt-cinq pour cent de ses connaissances avec un maître, vingt-cinq pour cent en s'écoutant soi-même, vingt-cinq pour cent avec les amis, et vingt-cinq pour cent avec le temps. » Lors de la première rencontre chez Athéna, où elle prétendait terminer le cours interrompu au théâtre, nous avons tous appris avec... je ne sais pas.

Elle nous attendait dans le petit salon de son appartement, avec son fils. J'ai observé que la pièce était totalement blanche, vide, excepté un meuble sur lequel se trouvait un appareil de son, et une pile de CD. J'ai trouvé bizarre la présence de l'enfant, qu'une conférence devait ennuyer ; j'espérais qu'elle reprendrait au moment où elle s'était arrêtée – des commandements par des mots. Mais elle avait d'autres projets ; elle a expliqué qu'elle allait mettre une musique venue de Sibérie, et que tous devaient simplement écouter.

Rien de plus.

« Je ne peux arriver nulle part par la méditation, a-t-elle dit. Je vois ces personnes assises les yeux fermés, un sourire aux lèvres, l'air sérieux, la posture arrogante, superconcentrées sur absolument rien, convaincues qu'elles sont en contact avec Dieu ou avec la Déesse. Au moins, nous écouterons de la musique ensemble. »

De nouveau, cette sensation de malaise, comme si Athéna ne savait pas exactement ce qu'elle faisait. Mais presque tous les acteurs du théâtre étaient là, y compris le directeur – qui d'après Andrea était venu espionner le camp ennemi.

La musique était terminée.

« Cette fois, dansez sur un rythme qui n'ait rien, absolument rien à voir avec la mélodie. »

Athéna a remis la musique, le volume beaucoup plus haut, et elle a commencé à déplacer son corps sans aucune harmonie. Seul un vieux monsieur, qui dans la pièce jouait un roi ivre, a fait ce qui avait été ordonné. Personne n'a bougé ; tout le monde paraissait un peu gêné. Quelqu'un a regardé sa montre – il ne s'était passé que dix minutes.

Athéna s'est arrêtée et a regardé autour d'elle :

« Pourquoi êtes-vous arrêtés ?

— Il me semble... un peu ridicule de faire cela, a proféré la voix timide d'une actrice. Nous apprenons l'harmonie, pas le contraire.

— Alors, faites ce que je dis. Vous avez besoin d'une explication intellectuelle ? Je vous la donne : les changements ne se produisent que lorsque nous faisons quelque chose qui va totalement à l'encontre de toutes nos habitudes. »

Et se tournant vers le « roi ivre » :

« Pourquoi avez-vous accepté de suivre la musique hors du rythme ?

— Rien de plus facile : je n'ai jamais appris à danser. »

Tout le monde a ri, et le nuage noir qui planait au-dessus de nous a semblé s'éloigner.

« Très bien, je vais recommencer, et vous pouvez suivre mes suggestions, ou vous en aller – cette fois c'est moi qui décide de l'heure où se terminera la conférence. L'une des choses les plus agressives pour l'être humain, c'est aller contre ce qu'il trouve beau, et c'est ce que nous ferons aujourd'hui. Nous allons mal danser. Tout le monde. »

Ce n'était qu'une expérience de plus, et pour ne pas embarrasser la maîtresse de maison, tout le monde a mal dansé. Je luttais contre moi-même, parce que j'avais tendance à suivre cette percussion merveilleuse, mystérieuse. J'avais l'impression d'agresser les musiciens qui la jouaient, le compositeur qui l'avait imaginée. Fréquemment, mon corps voulait lutter contre l'absence d'harmonie, et je l'obligeais à se comporter comme on le lui ordonnait. Le gamin dansait lui aussi, riant tout le temps, mais à un certain moment, il s'est arrêté et s'est assis sur le sofa, peut-être épuisé par l'effort qu'il faisait. Le CD a été arrêté au milieu d'un accord.

« Attendez. »

Tout le monde a attendu.

« Je vais faire quelque chose que je n'ai jamais fait. »

Elle a fermé les yeux, et elle a mis la tête dans ses mains.

« Je n'ai jamais dansé hors du rythme... »

Alors, apparemment, l'épreuve avait été pire pour elle que pour aucun d'entre nous.

« Je me sens mal... »

Le directeur et moi nous nous sommes levés. Andrea m'a jeté un regard furieux, mais je suis tout de même allé jusqu'à Athéna. Avant que je ne l'aie touchée, elle nous a demandé de retourner à nos places.

« Quelqu'un veut dire quelque chose ? » Sa voix semblait fragile, tremblante, et elle ne retirait pas son visage de ses mains.

« Moi. »

C'était Andrea.

« D'abord, prends mon fils et dis-lui que tout va bien pour sa mère. Mais je dois continuer, tant que ce sera nécessaire. »

Viorel semblait épouvanté ; Andrea l'a assis sur ses genoux et l'a caressé.

« Que veux-tu dire ?

— Rien. J'ai changé d'avis.

— C'est l'enfant qui t'a fait changer d'avis. Mais continue. »

Lentement, Athéna a découvert son visage, levé la tête, et sa physionomie était celle d'une étrangère.

« Je ne parlerai pas.

« C'est bien. Alors vous – elle a indiqué le vieil acteur – allez chez le médecin demain. Ne pas arriver à dormir, aller aux toilettes toute la nuit, c'est grave. C'est un cancer de la prostate. »

L'homme est devenu livide.

« Et vous – elle a fait signe vers le directeur – assumez votre identité sexuelle. N'ayez pas peur. Acceptez que vous détestez les femmes et que vous adorez les hommes.

— Qu'est-ce que vous...

— Ne m'interrompez pas. Je ne dis pas cela à cause d'Athéna. Je parle seulement de votre sexualité : vous aimez les hommes, et je crois qu'il n'y a rien de mal à cela. »

Je ne dis pas cela à cause d'Athéna ? Mais elle était Athéna !

« Et toi – elle m'a montré du doigt – viens ici. Mets-toi à genoux devant moi. »

Craignant Andrea, intimidé par les autres, j'ai fait ce qu'elle demandait.

« Baisse la tête. Laisse-moi toucher ta nuque. »

J'ai senti la pression de ses doigts, mais rien d'autre. Nous sommes restés ainsi une minute ou presque, puis elle m'a ordonné de me lever et de retourner à ma place.

« Tu n'auras plus jamais besoin de comprimés pour dormir. À partir d'aujourd'hui, le sommeil revient. »

J'ai regardé Andrea – j'ai pensé qu'elle ferait un commentaire, mais son regard paraissait aussi étonné que le mien.

Une actrice, la plus jeune peut-être, a levé la main.

« Je veux parler. Mais j'ai besoin de savoir à qui je m'adresse.

— À Sainte Sophie[1].

— Je veux savoir si... »

C'était l'actrice la plus jeune de notre groupe. Elle a regardé autour d'elle, déconcertée, mais le directeur a fait un signe de la tête, pour lui demander de continuer.

— ... Si ma mère va bien.

— Elle est à tes côtés. Hier, quand tu as quitté la maison, elle a fait en sorte que tu oublies ton sac. Tu es retournée le chercher, et tu as découvert que la clef était à l'intérieur, qu'il n'y avait pas moyen d'entrer. Tu as perdu une heure à chercher un serrurier, alors que tu aurais pu aller à ton rendez-vous, rencontrer l'homme qui t'attendait, et trouver l'emploi qui t'aurait plu. Mais si tout s'était passé comme tu l'avais projeté le matin, dans six mois tu serais morte dans un accident de voiture. Hier, l'absence de ton sac a changé ta vie. »

La jeune fille s'est mise à pleurer.

« Quelqu'un veut-il poser une autre question ? »

Une autre main s'est levée ; c'était le directeur.

« Est-ce qu'il m'aime ? »

C'était donc vrai. L'histoire de la mère de la jeune fille avait provoqué un tourbillon d'émotions dans ce salon.

« Votre question n'est pas bonne. Ce que vous devez savoir, c'est si vous êtes en condition de donner l'amour dont il a besoin. Et ce qui viendra ou ne viendra pas sera pareillement gratifiant. Il suffit de se savoir capable d'aimer.

« Si ce n'est pas lui, ce sera un autre. Puisque vous avez découvert une source, laissez-la jaillir, et elle

1. Traduction du grec *Hagia Sophia*, littéralement Divine Sagesse (*N.d.T.*).

inondera votre monde. N'essayez pas de vous tenir à distance pour voir ce qui se passe ; ne cherchez pas non plus à être certain avant de faire le pas. Ce que vous donnerez, vous le recevrez – même si parfois cela vient de là où vous l'attendez le moins. »

Ces mots s'appliquaient aussi à moi. Et Athéna – ou qui qu'elle soit – s'est tournée vers Andrea.

« Toi ! »

Mon sang s'est glacé.

« Tu dois te préparer à perdre l'univers que tu t'es créé.

— Qu'est-ce que cet "univers" ?

— Celui que tu crois déjà à toi. Tu as emprisonné ton monde, mais tu sais que tu dois le libérer. Je sais que tu comprends ce dont je parle, bien que tu ne désires pas l'entendre.

— Je comprends. »

J'avais la certitude qu'elles parlaient de moi. Tout cela n'était-il qu'une mise en scène d'Athéna ?

« C'est terminé, a-t-elle dit. Amenez-moi l'enfant. »

Viorel ne voulait pas venir, il était effrayé par la transformation de sa mère ; mais Andrea l'a pris doucement par la main, et l'a conduit vers elle.

Athéna – ou Sainte Sophie, ou Sherine, peu importe qui était là – a fait le même geste qu'elle avait fait avec moi, elle a touché avec fermeté la nuque du petit.

« N'aie pas peur des choses que tu vois, mon enfant. N'essaie pas de les repousser, elles finiront par s'en aller d'une façon ou d'une autre ; profite de la compagnie des anges tant que tu le pourras. En ce moment tu as peur, mais pas tant que cela, parce que tu sais que nous sommes nombreux dans ce salon. Tu as cessé de rire et de danser quand tu as vu que j'étreignais ta mère, et lui demandais de parler par sa bouche. Sache qu'elle m'a donné la permission, sinon je ne l'aurais pas fait. Je suis toujours apparue sous forme de lumière, et je suis toujours cette lumière, mais aujourd'hui j'ai décidé de parler. »

Le petit s'est serré contre elle.

« Vous pouvez partir. Laissez-moi rester seule avec lui. »

Un à un, nous sommes sortis de l'appartement, laissant la femme avec l'enfant. Dans le taxi qui nous ramenait à la maison, j'ai tenté d'entamer la conversation avec Andrea, mais elle a demandé, si nous devions parler de quelque chose, que nous ne fassions pas allusion à ce qui venait de se passer.

Je me suis tu. Mon âme s'est remplie de tristesse : perdre Andrea était très difficile. D'autre part, j'ai senti une paix immense – les événements avaient provoqué des changements, et je n'avais pas besoin de m'asseoir devant une femme que j'aimais beaucoup et lui dire que j'étais aussi amoureux d'une autre, une destruction à petit feu.

Dans ce cas, j'ai choisi de me taire. Je suis arrivé à la maison, j'ai allumé la télévision, Andrea est allée prendre son bain. J'ai fermé les yeux et, quand je les ai rouverts, le salon était inondé de lumière ; il faisait jour, j'avais dormi presque dix heures d'affilée. Près de moi se trouvait un petit mot, dans lequel Andrea disait qu'elle ne voulait pas me réveiller, qu'elle était allée directement au théâtre, mais qu'elle avait laissé le café prêt. Le billet était romantique, orné d'un petit cœur tracé à l'aide d'un bâton de rouge à lèvres.

Elle n'était pas du tout disposée à « se défaire de son univers ». Elle allait se battre. Et ma vie allait devenir un cauchemar.

Dans la soirée, elle a téléphoné, et sa voix ne montrait aucune émotion particulière. Elle m'a raconté que cet acteur était allé chez le médecin, qu'on l'avait ausculté et qu'on lui avait découvert une inflammation anormale de la prostate. L'étape suivante avait été une analyse de sang, dans lequel on avait détecté une augmentation significative d'un type de protéine appelé PSA. On avait fait un prélèvement pour la biopsie, mais, d'après le tableau clinique, il y avait de grands risques que ce soit une tumeur maligne.

« Le médecin lui a dit : vous avez de la chance, bien que nous soyons en présence d'un mauvais scénario, il est encore possible d'opérer, et il y a quatre-vingt-dix-neuf pour cent de chances de guérison. »

Deidre O'Neill,
connue sous le nom d'Edda

Sainte Sophie, rien que cela ! C'était elle, Athéna, mais touchant la partie la plus profonde du fleuve qui coule dans son âme – entrant en contact avec la Mère.

Elle n'a fait que voir ce qui se passait dans une autre réalité. La mère de la jeune fille, parce qu'elle est morte, vit dans un lieu qui ne connaît pas le temps, et dans ce cas elle a pu dévier le cours d'un événement – mais nous, êtres humains, nous en serons toujours réduits à connaître le présent. Ce n'est pas rien, cela dit en passant : découvrir une maladie qui va se déclarer avant qu'elle ne s'aggrave, toucher des centres nerveux et débloquer des énergies, c'est à notre portée.

Bien sûr, nombreux sont morts sur le bûcher, d'autres ont été exilés, et beaucoup ont fini par dissimuler et supprimer l'étincelle de la Grande Mère dans leur âme. Je n'ai jamais cherché à pousser Athéna à entrer en contact avec le Pouvoir. C'est elle qui l'a décidé, parce que la Mère lui avait déjà envoyé plusieurs signes : elle était une lumière pendant qu'elle dansait, elle s'était transformée en lettres quand elle apprenait la calligraphie, elle était apparue dans un feu ou dans un miroir. Ce que ma disciple ne savait pas, c'était comment vivre avec Elle, et puis elle a fait quelque chose qui a provoqué toute cette succession d'événements.

Athéna, qui disait toujours à tous qu'ils devaient être différents, était au fond une personne semblable aux autres mortels. Elle avait un rythme, une vitesse de croisière. Était-elle plus curieuse ? Peut-être. Avait-elle réussi à surmonter ses difficultés et cessé de se prendre pour une victime ? Certainement. Sentait-elle le besoin de partager avec les autres, qu'ils soient employés de banque ou acteurs, ce qu'elle apprenait ? Dans certains cas, la réponse est oui, dans d'autres j'ai tâché de la stimuler, parce que nous ne sommes pas faits pour la solitude, et nous nous connaissons quand nous nous voyons dans le regard des autres.

Mais mon intervention se termine là.

Parce que la Mère voulait se manifester ce soir-là, elle lui a peut-être murmuré quelque chose à l'oreille : « Va à l'encontre de tout ce que tu as appris jusqu'à présent – toi, qui es maîtresse du rythme, laisse-le passer par ton corps, mais ne lui obéis pas. » C'est pour cela qu'Athéna a proposé l'exercice : son inconscient était prêt à vivre avec la Mère, mais elle vibrait toujours dans la même syntonie, et ainsi ne permettait pas que des éléments extérieurs se manifestent.

Il m'arrivait la même chose : pour moi, la meilleure manière de méditer, d'entrer en contact avec la lumière, était de tricoter – une activité que ma mère m'avait enseignée quand j'étais enfant. Je savais compter les points, croiser les aiguilles, créer de belles choses grâce à la répétition et à l'harmonie. Un jour, mon protecteur m'a demandé de tricoter d'une manière totalement irrationnelle ! Quelque chose de très violent pour moi qui avais appris à travailler avec douceur, patience et dévouement. Pourtant, il a insisté pour que je fasse un travail affreux.

Pendant deux heures, j'ai trouvé cela ridicule, absurde, j'avais mal à la tête, mais je ne pouvais pas empêcher les aiguilles de guider mes mains. N'importe qui est capable de mal faire, pourquoi me demandait-il cela ? Parce qu'il connaissait mon obsession pour la géométrie et pour la perfection.

Et soudain, c'est arrivé ; j'ai arrêté les aiguilles, j'ai senti un vide immense, qui a été rempli par une présence chaleureuse, aimante, amicale. Autour de moi, tout était différent, et j'avais envie de dire des choses que je n'aurais jamais osé dire dans mon état normal. Mais je n'ai pas perdu conscience, je savais que j'étais moi-même, même si – acceptons le paradoxe – ce n'était pas la personne que j'avais l'habitude de fréquenter.

Je peux donc « voir » ce qui s'est passé, même si je n'y étais pas ; l'âme d'Athéna suivant les sons de la musique, et son corps allant dans une direction totalement opposée. Au bout d'un certain temps, l'âme s'est détachée du corps, un espace s'est ouvert, et la Mère a enfin pu entrer.

Ou plus exactement : une étincelle de la Mère est apparue là. Vieille, mais jeune d'apparence. Savante, mais pas omnipotente. Spéciale, mais sans arrogance. Sa perception a changé, et elle s'est mise à voir les mêmes choses que celles qu'elle entrevoyait quand elle était enfant – les univers parallèles qui peuplent ce monde. À ce moment-là, nous pouvons voir non seulement le corps physique, mais les émotions des personnes. On dit que les chats ont le même pouvoir, et je le crois.

Entre le monde physique et le spirituel, il existe une sorte de manteau, dont la couleur, l'intensité, la lumière varient, et que les mystiques appellent « aura ». À partir de là, tout est facile : l'aura raconte ce qui est en train de se passer. Si j'avais été présente, elle aurait vu une couleur violette avec quelques taches jaunes autour de mon corps. Cela signifie que j'ai encore un long chemin devant moi et que ma mission n'est pas encore accomplie sur cette terre.

Mêlées aux auras humaines, apparaissent des formes transparentes – que les gens ont coutume d'appeler des « fantômes ». Ce fut le cas de la mère de la petite, le seul cas, d'ailleurs, dans lequel le destin devait être modifié. Je suis quasi certaine que cette actrice, avant même de poser la question, savait que sa mère était à ses côtés, et que la seule surprise fut l'histoire du sac.

Avant cette danse contre le rythme, ils étaient tous intimidés. Pourquoi ? Parce que nous sommes tous habitués à faire les choses « comme elles doivent être faites ». Aucun de nous n'aime faire de faux pas, surtout quand nous en sommes conscients. Y compris Athéna – il n'a sans doute pas été facile pour elle de proposer quelque chose qui allait à l'encontre de tout ce qu'elle aimait.

Je suis contente que, à ce moment, la Mère ait gagné la bataille. Un homme a été sauvé du cancer, un autre a accepté sa sexualité, et un troisième a cessé de prendre des pilules pour dormir. Tout cela parce que Athéna a brisé le rythme, freinant la voiture qui allait à toute vitesse et bouleversant tout.

Pour revenir à mon tricot : j'ai recouru à ce procédé pendant un temps, jusqu'à ce que je parvienne à provoquer cette présence sans aucun artifice, puisque je la connaissais et m'habituais à elle. Il s'est passé la même chose avec Athéna – une fois que nous savons où sont les Portes de la Perception, il est très facile de les ouvrir et de les fermer, dès lors que nous nous habituons à notre comportement « étrange ».

Et il faut ajouter ceci : j'ai tricoté beaucoup plus vite et bien mieux, de même qu'Athéna s'est mise à danser avec plus d'âme et de rythme après qu'elle a eu osé briser ces barrières.

Andrea McCain, actrice

L'histoire s'est répandue comme une traînée de poudre ; le lundi suivant, jour de relâche au théâtre, la maison d'Athéna était pleine. Nous avions tous amené des amis. Elle a répété la même chose, nous a obligés à danser sans rythme, comme si elle avait besoin de l'énergie collective pour aller à la rencontre de Sainte Sophie. Le gamin était présent de nouveau, et je me suis mise à l'observer. Quand il s'est assis sur le sofa, la musique a été coupée et la transe a débuté.

Et les consultations ont commencé. Comme nous pouvions l'imaginer, les trois premières questions étaient liées à l'amour – untel va-t-il rester avec moi, tel autre m'aime-t-il, suis-je trahi ? Athéna ne disait rien. La quatrième personne qui n'a pas obtenu de réponse a décidé de protester :

« Alors, je suis trahi ?

— Je suis Sainte Sophie, la sagesse universelle. Je suis venue créer le monde sans aucune compagnie, excepté celle de l'Amour. Je suis le commencement de tout, et avant moi il y avait le chaos.

« Alors, si l'un de vous veut contrôler les forces qui ont dominé le chaos, ne posez pas de questions à Sainte Sophie. Pour moi, l'amour emplit tout. Il ne peut pas être désiré – il est une fin en soi. Il ne peut pas trahir, parce qu'il n'est pas lié à la possession. On ne peut pas le retenir prisonnier, parce qu'il est comme un fleuve, et il se répandrait par-dessus les barrières. Celui qui essaie d'emprisonner l'amour doit couper la source qui l'alimente, et dans ce cas, l'eau qu'il a rassemblée finira stagnante et croupie. »

La Sainte, la Divine, a parcouru des yeux le groupe – la plupart d'entre eux étaient là pour la première fois – et elle a commencé à indiquer ce qu'elle voyait : menaces de maladies, problèmes au travail, difficultés relationnelles entre parents et enfants, sexualité, potentiels qui existaient mais n'étaient pas exploités. Je me souviens qu'elle s'est tournée vers une femme d'une trentaine d'années :

« Votre père vous a dit comment les choses devaient être, comment une femme devait se comporter. Toute votre vie, vous avez lutté contre vos rêves, et le "vouloir" ne s'est jamais manifesté. Il était toujours remplacé par "devoir" ou "attendre" ou "avoir besoin". Mais vous êtes une excellente chanteuse. Un an d'expérience, et vous pourrez vous distinguer dans votre travail.

— J'ai un fils et un mari.

— Athéna aussi a un fils. Votre mari va réagir au début, mais il finira vite par accepter. Et point n'est besoin d'être Sainte Sophie pour le savoir.

— Peut-être suis-je déjà trop vieille.

— Vous refusez d'accepter ce que vous êtes. Ce n'est plus mon problème. J'ai dit ce qui devait être dit. »

Peu à peu, toutes les personnes qui se trouvaient dans ce petit salon sans pouvoir s'asseoir parce qu'il n'y avait pas de place, suant à grosses gouttes bien que ce fût encore la fin de l'hiver, se sentant ridicules d'être venues à un événement de ce genre, ont été appelées pour recevoir les conseils de Sainte Sophie.

J'étais la dernière :

« Reste, si tu veux cesser d'être deux et n'être plus qu'une. »

Cette fois, je n'avais pas son fils sur les genoux ; il assistait à tout, et apparemment la conversation qu'ils avaient eue tout de suite après la première séance avait suffi pour qu'il n'ait plus peur.

J'ai accepté d'un signe de tête. Contrairement à la séance précédente, où les gens étaient simplement sortis quand elle avait demandé de rester avec l'enfant, Sainte Sophie a fait cette fois un sermon avant de terminer le rituel.

« Vous n'êtes pas ici pour avoir des réponses assurées ; ma mission est de vous provoquer. Autrefois, gouvernants et gouvernés se précipitaient vers les oracles, pour deviner l'avenir. Mais l'avenir est capricieux, car il est guidé par les décisions prises ici, dans le présent. Ne ralentissez pas la vitesse de votre bicyclette, parce que, si le mouvement s'arrête, vous tomberez.

« Pour ceux qui en ce moment sont par terre, qui sont venus rencontrer Sainte Sophie en voulant seulement qu'elle confirme ce qu'ils aimeraient que soit la vérité, je vous en prie, ne revenez pas. Ou bien commencez à danser, et faites que ceux qui vous entourent bougent aussi. Le destin sera implacable avec ceux qui veulent vivre dans un univers qui est révolu. Le nouveau monde est celui de la Mère, venue avec l'Amour pour séparer les cieux des eaux. Celui qui croit qu'il a échoué échouera toujours. Celui qui a décidé qu'il ne pouvait agir différemment sera détruit par la routine. Celui qui a décidé d'empêcher les changements se transformera en poussière. Maudits soient ceux qui ne dansent pas et empêchent les autres de danser ! »

Ses yeux crachaient du feu.

« Vous pouvez aller. »

Tout le monde est sorti, je pouvais voir la confusion s'exprimer sur la plupart des visages. Ils étaient venus en quête de réconfort, et ils avaient trouvé la provocation. Ils étaient arrivés pour entendre comment l'amour peut être contrôlé, et ils avaient entendu que la flamme qui dévore tout ne cesserait jamais de tout incendier. Ils voulaient être certains que leurs décisions étaient justes – que leurs maris, leurs femmes, leurs patrons, étaient satisfaits – et ils n'avaient trouvé que des paroles de doute.

Pourtant certaines personnes souriaient. Elles avaient compris l'importance de la danse, et elles allaient certainement laisser leurs corps et leurs âmes flotter après cette nuit-là – dussent-elles en payer le prix, comme cela arrive toujours.

Dans le salon, seuls restaient l'enfant, Sainte Sophie, Heron et moi.

« J'ai demandé que tu restes seule. »

Sans un mot, il a pris son pardessus et il est parti.

Sainte Sophie me regardait. Et peu à peu, je l'ai vue se transformer en Athéna. La seule manière de décrire comment s'est fait ce passage est d'essayer de la comparer à un enfant ; quand il est contrarié, nous voyons l'irritation dans ses yeux, mais il est très vite distrait, et quand la colère s'en va, on dirait que l'enfant n'est plus celui qui était en train de pleurer. L'« entité », si tant est que nous puissions la nommer ainsi, semblait s'être dissipée dans l'air quand son instrument avait perdu sa concentration.

J'étais maintenant en présence d'une femme qui paraissait épuisée.

« Prépare-moi une tisane. »

Elle me donnait un ordre ! Et elle n'était plus la sagesse universelle, mais quelqu'un à qui mon homme s'intéressait, ou dont il était amoureux. Jusqu'où irions-nous avec cette relation ?

Mais une tisane n'allait pas détruire mon amour-propre : je suis allée à la cuisine, j'ai fait chauffer l'eau, j'ai mis des feuilles de camomille dedans, et je suis retournée au salon. Le petit dormait dans ses bras.

« Je ne te plais pas. »

Je n'ai pas répondu.

« Moi non plus, tu ne me plais pas, a-t-elle continué. Tu es jolie, élégante, excellente actrice, maîtrisant une culture et une éducation que je n'ai jamais eues, bien que ma famille ait beaucoup insisté. Mais tu es arrogante, tu manques d'assurance et de confiance en toi. Comme l'a dit Sainte Sophie, tu es deux, alors que tu pourrais n'être qu'une.

— Je ne savais pas que tu te souvenais de ce que tu dis pendant la transe, parce que dans ce cas toi aussi tu es deux : Athéna et Sainte Sophie.

— J'ai peut-être deux noms, mais je ne suis qu'une – ou je suis toutes les personnes du monde. Et c'est justement là que je veux en venir : parce que je suis une et toutes, l'étincelle qui surgit quand j'entre en transe me donne des instructions précises. Évidemment, je suis semi-consciente tout le temps, mais je dis des choses qui viennent d'un point inconnu en moi ; comme si je me nourrissais au sein de la Mère, de ce lait qui coule dans toutes nos âmes, et transporte la connaissance sur la Terre.

« Depuis la semaine dernière, la première fois que je suis entrée en contact avec cette nouvelle forme, la première chose qu'elle m'a dictée m'a paru absurde : je devais faire de toi mon élève. »

Elle a fait une pause.

« Évidemment, j'ai pensé que je délirais, vu que je ne ressens pas pour toi la moindre sympathie. »

Elle a fait une autre pause, plus longue que la première.

« Mais aujourd'hui, la source a insisté là-dessus. Et je te donne ce choix.

— Pourquoi l'appelles-tu Sainte Sophie ?

— C'est moi qui l'ai baptisée ainsi ; c'est le nom d'une ancienne mosquée que j'ai vue dans un livre et que j'ai trouvée très jolie.

« Si tu veux, tu pourras être ma disciple. C'est ce qui t'a amenée ici le premier jour. Ce nouveau moment dans ma vie, y compris la découverte de Sainte Sophie en moi, a été provoqué parce qu'un jour tu es entrée par cette porte, et tu as dit : "Je fais du théâtre et nous allons monter une pièce sur le visage féminin de Dieu.

J'ai su que tu étais allée dans le désert et dans les montagnes des Balkans, avec les Tsiganes, et que tu avais des informations à ce sujet."

— Vas-tu m'enseigner tout ce que tu sais ?

— Tout ce que je ne sais pas. Je vais apprendre à mesure que je serai en contact avec toi ; je l'ai dit la première fois que nous nous sommes vues, et je le répète maintenant. Quand j'aurai appris ce que j'ai besoin d'apprendre, nos chemins se sépareront.

— Peut-on enseigner à quelqu'un qui ne nous plaît pas ?

— Je peux aimer et respecter quelqu'un qui ne me plaît pas. Les deux fois où je suis entrée en transe, j'ai entrevu ton aura – c'était la plus évoluée que j'aie vue de toute ma vie. Tu peux te distinguer dans ce monde, si tu acceptes ma proposition.

— Tu vas m'apprendre à voir des auras ?

— Je ne savais pas moi-même que j'en étais capable jusqu'à ce que j'en voie pour la première fois. Si elle se trouve sur ton chemin, tu finiras par apprendre aussi cette partie. »

J'ai compris que je pouvais moi aussi aimer quelqu'un qui ne me plaisait pas. J'ai dit oui.

« Alors nous allons transformer cette acceptation en rituel. Un rite nous jette dans un monde inconnu, mais nous savons qu'avec tout cela nous ne pouvons pas plaisanter. Il ne suffit pas de dire oui ; il faut mettre ta vie en jeu. Et sans trop penser. Si tu es la femme que j'imagine que tu es, tu ne vas pas dire : "Je dois réfléchir un peu." Tu vas dire...

— Je suis prête. Passons au rituel. Où as-tu appris ce rituel ?

— Je vais l'apprendre maintenant. Je n'ai plus besoin de sortir de mon rythme pour entrer en contact avec l'étincelle de la Mère car, une fois qu'elle s'est installée, il est facile de la retrouver. Je sais quelle porte je dois ouvrir, bien qu'elle soit dissimulée au milieu de nombreuses entrées et sorties. Je n'ai besoin que d'un peu de silence. »

Encore le silence !

Nous sommes là, les yeux bien ouverts, fixes, comme si nous allions commencer un duel à mort. Des rituels ! Avant de sonner pour la première fois chez Athéna, j'avais déjà participé à quelques rituels. Tout cela pour à la fin me sentir utilisée, diminuée, devant une porte qui était toujours à la portée de mon regard, mais que je ne pouvais pas ouvrir. Des rituels !

Athéna n'a rien fait d'autre que boire une gorgée de la tisane que j'avais préparée.

« Voilà pour le rituel. Je t'ai demandé de faire quelque chose pour moi, et tu l'as fait. Je l'ai accepté. Maintenant c'est ton tour de me demander quelque chose. »

J'ai pensé immédiatement à Heron. Mais ce n'était pas le moment.

« Déshabille-toi. »

Elle n'a pas demandé pourquoi. Elle a regardé le petit, s'est assurée qu'il dormait, et a commencé aussitôt à retirer son pull.

« Ce n'est pas la peine, l'ai-je interrompue. Je ne sais pas pourquoi je t'ai demandé cela. »

Mais elle a continué à ôter ses vêtements. La chemise, le jean, le soutien-gorge – j'ai observé ses seins, les plus beaux que j'aie jamais vus. Enfin elle a retiré sa petite culotte. Et là, elle m'offrait sa nudité.

« Bénis-moi », a dit Athéna.

Bénir ma « maîtresse » ? Mais j'avais fait le premier pas, je ne pouvais pas m'arrêter en chemin – et, trempant mes mains dans la tasse de tisane, j'ai aspergé un peu du liquide sur son corps.

« De même que cette plante a été transformée en boisson, de même que cette eau s'est mélangée à la plante, je te bénis, et je demande à la Grande Mère que la source d'où est venue cette eau ne cesse jamais de jaillir, et que la terre d'où est venue cette plante soit toujours fertile et généreuse. »

J'étais surprise par mes propres mots ; ils n'étaient ni sortis de moi, ni venus d'ailleurs. C'était comme si je les avais toujours connus et que j'avais fait cela une infinité de fois.

« Tu es bénie, tu peux te rhabiller. »

Mais elle est restée nue, un sourire sur les lèvres. Que désirait-elle ? Si Sainte Sophie était capable de voir des auras, elle savait que je n'avais pas le moindre désir d'avoir des relations avec une femme.

« Un moment. »

Elle a pris le petit dans ses bras, l'a porté dans sa chambre, et elle est revenue ensuite.

« Déshabille-toi aussi. »

Qui demandait ? Sainte Sophie, qui me parlait de mon potentiel et dont j'étais la disciple parfaite ? Ou Athéna, que je connaissais peu, qui paraissait capable de n'importe quoi, une femme à qui la vie avait appris à aller au-delà de ses limites et assouvir toutes ses curiosités ?

Nous étions entrées dans une sorte de confrontation qui ne permettait aucune reculade. Je me suis dévêtue avec la même désinvolture, le même sourire, le même regard.

Elle m'a prise par la main, et nous nous sommes assises sur le sofa.

Pendant la demi-heure qui a suivi, Athéna et Sainte Sophie se sont manifestées ; elles voulaient savoir quelles seraient mes prochaines étapes. À mesure qu'elles me posaient des questions, je voyais que tout était vraiment écrit devant moi, les portes étaient toujours restées fermées parce que je ne comprenais pas que j'étais la seule personne au monde autorisée à les ouvrir.

Heron Ryan, journaliste

Le secrétaire de rédaction me remet une vidéo, et nous allons la regarder dans la salle de projection.

Elle a été filmée le matin du 26 avril 1986, et elle montre une vie normale dans une ville normale. Un homme assis prend un café. Une mère se promène avec son bébé dans la rue. Les gens affairés se rendent à leur travail, une ou deux personnes attendent à l'arrêt d'autobus. Un monsieur lit un journal sur le banc d'une place.

Mais la vidéo a un problème : des raies horizontales apparaissent, comme s'il fallait régler le bouton de *tracking*. Je me lève pour le faire, le secrétaire m'interrompt :

« C'est comme ça. Regarde la suite. »

Les images de la petite ville de l'intérieur continuent de défiler, ne montrant rien d'intéressant, seulement des scènes de la vie ordinaire.

« Il est possible que certaines de ces personnes sachent qu'un accident s'est produit à deux kilomètres de là, dit mon supérieur. Il est possible également qu'ils sachent qu'il y a eu trente morts ; un nombre élevé, mais pas assez pour modifier la routine des habitants. »

Les scènes montrent maintenant des autocars scolaires garés. Ils resteront là pendant des jours, sans que rien ne se passe. Les images sont très mauvaises.

« Ce n'est pas le *tracking*. C'est la radioactivité. La vidéo a été réalisée par le KGB, la police secrète de l'Union soviétique.

« Dans la nuit du 26 avril, à 1 h 23 du matin, le pire désastre créé par la main de l'homme s'est produit à Tchernobyl, en Ukraine. Avec l'explosion d'un réacteur nucléaire, les habitants de la zone ont été soumis à une radiation quatre-vingt-dix fois supérieure à celle de la bombe d'Hiroshima. Il aurait fallu évacuer immédiatement la région, mais personne, absolument personne n'a rien dit – après tout, le gouvernement ne commet pas d'erreurs. Seulement une semaine plus tard, est apparue en page 32 du journal local une petite note de cinq lignes parlant de la mort des ouvriers, sans plus d'explications. Dans le même temps, on a fêté le jour du Travail dans toute l'ex-Union soviétique, et à Kiev, capitale de l'Ukraine, les gens défilaient sans savoir que la mort était dans l'air, invisible. »

Et il conclut :

« Je veux que tu ailles là-bas voir à quoi ressemble aujourd'hui Tchernobyl. Tu viens d'être promu envoyé spécial. Tu seras augmenté de vingt pour cent, en outre tu pourras proposer le genre d'article que nous devons publier. »

J'aurais dû sauter de joie, mais j'ai été saisi d'une immense tristesse, que je devais dissimuler. Impossible d'argumenter avec lui, de dire qu'en ce moment il y avait deux femmes dans ma vie, que je ne voulais pas quitter Londres, que c'étaient ma vie et mon équilibre mental qui étaient en jeu. Je demande quand je dois partir, il répond le plus tôt possible, parce que le bruit court que d'autres pays sont en train d'augmenter significativement leur production d'énergie nucléaire.

Je parviens à négocier une sortie honorable, expliquant que je dois d'abord entendre des spécialistes, bien comprendre le sujet, et que, dès que j'aurai recueilli le matériel nécessaire, je prendrai l'avion sans délai.

Il accepte, me serre la main, me félicite. Je n'ai pas le temps de parler à Andrea – quand j'arrive à la maison, elle n'est pas encore rentrée du théâtre. Je m'écroule de sommeil, et de nouveau je me réveille avec ce petit mot disant qu'elle est partie travailler, et que le café est sur la table.

Je vais au travail, je m'efforce de remercier le chef qui a « amélioré ma vie », je téléphone à des spécialistes en matière de radiation et d'énergie. Je découvre qu'un total de neuf millions de personnes dans le monde entier ont été touchées directement par le désastre, y compris trois ou quatre millions d'enfants. Les trente morts sont devenus, d'après le spécialiste John Gofmans, quatre cent soixante-quinze mille cas de cancers mortels, et un nombre égal de cancers non mortels.

Deux mille villes et villages au total ont été tout simplement rayés de la carte. D'après le ministère biélorusse de la Santé, le taux de cancer de la thyroïde dans le pays doit augmenter considérablement entre 2005 et 2010, conséquence de la radioactivité toujours présente. Un autre spécialiste m'explique qu'en plus de ces neuf millions de personnes directement exposées à la radiation, soixante-cinq millions d'autres ont été indirectement touchées par la consommation d'aliments contaminés, dans de nombreux pays du monde.

C'est un sujet sérieux, qui mérite d'être traité avec respect. À la fin de la journée, je retourne au bureau du secrétaire de rédaction et je lui propose de me rendre dans la ville seulement le jour anniversaire de l'accident – jusque-là, je peux faire d'autres recherches, entendre d'autres spécialistes, et voir comment le gouvernement britannique a suivi la tragédie. Il accepte.

J'appelle Athéna – après tout, elle se dit amoureuse de quelqu'un de Scotland Yard, alors c'est le moment de lui demander un service, vu que Tchernobyl n'est pas une affaire classée secrète et que l'Union soviétique n'existe plus. Elle me promet d'en parler à son « petit ami », mais elle dit qu'elle ne garantit pas qu'elle obtiendra les réponses que je désire.

Elle ajoute qu'elle part en Écosse le lendemain, et qu'elle reviendra seulement pour la réunion du groupe.

« Quel groupe ? »

Le groupe, répond-elle. Alors maintenant, cela va devenir une routine ? Quand pourrons-nous nous rencontrer, parler, mettre au clair toutes ces incertitudes ?

Mais elle a déjà raccroché. Je rentre chez moi, je regarde les informations, je dîne seul, je vais chercher Andrea au théâtre. J'arrive à temps pour assister à la fin de la pièce et, je n'en reviens pas, c'est comme si la personne qui se trouve là sur la scène n'était pas la même que celle avec qui j'ai vécu pendant deux ans ou presque ; il y a quelque chose de magique dans ses gestes, les monologues et les dialogues sortent avec une intensité à laquelle je ne suis pas habitué. Je vois une étrangère, une femme que je désirerais avoir à mes côtés – et je me rends compte que je l'ai à mes côtés, qu'elle n'est nullement une étrangère pour moi.

« Comment s'est passée ta conversation avec Athéna ? je demande, en rentrant à la maison.

— Bien. Et comment va ton travail ? »

Elle a changé de sujet. Je raconte que j'ai reçu une promotion, je parle de Tchernobyl, et elle ne manifeste aucun intérêt. Je commence à croire que je suis en train de perdre cet amour, et que je n'ai pas gagné l'amour que j'espérais. Pourtant, dès que nous arrivons dans l'appartement, elle m'invite à prendre un bain avec elle, et très vite nous sommes entre les draps. D'abord, elle a mis à plein volume ce fameux morceau de percussion (elle explique qu'elle a trouvé une copie), et elle m'a dit de ne pas penser aux voisins – nous nous inquiétions trop pour eux, et nous ne vivions jamais notre vie.

Ce qui s'est passé par la suite dépasse ma compréhension. La femme qui, à ce moment, faisait l'amour avec moi d'une manière absolument sauvage, avait-elle enfin découvert sa sexualité – et cela avait-il été enseigné ou provoqué par une autre femme ?

Parce que, pendant qu'elle s'accrochait à moi avec une violence inouïe, elle disait sans arrêt :

« Aujourd'hui je suis ton homme, et tu es ma femme. »

Et nous sommes restés là pendant une heure ou presque, et j'ai expérimenté des choses que je n'avais jamais osé faire. À certains moments, j'ai eu honte, envie de lui demander d'arrêter, mais elle paraissait maîtriser totalement la situation, et je me suis abandonné – je n'avais pas le choix. Et, ce qui est pire, j'étais très curieux.

À la fin, j'étais épuisé, mais Andrea semblait avoir fait le plein d'énergie.

« Avant de dormir, je veux que tu saches une chose, a-t-elle dit. Si tu vas plus loin dans le sexe, tu pourras faire l'amour avec les dieux et les déesses. C'est ce que tu as expérimenté aujourd'hui. Je veux que tu t'endormes en sachant que j'ai réveillé la Mère qui était en toi. »

J'ai eu envie de demander si elle avait appris cela avec Athéna, mais je n'en ai pas eu le courage.

« Dis-moi que cela t'a plu d'être femme pour une nuit.

— Cela m'a plu. Je ne sais pas si cela me plairait toujours, mais cela m'a fait peur et plaisir en même temps.

— Dis-moi que tu as toujours voulu éprouver ce que tu as éprouvé. »

Se laisser porter par la situation est une chose, commenter à froid le sujet en est une autre. Je n'ai rien dit – même si je ne doutais pas qu'elle connût la réponse.

« Bien, a poursuivi Andrea. Tout cela était en moi et je ne le savais pas. Le masque qui est tombé aujourd'hui quand j'étais sur scène, c'était aussi en moi : tu as remarqué une différence ?

— Bien sûr. Une lumière particulière irradiait de toi.

— Le charisme : la force divine qui se manifeste dans l'homme et dans la femme. Le pouvoir surnaturel que nous n'avons pas besoin de montrer, parce que tout le monde peut le voir, même les moins sensibles. Mais pour que cela arrive, nous devons nous mettre à nu, mourir au monde, et renaître à nous-mêmes. Hier soir, je suis morte. Aujourd'hui, quand j'ai mis le pied sur la scène et vu que je faisais exactement ce que j'avais choisi, je me suis sentie renaître de mes cendres.

« Parce que j'ai toujours essayé d'être celle que j'étais, mais sans succès. Je tentais toujours d'impressionner les autres, j'avais des conversations intelligentes, je faisais plaisir à mes parents et en même temps j'usais de tous les artifices pour réussir à faire les choses que j'aurais aimé faire. Je me suis toujours frayé mon chemin par le sang et les larmes, la force de la volonté – mais hier j'ai compris que j'avais choisi la mauvaise méthode. Mon rêve ne requiert rien de tout cela, mais seulement que je m'y abandonne, et que je serre les dents si je crois souffrir, parce que la souffrance passe.

— Pourquoi me dis-tu cela ?

— Laisse-moi terminer. Dans ce parcours où la souffrance paraissait la seule règle, j'ai lutté pour des choses pour lesquelles il n'avance à rien de lutter. L'amour, par exemple : ou bien on le ressent, ou bien aucune force au monde ne réussit à le provoquer.

« Nous pouvons faire semblant d'aimer. Nous pouvons nous habituer à l'autre. Nous pouvons vivre une vie entière d'amitié, de complicité, fonder une famille, avoir un rapport sexuel tous les soirs, avoir un orgasme, et pourtant sentir qu'il y a un vide pathétique dans tout cela, qu'il manque quelque chose d'important. Au nom de ce que j'avais appris sur les relations entre un homme et une femme, j'ai voulu lutter pour

222

des choses qui n'en valaient pas tellement la peine. Et cela te concerne toi, par exemple.

« Aujourd'hui, pendant que nous faisions l'amour, pendant que je donnais le maximum et comprenais que toi aussi tu donnais le meilleur de toi, j'ai compris que le meilleur de toi ne m'intéressait plus. Je vais dormir près de toi, et demain je m'en vais. Le théâtre est mon rituel, je peux y exprimer et développer ce que je veux. »

J'ai commencé à tout regretter – d'être allé en Transylvanie pour croiser une femme qui était peut-être en train de détruire ma vie, d'avoir provoqué la première rencontre du « groupe », avoué mon amour dans un restaurant. À ce moment-là, j'ai détesté Athéna.

« Je sais ce que tu penses, a dit Andrea. Que ton amie m'a fait un lavage de cerveau ; mais il n'en est rien.

— Je suis un homme, même si aujourd'hui je me suis comporté au lit comme une femme. J'appartiens à une espèce en voie d'extinction, parce que je ne vois pas beaucoup d'hommes autour de moi. Peu de gens prennent les risques que je prends.

— Tu as raison, et c'est pour cela que je t'admire. Mais ne vas-tu pas me demander qui je suis, ce que je veux, ce que je désire ? »

J'ai demandé.

« Je veux tout. Je veux la sauvagerie et la tendresse. Je veux déranger les voisins et aller les calmer. Je ne veux pas de femmes au lit, mais je veux des hommes, de vrais hommes – comme toi, par exemple. Qu'ils m'aiment ou qu'ils m'utilisent, cela n'a pas d'importance – mon amour est plus grand que cela. Je veux aimer librement, et je veux laisser les gens qui m'entourent en faire autant.

« Enfin : je n'ai parlé avec Athéna que des choses simples qui réveillent l'énergie réprimée. Comment faire l'amour, par exemple. Ou marcher dans la rue en répétant "je suis ici et maintenant". Rien de particulier, aucun rituel secret ; la seule chose qui rendait notre rencontre relativement exceptionnelle, c'est que nous étions nues toutes les deux. À partir de maintenant, elle et moi, nous nous verrons toujours le lundi, et si j'ai quelque chose à commenter, je le ferai après la séance – je n'ai pas la moindre envie d'être son amie.

« De même, quand elle a envie de partager quelque chose, elle va en Écosse parler avec cette Edda, qu'apparemment tu connais aussi, ce que tu ne m'as jamais dit.

— Mais je ne m'en souviens pas ! »

J'ai senti qu'Andrea se calmait peu à peu. J'ai préparé deux tasses de café, et nous avons bu ensemble. Elle a retrouvé son sourire, m'a posé d'autres questions sur ma promotion, a dit qu'elle était préoccupée par les réunions du lundi, parce que ce matin-là elle avait appris que les invités amenaient leurs amis, qui en invitaient d'autres, et que le local était petit. Je faisais un effort extraordinaire pour faire comme si tout cela n'avait été qu'une attaque de nerfs, une tension prémenstruelle, une crise de jalousie.

Je l'ai serrée contre moi, elle s'est blottie contre mon épaule ; j'ai attendu qu'elle s'endorme, même si j'étais épuisé. Cette nuit-là, je n'ai fait absolument aucun rêve, je n'ai eu aucun pressentiment.

Et le lendemain matin, à mon réveil, j'ai vu que ses vêtements n'étaient plus là ; la clef de la maison était sur la table, sans aucun billet d'adieu.

Deidre O'Neill,
connue sous le nom d'Edda

On lit beaucoup d'histoires de sorcières, de fées, de phénomènes paranormaux, d'enfants possédés par des esprits malins. On voit beaucoup de films contenant des rituels avec des pentagrammes, des épées, et des invocations. Très bien, il faut laisser l'imagination fonctionner, permettre que ces étapes soient vécues ; et celui qui les dépasse sans se laisser abuser finit par entrer en contact avec la Tradition.

Voici la vraie Tradition : le maître ne dit jamais au disciple ce qu'il doit faire. Ils sont seulement des compagnons de voyage, partageant la même et difficile sensation d'« étrangeté » en présence des perceptions qui changent sans arrêt, des horizons qui s'ouvrent, des portes qui se ferment, des fleuves qui semblent parfois compliquer le chemin – et qui en réalité ne doivent pas être traversés, mais parcourus.

Il n'y a qu'une seule différence entre le maître et le disciple : le premier a un peu moins peur que le second. Alors, quand ils s'assoient autour d'une table ou d'un feu pour converser, le plus expérimenté suggère : « Pourquoi ne fais-tu pas cela ? » Il ne dit jamais : « Prends cette voie, et tu arriveras où je suis arrivé », car chaque chemin est unique, et chaque destin personnel.

Le vrai maître provoque chez le disciple le courage de déséquilibrer son monde, même s'il redoute lui aussi ce qu'il a trouvé, et plus encore ce que lui réserve le prochain virage.

J'étais un jeune médecin plein d'enthousiasme, je me suis rendue dans la campagne roumaine pour un programme d'échanges du gouvernement britannique, voulant aider mon prochain. Je suis partie avec des médicaments dans mes bagages, et des concepts dans la tête : j'avais les idées claires sur la façon dont les gens doivent se comporter, ce qui est nécessaire pour être heureux, les rêves que nous devons garder vivants en nous, la façon dont les relations humaines doivent se développer. J'ai débarqué à Bucarest pendant cette dictature sanglante et délirante, je suis allée en Transylvanie dans le cadre d'un programme de vaccination massive des habitants de la région.

Je ne comprenais pas que je n'étais qu'une pièce de plus dans une partie d'échecs compliquée, dans laquelle des mains invisibles manipulaient mon idéal, et tout ce que je pensais faire pour l'humanité recouvrait des intentions secondaires : stabiliser le gouvernement du fils du dictateur, permettre à l'Angleterre de vendre des armes sur un marché qui était dominé par les Soviétiques.

J'ai vite déchanté quand j'ai constaté qu'il n'y avait pas assez de vaccins, que d'autres maladies sévissaient dans la région, que j'écrivais sans arrêt pour demander des ressources et ne les obtenais pas – on me disait de ne pas m'occuper d'autre chose que ce que l'on m'avait demandé.

Je me suis sentie impuissante, révoltée. J'ai connu la misère de près, j'aurais pu faire quelque chose si au moins on m'avait tendu quelques livres, mais on ne s'intéressait pas aux résultats. Notre gouvernement voulait seulement des informations dans les journaux, pour pouvoir dire à ses partis politiques et à ses électeurs qu'il avait envoyé des groupes dans divers endroits du monde en mission humanitaire. Ils avaient de bonnes intentions – en plus de vendre des armes, bien sûr.

J'étais désespérée ; ce monde était-il diabolique ? Un soir, je suis partie pour la forêt gelée, blasphémant contre Dieu, qui était injuste envers tout et tous. J'étais assise au pied d'un chêne quand mon protecteur s'est approché. Il m'a dit que je pourrais mourir de froid – j'ai répondu que j'étais médecin, que je connaissais les limites du corps, et qu'au moment où j'approcherais ces limites, je reviendrais au campement. Je lui ai demandé ce qu'il faisait là.

« Je converse avec une femme qui m'entend, puisque les hommes sont devenus sourds. »

J'ai pensé qu'il parlait de moi – mais non, la femme, c'était la forêt. Après avoir vu cet homme marcher dans le bois, faisant des gestes et tenant des propos que j'étais incapable de comprendre, une certaine paix s'est installée dans mon cœur ; en fin de compte, je n'étais pas la seule au monde à parler toute seule. Alors que je me préparais à rentrer, il est revenu vers moi.

« Je sais qui vous êtes, a-t-il dit. Au village, vous avez la réputation d'être une bonne personne, toujours de bonne humeur et prête à aider les autres, mais je vois autre chose : colère et frustration. »

Ne sachant pas si je me trouvais en présence d'un espion du gouvernement, j'ai décidé de dire tout ce que je ressentais – j'avais besoin de m'épancher, même si je courais le risque d'aller en prison. Nous avons marché ensemble vers l'hôpital de campagne où je travaillais ; je l'ai mené au dortoir, qui à ce moment-là était vide (mes compagnons s'amusaient dans une fête annuelle qui avait lieu en ville), et je l'ai invité à boire quelque chose. Il a sorti une bouteille de sa poche :

« Palinka, a-t-il dit, se référant à la boisson traditionnelle du pays, dont la teneur en alcool est très élevée. C'est moi qui invite. »

Nous avons bu ensemble, je n'ai pas senti que je m'enivrais de plus en plus ; je me suis rendu compte de mon état quand, voulant aller aux toilettes, je me suis cognée dans quelque chose et je suis tombée.

« Ne bougez pas, a dit l'homme. Regardez bien ce qui se trouve devant vos yeux. »

Un rang de fourmis.

« Tout le monde croit qu'elles sont très savantes. Elles possèdent mémoire, intelligence, capacité d'organisation, esprit de sacrifice. Elles cherchent leur nourriture en été, la gardent pour l'hiver, et maintenant elles ressortent, en ce printemps glacé, pour travailler. Si demain le monde était détruit par une guerre atomique, les fourmis survivraient.

— Comment savez-vous tout cela ?

— J'ai étudié la biologie.

— Et pourquoi diable ne travaillez-vous pas pour améliorer l'état de votre peuple ? Que faites-vous tout seul au milieu de la forêt, à soliloquer avec les arbres ?

— Tout d'abord, je ne suis pas tout seul ; en plus des arbres, vous m'écoutiez. Mais pour répondre à votre question : j'ai laissé tomber la biologie pour me consacrer au travail de forgeron. »

Je me suis levée à grand-peine. La tête continuait à me tourner, mais j'étais assez consciente pour comprendre la situation de ce pauvre malheureux. Malgré l'université, il n'avait pas réussi à trouver un emploi. Je lui ai dit qu'il arrivait la même chose dans mon pays.

« Il ne s'agit pas de cela ; j'ai laissé tomber la biologie parce que je voulais devenir forgeron. Enfant déjà, j'étais fasciné par ces hommes qui martèlent le fer, composent une musique étrange, jettent des étincelles autour d'eux, mettent le fer rouge dans l'eau, produisant des nuages de vapeur. J'étais un biologiste malheureux, car mon rêve était de faire prendre au métal rigide des formes douces. Jusqu'au jour où est venu un protecteur.

— Un protecteur ?

228

— Disons que, voyant ces fourmis faire exactement ce pour quoi elles sont programmées, vous vous exclamez : C'est fantastique ! Les gardiennes sont génétiquement préparées pour se sacrifier pour la reine, les ouvrières transportent des feuilles deux fois plus lourdes qu'elles, les ingénieurs préparent des tunnels qui résistent aux tempêtes et aux inondations. Elles livrent des batailles mortelles à leurs ennemis, souffrent pour la communauté, et ne se demandent jamais : que faisons-nous là ?

« Les hommes essaient d'imiter la société parfaite des fourmis, et moi comme biologiste, je jouais mon rôle, jusqu'au jour où quelqu'un est venu me poser cette question :

« "Vous êtes content de ce que vous faites ?"

« J'ai dit : "Bien sûr, je suis utile à mon peuple.

« — Et cela vous suffit ?"

« Je ne savais pas si cela suffisait, mais je lui ai dit qu'il me semblait une personne arrogante et égoïste.

« Il a répondu : "Cela se peut. Mais vous, vous ne réussirez à rien d'autre que continuer à répéter ce qui se fait depuis que l'homme est homme – maintenir les choses en ordre.

« — Mais le monde a progressé", ai-je répondu. Il a demandé si j'avais des connaissances en histoire – évidemment, j'en avais. Il a posé une autre question : "Il y a des milliers d'années, n'étions-nous pas déjà capables de construire de grands édifices, comme les pyramides ? N'étions-nous pas capables d'adorer des dieux, de tisser, de faire du feu, de trouver des amants et des épouses, de transporter des messages écrits ?" Si, bien sûr. Mais, bien que nous nous soyons organisés de nos jours pour remplacer les esclaves gratuits par des esclaves salariés, toutes les avancées s'étaient produites uniquement dans le domaine de la science. Les êtres humains se posaient encore les mêmes questions que leurs ancêtres. C'est-à-dire qu'ils n'avaient absolument pas évolué. À partir de ce moment-là, j'ai compris que la personne qui me posait ces questions était un envoyé du ciel, un ange, un protecteur.

— Pourquoi l'appelez-vous protecteur ?

— Parce qu'il m'a dit qu'il existait deux traditions : l'une qui nous fait répéter la même chose pendant des siècles, l'autre qui nous ouvre la porte de l'inconnu. Mais cette seconde tradition est incommode, inconfortable et dangereuse, parce que, si elle avait beaucoup d'adeptes, elle finirait par détruire la société que l'on a eu tant de mal à organiser en prenant l'exemple des fourmis. Cette seconde tradition est donc devenue secrète, et elle n'a réussi à survivre tant de siècles que parce que ses adeptes avaient inventé un langage occulte, à travers des symboles.

— Avez-vous posé d'autres questions ?

— Évidemment, car, j'avais beau le nier, il savait que je n'étais pas satisfait de ce que je faisais. Mon protecteur a expliqué : "J'ai peur de faire des pas qui ne sont pas sur la carte, mais malgré mes terreurs, à la fin de la journée, la vie me paraît beaucoup plus intéressante."

« J'ai voulu en savoir davantage sur la tradition, et il a dit quelque chose comme "tant que Dieu sera simplement homme, nous aurons toujours de la nourriture pour manger et une maison où habiter. Quand la Mère reconquerra enfin sa liberté, nous devrons peut-être dormir à la belle étoile et vivre d'amour, ou peut-être serons-nous capables de réaliser l'équilibre entre émotion et travail".

« L'homme qui allait devenir mon protecteur m'a demandé : "Si vous n'étiez pas biologiste, que seriez-vous ?"

« J'ai dit : "Forgeron, mais cela ne rapporte pas." Il a répondu : "Alors, quand vous serez lassé d'être ce que vous n'êtes pas, allez vous amuser et célébrer la vie en frappant sur du fer avec un marteau. Avec le temps, vous le découvrirez, cela vous donnera plus que du plaisir : cela vous donnera un sens.

« — Comment suivre cette tradition dont vous avez parlé ?

« — Je vous l'ai dit : "par les symboles", a-t-il répondu. "Commencez à faire ce que vous voulez, et tout le reste vous sera révélé. Croyez que Dieu est mère, qu'elle veille sur ses enfants, qu'elle ne laisse jamais aucun mal leur arriver. J'ai fait cela, et j'ai survécu. J'ai découvert que d'autres personnes faisaient cela aussi – mais on les tient pour folles, irresponsables, superstitieuses. Elles cherchent dans la nature l'inspiration qui s'y trouve, depuis que le monde est monde. Nous avons construit des pyramides, mais nous avons aussi développé des symboles."

« Après ces mots, il est parti, et je ne l'ai plus jamais vu.

« Je sais seulement que les symboles, à partir de ce moment, ont commencé à apparaître, parce que cette conversation m'avait ouvert les yeux. Il m'en a coûté, mais un après-midi j'ai dit à ma famille que, bien que j'eusse tout ce dont un homme peut rêver, j'étais malheureux – en réalité, j'étais né pour être forgeron. Ma femme a protesté, disant : "Toi qui es né tsigane, qui as dû affronter tellement d'humiliations pour arriver là où tu es, tu veux maintenant retourner en arrière ?" Mon fils était ravi, car lui aussi, il aimait voir les forgerons dans notre village, et il détestait les laboratoires des grandes villes.

« J'ai désormais partagé mon temps entre les recherches en biologie et le travail d'aide-forgeron. J'étais souvent fatigué, mais j'étais plus heureux qu'auparavant. Un jour, j'ai quitté mon emploi et j'ai monté ma propre forge – qui n'a pas du tout marché au début ; justement au moment où je commençais à croire à la vie, les choses se détérioraient sensiblement. Un jour, j'étais en train de travailler, et j'ai compris que là, devant moi, se trouvait un symbole.

« Je recevais le fer non travaillé, et je devais en faire des pièces pour automobiles, machines agricoles, ustensiles de cuisine. Comment ? D'abord, je chauffe la tôle dans une chaleur infernale, jusqu'à ce qu'elle devienne rouge. Ensuite, sans aucune pitié, je m'empare du marteau le plus lourd et j'applique plusieurs coups, jusqu'à ce que la pièce acquière la forme désirée.

« Aussitôt elle est plongée dans un seau d'eau froide, et tout l'atelier se remplit du bruit de la vapeur, tandis que la pièce craque et crie à cause du changement soudain de température.

« Je dois répéter ce processus jusqu'à ce que j'obtienne la pièce parfaite : une seule fois ne suffit pas. »

Le forgeron a fait une longue pause, il a allumé une cigarette, et il a poursuivi :

« Parfois, le fer qui arrive dans mes mains ne peut supporter ce traitement. La chaleur, les coups de marteau et l'eau froide finissent par le fissurer. Et je sais qu'il ne se transformera jamais en une bonne lame de charrue, ou en essieu de moteur. Alors, je le mets simplement sur le tas de ferraille que vous avez vu à l'entrée de ma forge. »

Encore une pause, et le forgeron a conclu :

« Je sais que Dieu me fait subir des tourments. J'ai accepté les coups de marteau que la vie me donne, et parfois je me sens aussi froid et insensible que l'eau qui fait souffrir le fer. Mais je ne demande qu'une chose : "Mon Dieu, ma Mère, ne renoncez pas, jusqu'à ce que je parvienne à prendre la forme que vous attendez de moi. Faites tous les efforts que vous jugerez bon, prenez le temps que vous voudrez – mais ne me mettez jamais sur le tas de ferraille des âmes." »

Après ma conversation avec cet homme, malgré mon ivresse, je savais que ma vie avait changé. Il y avait une tradition derrière tout ce que nous apprenons, et je devais aller à la recherche de personnes qui, consciemment ou inconsciemment, parvenaient à manifester ce côté féminin de Dieu. Plutôt que de rester à pester contre mon gouvernement et les manipulations politiques, j'ai décidé de faire ce dont j'avais vraiment envie : soigner les gens. Le reste ne m'intéressait plus.

Comme je ne disposais pas des ressources nécessaires, je me suis rapprochée de femmes et d'hommes de la région, qui m'ont guidée dans le monde des herbes médicinales. J'ai appris qu'il existait une tradition populaire qui remontait à un lointain passé – elle se transmettait de génération en génération à travers l'expérience, et non les connaissances techniques. Grâce à cette aide, j'ai pu aller beaucoup plus loin que mes possibilités ne me le permettaient, car je n'étais pas là seulement pour remplir une fonction universitaire, ou aider mon gouvernement à vendre des armes, ou faire inconsciemment la propagande de partis politiques.

J'étais là parce que j'étais contente de soigner les gens.

Cela m'a rapprochée de la nature, de la tradition orale, et des plantes. De retour en Angleterre, j'ai décidé de parler aux médecins, et je demandais : « Savez-vous exactement quels médicaments vous devez prescrire, ou... êtes-vous quelquefois guidés par l'intuition ? » La quasi-totalité d'entre eux, une fois la glace rompue, disaient que très souvent ils étaient guidés par une voix et que, lorsqu'ils ne respectaient pas ses conseils, ils finissaient par commettre des erreurs de traitement. Évidemment, ils utilisent toute la technique disponible, mais ils savent qu'il existe un coin, un coin obscur, dans lequel se trouve réellement le sens de la cure, et la meilleure décision à prendre.

Mon protecteur a déséquilibré mon univers – bien qu'il ne fût qu'un forgeron tsigane. J'avais l'habitude de me rendre au moins une fois par an dans son village, et nous discutions de la vie qui s'ouvre devant nos yeux quand nous osons regarder les choses différemment. Lors de certaines de ces visites, j'ai rencontré d'autres disciples de cet homme, et ensemble nous commentions nos peurs et nos conquêtes. Le protecteur disait : « Moi aussi il m'arrive d'être effrayé, mais dans ces moments-là, je découvre une sagesse qui est supérieure, et je vais de l'avant. »

Je gagne aujourd'hui une fortune comme médecin à Édimbourg, et je gagnerais encore plus d'argent si je décidais de travailler à Londres, mais je préfère profiter de la vie et avoir des moments de repos à moi. Je fais ce qui me plaît : j'associe les méthodes de soin des anciens, la Tradition Secrète, et les techniques les plus modernes de la médecine actuelle – la Tradition d'Hippocrate. Je suis en train d'écrire un traité à ce sujet, et beaucoup de gens de la communauté « scientifique », quand ils verront mon texte publié dans une revue spécialisée, oseront faire des pas que, au fond, ils ont toujours voulu faire.

Je ne crois pas que la tête soit la source de tous les maux ; il existe des maladies. Je pense que les antibiotiques et les antiviraux ont été de grands progrès pour l'humanité. Je ne prétends pas faire qu'un de mes patients guérisse de l'appendicite par la seule méditation – ce dont il a besoin, c'est d'une bonne et rapide chirurgie. Enfin, j'avance avec courage et crainte, je cherche la technique et l'inspiration. Et je suis assez prudente pour ne pas raconter ça par ici, sinon on me traiterait tout de suite de guérisseuse, et beaucoup de vies que je pourrais sauver seraient perdues.

Lorsque je doute, j'appelle au secours la Grande Mère. Elle ne m'a jamais laissée sans réponse, mais elle m'a toujours conseillé la discrétion ; elle a très certainement donné le même conseil à Athéna, au moins en deux ou trois occasions.

Mais elle était trop fascinée par le monde qu'elle commençait à découvrir, et elle n'a pas écouté.

Un journal londonien, 24 août 1991

LA SORCIÈRE DE PORTOBELLO

Londres (copyright Jeremy Lutton) — « Pour diverses raisons, je ne crois pas en Dieu. Voyez comment se comportent ceux qui croient ! » C'est ainsi qu'a réagi Robert Wilson, un commerçant de Portobello Road.

La rue, connue dans le monde entier pour ses antiquaires et ses puces du samedi, s'est transformée hier soir en camp retranché, et il a fallu l'intervention d'au moins cinquante policiers du Royal Borough of Kensington and Chelsea pour calmer les esprits. À la fin de l'émeute, cinq personnes étaient blessées, mais aucune dans un état grave. Le motif de la bataille rangée, qui a duré deux heures ou presque, était une manifestation convoquée par le révérend Ian Buck, contre ce qu'il a appelé un « culte satanique en plein cœur de l'Angleterre ».

Selon Buck, depuis six mois, un groupe de personnes suspectes empêchait le voisinage de dormir en paix le lundi soir, jour où ils invoquaient le démon. Les cérémonies étaient conduites par la Libanaise Sherine H. Khalil, qui se faisait appeler Athéna, du nom de la déesse de la Sagesse.

Elle réunissait généralement deux centaines de personnes dans l'ancien entrepôt de céréales de la Compagnie des Indes, mais la foule augmentait à mesure que le temps passait, et ces dernières semaines un groupe tout aussi nombreux restait dehors en attendant une occasion d'entrer et de prendre part au culte. Voyant que ses réclamations verbales, pétitions, manifestes, notes pour la presse, rien n'avait donné de résultat, le révérend a décidé de mobiliser sa communauté, demandant à ses fidèles, hier à 19 heures, de se placer à l'extérieur de l'entrepôt pour empêcher l'entrée des « adorateurs de Satan ».

« Dès que nous avons reçu la première dénonciation, nous avons envoyé quelqu'un inspecter le local, mais il n'a été trouvé aucune sorte de drogue ni aucun indice d'activité illicite », a dit un officier, qui a préféré garder l'anonymat, vu qu'une enquête venait d'être ouverte pour tirer au clair ce qui s'était passé. « Comme la musique était toujours éteinte à 10 heures du soir, il n'y avait pas violation de la loi contre le tapage nocturne, et nous n'avons rien pu faire. L'Angleterre reconnaît la liberté de culte. »

Le révérend Buck a une autre version de l'affaire :

« En réalité, cette sorcière de Portobello, cette maîtresse en charlatanisme, a des contacts avec les hautes sphères du gouvernement, d'où la passivité d'une police payée avec l'argent du contribuable pour maintenir l'ordre et la décence. Nous vivons une époque où tout est permis ; la liberté illimitée est en train de dévorer et de détruire la démocratie. »

Le pasteur affirme que dès le début il s'est méfié de ce groupe ; ils avaient loué un bâtiment qui tombait en ruine, et ils passaient des jours entiers à essayer de le retaper, « ce qui démontrait clairement qu'ils appartenaient à une secte et qu'ils avaient été soumis à des lavages de cerveau, parce que personne ne travaille gratuitement dans ce monde ». Quand on lui a demandé si ses fidèles ne se consacraient pas eux aussi à des travaux caritatifs ou de soutien à la communauté, Buck a allégué : « Ce que nous faisons, c'est au nom de Jésus. »

Hier soir, en arrivant à l'entrepôt où ses partisans attendaient à l'extérieur, Sherine Khalil, son fils, et quelques-uns de ses amis ont été empêchés d'entrer par les paroissiens du révérend Buck, qui brandissaient des pancartes et hurlaient dans des mégaphones pour appeler le voisinage à se joindre à eux. L'altercation a bientôt dégénéré en agressions physiques, et en peu de temps il était impossible de contrôler les deux camps.

« Ils disent qu'ils luttent au nom de Jésus ; mais en vérité ce qu'ils désirent, c'est faire que nous continuions à ne pas écouter les paroles du Christ, qui disait "nous sommes tous des dieux" », a affirmé la célèbre actrice Andrea McCain, qui compte parmi les partisans de Sherine Khalil, Athéna. Mlle McCain a eu le sourcil droit entaillé, elle a été immédiatement soignée et a quitté les lieux avant que le reporter puisse en savoir davantage sur sa relation avec le culte.

Pour Mme Khalil, qui s'est efforcée de calmer son fils de huit ans dès que l'ordre a été rétabli, tout ce qui se passe dans l'ancien entrepôt est une danse collective, suivie de l'invocation d'une entité connue sous le nom de Sainte Sophie, à qui sont posées des questions. La célébration se termine par une sorte de sermon et une prière collective en hommage à la Grande Mère. L'officier qui a été chargé de tirer au clair les premières dénonciations a confirmé ses propos.

D'après nos vérifications, la communauté n'a pas de nom et n'est pas enregistrée comme société de bienfaisance. Mais, pour l'avocat Sheldon Williams, ce n'est pas nécessaire : « Nous sommes dans un pays libre, les gens peuvent se réunir dans des lieux fermés pour des événements sans but lucratif, dès lors que cela n'entraîne la violation d'aucun article de notre code civil, ce qui serait le cas de l'incitation au racisme ou de la consommation de stupéfiants. »

Mme Khalil a rejeté énergiquement l'hypothèse d'interrompre ses cultes à cause des troubles.

« Nous formons un groupe pour nous encourager mutuellement, parce qu'il est très difficile d'affronter seul les pressions de la société », a-t-elle déclaré. « J'exige que votre journal dénonce la pression religieuse que nous avons subie tout au long des siècles. Chaque fois que nous ne faisons pas les choses en accord avec les religions instituées et approuvées par l'État, nous sommes réprimés – comme on a tenté de le faire aujourd'hui. Il se trouve qu'autrefois nous marchions vers le calvaire, les prisons, les bûchers, l'exil. Mais maintenant nous avons les moyens de réagir, et à la force répondra la force, de même que la compassion sera récompensée par la compassion. »

Confrontée aux accusations du révérend Buck, elle l'a accusé de « manipuler ses fidèles, sous le prétexte de l'intolérance et avec l'arme du mensonge pour des actions violentes ».

D'après le sociologue Arthaud Lenox, des phénomènes comme celui-là auront tendance à se reproduire dans les prochaines années, entraînant peut-être des confrontations plus graves entre les religions établies. « Au moment où l'utopie marxiste a prouvé sa totale incapacité à canaliser les idéaux de la société, le monde se tourne maintenant vers un réveil religieux, fruit de la frayeur naturelle qu'éprouve la civilisation pour les dates à chiffre rond. Je crois cependant que, quand l'an 2000 arrivera et que le monde continuera d'exister, le bon sens prévaudra et les religions redeviendront un simple refuge pour les plus faibles, qui sont toujours en quête de guides. »

Cette opinion est contestée par D. Evaristo Piazza, évêque auxiliaire du Vatican au Royaume-Uni : « Ce que nous voyons surgir n'est pas un réveil spirituel que nous désirons tous ardemment, mais une vague de ce que les Américains appellent *New Era*, sorte de bouillon de culture dans lequel tout est permis, les dogmes ne sont pas respectés, et les idées les plus absurdes du passé reviennent ravager l'âme humaine. Des gens sans scrupule comme cette dame essaient de faire naître leurs idées fausses dans des esprits fragiles et influençables à seule fin de profit financier et de pouvoir personnel. »

L'historien allemand Franz Herbert, actuellement en stage au Goethe Institut de Londres, a un avis différent : « Les religions établies ont cessé de répondre aux questions fondamentales de l'homme – comme son identité et sa raison de vivre. À la place, elles se sont concentrées sur une série de dogmes et de normes tournées vers une organisation sociale et politique. Ainsi, les gens en quête d'une spiritualité authentique prennent d'autres routes ; cela signifie, sans aucun doute, un retour au passé et aux cultes primitifs, avant que ces cultes ne soient corrompus par les structures de pouvoir. »

Au poste de police où l'événement a été enregistré, le sergent William Morton a informé que si le groupe de Sherine Khalil décidait de tenir sa réunion le lundi suivant et se sentait menacé, il devrait solliciter par écrit la protection de la police, pour éviter que les incidents ne se reproduisent. *(A collaboré au reportage : Andrew Fish ; photos de Mark Guillhem.)*

Heron Ryan, journaliste

J'ai lu le reportage dans l'avion alors que je rentrais d'Ukraine plein de doutes. Je n'avais pas encore réussi à savoir si la tragédie de Tchernobyl avait été réellement grave, ou si elle avait été utilisée par les grands producteurs de pétrole pour empêcher le recours à d'autres sources d'énergie.

J'étais effrayé par l'article que j'avais dans les mains. Les photos montraient des vitrines brisées, un révérend Buck hargneux, et – là était le danger – une belle femme, les yeux en feu, serrant son fils contre elle. J'ai compris immédiatement ce qui pourrait arriver de bon et de mauvais. Je suis allé directement de l'aéroport à Portobello, convaincu que mes deux prévisions deviendraient réalité.

Du côté positif, la réunion du lundi suivant a été l'un des événements les plus réussis de l'histoire du quartier : des gens sont venus de partout, certains curieux de rencontrer la fameuse entité mentionnée dans l'article, d'autres avec des pancartes défendant la liberté de culte et d'expression. Comme l'endroit ne contenait pas plus de deux cents personnes, la foule s'est pressée sur le trottoir, espérant au moins un regard de celle qui semblait être la prêtresse des opprimés.

Lorsqu'elle est arrivée, elle a été accueillie par des applaudissements, des petits mots, des appels au secours ; certains lui jetaient des fleurs, et une dame, d'âge indéfini, lui a demandé de continuer à lutter pour la liberté des femmes, pour le droit d'adoration de la Mère.

Les paroissiens de la semaine passée avaient dû être intimidés par la foule et ne s'étaient pas présentés, malgré les menaces qu'ils avaient répandues les jours précédents. Aucune attaque n'a été proférée, et la cérémonie s'est déroulée comme toujours – danse, manifestation de Sainte Sophie (à ce stade, je savais déjà que ce n'était qu'un côté d'Athéna elle-même), célébration à la fin (qui avait été ajoutée récemment, quand le groupe avait déménagé pour l'entrepôt cédé par l'un des premiers habitués), et point final.

J'ai noté que pendant le sermon Athéna semblait possédée.

« Nous avons tous un devoir envers l'amour : lui permettre de se manifester de la manière qu'il juge la meilleure. Nous ne pouvons pas et nous ne devons pas avoir peur quand les forces des ténèbres, celles qui ont institué le mot "péché" seulement pour contrôler nos cœurs et nos esprits, veulent se faire entendre. Qu'est-ce que le péché ? Jésus-Christ, que nous connaissons tous, s'est tourné vers la femme adultère, et il a dit : "Personne ne t'a condamnée ? Alors moi non plus je ne te condamne pas." Il a guéri le samedi, permis à une prostituée de lui laver les pieds, invité un criminel qui était crucifié avec lui à jouir des délices du Paradis, mangé des aliments interdits, il a dit que nous ne devions nous soucier que du jour d'aujourd'hui, parce que les lis des champs ne tissent pas et ne filent pas, mais se revêtent de gloire.

« Qu'est-ce que le péché ? Le péché, c'est empêcher que l'Amour ne se manifeste. Et la Mère est amour. Nous sommes dans un monde nouveau, nous pouvons choisir de suivre nos propres pas, et de ne pas faire ce que la société nous a imposé. Si c'est nécessaire, nous affronterons de nouveau les forces des ténèbres comme nous l'avons fait la semaine dernière. Mais personne ne fera taire notre voix ou notre cœur. »

J'étais en train d'assister à la transformation d'une femme en icône. Elle affirmait tout cela avec conviction, avec dignité, elle avait foi en ce qu'elle disait. J'ai souhaité vivement que les choses soient vraiment ainsi, que nous soyons vraiment en présence d'un monde nouveau, dont je serais le témoin.

Sa sortie de l'entrepôt a été acclamée autant que son entrée et, me voyant dans la foule, elle m'a appelé près d'elle, affirmant que je lui avais manqué la semaine passée. Elle était joyeuse, sûre d'elle, convaincue du bien-fondé de ses actes.

C'était le côté positif de l'article du journal, et j'ai espéré que les choses se termineraient là. J'aurais voulu me tromper dans mon analyse, mais, trois jours plus tard, mes prévisions se sont confirmées : le côté négatif a surgi de toute sa force.

Faisant appel à l'un des cabinets d'avocats les plus réputés et les plus conservateurs du Royaume, dont les directeurs – eux oui, mais pas Athéna – avaient des contacts avec toutes les sphères du gouvernement, et s'appuyant sur les déclarations qui avaient été publiées, le révérend Buck a convoqué une conférence de presse pour annoncer qu'à ce moment, il engageait un procès en justice pour diffamation, calomnie et préjudices moraux.

Le secrétaire de rédaction m'a appelé : il savait que j'avais de l'amitié pour le personnage central de tout ce scandale, et il a suggéré que nous fassions une interview en exclusivité. Ma première réaction a été de révolte : comment, j'allais utiliser cette relation d'amitié pour vendre des journaux ?

Mais nous avons causé un peu, et j'ai commencé à trouver que c'était peut-être une bonne idée : elle aurait l'occasion de présenter sa version de l'histoire. En allant plus loin, elle pourrait utiliser l'interview pour promouvoir tout ce pour quoi elle luttait maintenant ouvertement. Je suis sorti de la rencontre avec le secrétaire de rédaction avec le plan que nous avions élaboré ensemble : une série de reportages sur les nouvelles tendances sociales, et les transformations que traversait la quête religieuse. Dans l'un de ces reportages, je publierais les propos d'Athéna.

L'après-midi même de la rencontre avec le secrétaire de rédaction, je suis allé chez elle – profitant du fait que l'invitation était venue d'elle, à la sortie de l'entrepôt. J'ai su par des voisins que des officiers de police s'étaient présentés la veille pour lui remettre une convocation, mais qu'ils n'avaient pas réussi.

J'ai téléphoné plus tard, sans succès. J'ai essayé une nouvelle fois en début de soirée, et personne ne répondait au téléphone. Alors, j'ai commencé à appeler toutes les demi-heures, et mon anxiété croissait proportionnellement aux appels. Depuis que Sainte Sophie m'avait guéri de l'insomnie, la fatigue me poussait au lit à 11 heures du soir, mais cette fois l'angoisse me tenait éveillé.

J'ai trouvé le numéro de sa mère dans l'annuaire, mais il était tard, et si elle n'était pas là, toute la famille allait se faire du souci. Que faire ? J'ai allumé la télévision pour voir s'il s'était passé quelque chose – rien de particulier, Londres restait la même, avec ses merveilles et ses dangers.

J'ai décidé de faire une dernière tentative : après le troisième coup, quelqu'un a répondu. J'ai reconnu immédiatement la voix d'Andrea à l'autre bout de la ligne.

« Qu'est-ce que tu veux ? a-t-elle demandé.

— Athéna m'a prié de venir la voir. Tout va bien ?

— Évidemment tout va bien, et tout va mal, cela dépend de la façon dont tu veux voir la chose. Mais je crois que tu peux être utile.

— Où est-elle ? »

Elle a raccroché sans donner plus de détails.

Deidre O'Neill,
connue sous le nom d'Edda

Athéna est descendue dans un hôtel proche de chez moi. Les nouvelles de Londres concernant les événements locaux, surtout les petits conflits dans les quartiers de la périphérie, n'arrivent jamais en Écosse. La façon dont les Anglais gèrent leurs petits problèmes ne nous intéresse pas beaucoup ; nous avons notre drapeau, notre équipe de football, et bientôt nous aurons notre Parlement. Il est pathétique qu'à cette époque nous utilisions encore le code téléphonique de l'Angleterre, ses timbres postaux, et que nous devions encore subir les suites fâcheuses de la défaite de notre reine Marie Stuart dans sa bataille pour le trône.

Elle a fini décapitée par les Anglais, sous prétexte de problèmes religieux, évidemment. Ce à quoi ma disciple était confrontée n'était pas une nouveauté.

J'ai laissé Athéna se reposer une journée entière. Le lendemain matin, au lieu d'entrer dans le petit temple et de travailler avec les rituels que je connais, j'ai décidé de l'emmener se promener avec son fils dans un bois près d'Édimbourg. Là, pendant que l'enfant jouait et courait librement entre les arbres, elle m'a raconté en détail tout ce qui était en train de se passer.

Quand elle a eu terminé, j'ai pris la parole :

« C'est le jour, le ciel est nuageux, et au-delà des nuages, les êtres humains croient que vit un Dieu tout-puissant, qui guide leur destin. Mais regarde ton fils, regarde tes pieds, écoute les sons autour de toi : ici-bas se trouve la Mère, beaucoup plus proche, qui apporte la joie aux enfants et l'énergie à ceux qui marchent sur Son corps. Pourquoi les gens préfèrent-ils croire à quelque chose qui est loin et oublier ce qui est visible, la vraie manifestation du miracle ?

— Je connais la réponse : parce que là-haut, quelqu'un guide et donne des ordres, caché derrière les nuages, et sa sagesse n'est pas mise en doute. Ici-bas nous avons un contact physique avec la réalité magique, la liberté de choisir où nos pas vont nous porter.

— Belles et justes paroles. Penses-tu que l'être humain désire cela ? Qu'il désire cette liberté de choisir ses propres pas ?

— Je le pense. Cette terre que je foule a tracé pour moi des chemins très étranges, d'un village de l'intérieur de la Transylvanie à une ville du Moyen-Orient, de là à une autre ville dans une île, puis dans le désert, en Transylvanie de nouveau, et cetera. D'une banque de banlieue à une société immobilière dans le golfe Persique. D'un groupe de danse à un Bédouin. Et, chaque fois que mes pas me poussaient plus loin, je disais "oui" plutôt que de dire "non".

— Qu'y as-tu gagné ?

— Aujourd'hui, je peux voir l'aura des personnes. Je peux réveiller la Mère dans mon âme. Ma vie a maintenant un sens, je sais pourquoi je lutte. Mais pourquoi me poses-tu cette question ? Tu as gagné toi aussi un pouvoir, le plus important de tous : le don de guérison. Andrea peut prophétiser et parler avec des esprits ; j'ai accompagné pas à pas son développement spirituel.

— Qu'as-tu gagné de plus ?

— La joie de vivre. Je sais que je suis ici, tout est un miracle, une révélation. »

L'enfant est tombé et s'est fait mal au genou. Instinctivement, Athéna s'est précipitée, a nettoyé la blessure, dit que ce n'était rien, et le gamin est retourné aussitôt s'amuser dans la forêt. J'ai pris cela comme un signe.

« Ce qui vient d'arriver à ton fils m'est arrivé à moi. Et cela t'arrive à toi, n'est-ce pas ?

— Oui. Mais je ne pense pas alors que j'ai trébuché et que je suis tombée ; je pense que je traverse encore une fois une épreuve, qui m'enseignera le pas suivant. »

Dans ces moments-là, le maître ne doit rien dire – seulement bénir son disciple. Parce que, même s'il désire lui épargner des souffrances, les chemins sont tracés et les pieds désireux de les suivre. J'ai suggéré que nous revenions le soir dans le bois, nous deux seules. Elle a demandé où elle pourrait laisser son fils ; je m'en chargerais – j'avais une voisine qui me devait des services, et elle se ferait un grand plaisir de veiller sur Viorel.

À la fin de la soirée, nous sommes retournées au même endroit, et en chemin nous discutions de choses qui n'avaient rien à voir avec le rituel qui était sur le point d'être réalisé. Athéna m'avait vue me faire une épilation avec un nouveau type de cire, et elle était très curieuse de connaître les avantages de cette méthode sur les anciennes. Nous avons parlé avec animation de petits riens, de la mode, des endroits bon marché où faire les courses, du comportement féminin, du féminisme, des styles de coiffure. À un certain moment, elle a dit quelque chose comme « l'âme n'a pas d'âge, je ne sais pas pourquoi nous nous en soucions », mais elle s'est rendu compte aussitôt que cela ne posait pas de grands problèmes de simplement se détendre et parler de choses absolument superficielles.

Bien au contraire : c'était un genre de conversation très divertissant, et les soins esthétiques sont toujours un sujet très important dans la vie d'une femme (pour les hommes aussi, mais de manière différente, et ils ne l'assument pas comme nous).

À mesure que j'approchais de l'endroit que j'avais choisi – ou plutôt que la forêt choisissait pour moi –, j'ai commencé à sentir la présence de la Mère. Chez moi, cette présence se manifeste par une mystérieuse joie intérieure, qui m'émeut toujours et me met au bord des larmes. Il était temps de nous arrêter et de changer de sujet.

« Ramasse quelques petits morceaux de bois, ai-je dit.

— Mais il fait sombre.

— La pleine lune éclaire suffisamment, même cachée derrière les nuages. Éduque tes yeux : ils sont faits pour voir plus loin que tu ne le penses. »

Elle a commencé à faire ce que je lui avais demandé, jurant souvent parce qu'elle s'était piquée sur une épine. Une demi-heure ou presque a passé, pendant laquelle nous n'avons rien dit ; je ressentais avec émotion la présence de la Mère, l'euphorie de me trouver là avec cette femme qui paraissait encore une petite fille, qui avait confiance en moi, qui me tenait compagnie dans cette quête parfois trop folle pour l'esprit humain.

Athéna était encore en état de répondre à des questions, comme elle avait répondu aux miennes l'après-midi. J'avais été comme cela un jour, avant de me laisser transporter complètement au royaume du mystère, de seulement contempler, célébrer, adorer, remercier, et permettre au don de se manifester.

Je regardais Athéna chercher les morceaux de bois, et je voyais la fillette que j'avais été un jour, elle aussi en quête de secrets cachés, de pouvoirs occultes. La vie m'avait appris tout autre chose : les pouvoirs n'étaient pas occultes, et les secrets avaient été révélés depuis très longtemps. Quand j'ai vu que la quantité de brindilles était suffisante, je lui ai fait signe d'arrêter.

J'ai cherché moi-même des branches plus grosses, et je les ai mises par-dessus les brindilles ; ainsi était la vie. Pour qu'elles prennent feu, les brindilles devaient d'abord se consumer. Pour que nous puissions libérer l'énergie du fort, il fallait que le faible ait la possibilité de se manifester.

Pour que nous puissions comprendre les pouvoirs que nous portons en nous et les secrets qui ont déjà été révélés, il était d'abord nécessaire de laisser la surface – les attentes, les peurs, les apparences – se consumer. Alors, nous entrions dans cette paix que je trouvais maintenant dans la forêt, avec le vent soufflant sans trop de violence, la lumière de la lune derrière les nuages, les bruits des animaux qui sortaient la nuit pour chasser, accomplissant le cycle de naissance et de mort de la Mère, sans être jamais critiqués parce qu'ils suivent leurs instincts et leur nature.

J'ai allumé le feu.

Aucune de nous deux n'a eu envie de dire quoi que ce soit – nous avons simplement contemplé la danse du feu pendant un temps qui a semblé une éternité, sachant qu'au même moment des centaines de milliers de personnes devaient être devant leur cheminée, dans divers endroits du monde, même si elles disposaient chez elles des systèmes de chauffage les plus modernes ; elles faisaient cela parce qu'elles se trouvaient en présence d'un symbole.

Il m'a fallu un gros effort pour sortir de cette transe, qui ne me disait rien de spécifique, ne me faisait pas voir des dieux, des auras ou des fantômes, mais me laissait dans l'état de grâce dont j'avais grand besoin. Je me suis de nouveau concentrée sur le présent, sur la jeune fille à côté de moi, sur le rituel que je devais réaliser.

« Comment est ta disciple ? ai-je demandé.

— Difficile. Mais si ce n'était pas le cas, je n'apprendrais peut-être pas ce dont j'ai besoin.

— Et quel pouvoir développe-t-elle ?

— Elle parle avec les entités du monde parallèle.

— Comme tu parles avec Sainte Sophie ?

« — Non. Tu sais que Sainte Sophie et la Mère se manifestent en moi. Elle, elle parle avec les êtres invisibles. »

J'avais déjà compris, mais je voulais être certaine. Athéna était anormalement silencieuse. Je ne savais pas si elle avait parlé avec Andrea des événements de Londres, mais cela n'avait pas d'importance. Je me suis levée, j'ai ouvert le sac que je portais avec moi, j'ai pris une poignée d'herbes spécialement choisies, et je l'ai jetée dans les flammes.

« Le bois a commencé à parler », a dit Athéna, comme si elle était en présence d'un phénomène absolument normal, et c'était bien, les miracles faisaient maintenant partie de sa vie.

« Que dit-il ?

— Pour le moment, rien, ce sont seulement des bruits. »

Quelques minutes plus tard, elle entendait une chanson venant du bûcher.

« C'est merveilleux ! »

Ce n'était plus la femme ou la mère qui se trouvait là, mais la petite fille.

« Reste comme tu es. N'essaie pas de te concentrer, ou de me suivre, ou de comprendre ce que je dis. Détends-toi, sens-toi bien. C'est parfois tout ce que nous pouvons attendre de la vie. »

Je me suis agenouillée, j'ai pris une brindille incandescente, j'ai fait un cercle autour d'elle, laissant une petite ouverture pour pouvoir entrer. J'entendais moi aussi la même musique qu'Athéna, et j'ai dansé autour d'elle – invoquant l'union du feu masculin et de la terre qui maintenant le recevait bras et jambes ouverts, qui purifiait tout, qui transformait en énergie la force contenue dans ces brindilles, troncs, êtres humains, entités invisibles. J'ai dansé tant qu'a duré la mélodie du feu, et j'ai fait les gestes de protection vers la créature qui était à l'intérieur du cercle, souriante.

Quand les flammes se sont éteintes, j'ai pris un peu de cendre et je l'ai répandue sur la tête d'Athéna ; ensuite, j'ai éteint avec mes pieds le cercle que j'avais formé autour d'elle.

« Merci beaucoup, a-t-elle dit. Je me suis sentie chérie, aimée, protégée.

— N'oublie pas ça dans les moments difficiles.

— Maintenant que j'ai trouvé mon chemin, il n'y aura pas de moments difficiles. Je crois que j'ai une mission à accomplir, n'est-ce pas cela ?

— Oui, nous avons tous une mission à accomplir. »

Elle a perdu de son assurance.

« Tu ne m'as pas répondu au sujet des moments difficiles.

— Ce n'est pas une question intelligente. Souviens-toi de ce que tu as dit tout à l'heure : tu es aimée, chérie, protégée.

— Je ferai mon possible. »

Ses yeux se sont emplis de larmes. Athéna avait compris ma réponse.

Samira R. Khalil, maîtresse de maison

« Mon petit-fils ! Qu'est-ce que mon petit-fils a à voir avec ça ? Dans quel monde vivons-nous, mon Dieu ? Sommes-nous encore au Moyen Âge, à faire la chasse aux sorcières ? »

J'ai couru vers lui. Le petit avait le nez en sang, mais il ne semblait pas se soucier de mon désespoir, et il m'a aussitôt repoussée :

« Je sais me défendre. Et je me suis défendu. »

Bien que je n'aie jamais porté un enfant dans mon ventre, je connais le cœur des enfants ; j'étais beaucoup plus inquiète pour Athéna que pour Viorel – ce n'était qu'une des nombreuses bagarres qu'il allait affronter dans sa vie, et ses yeux gonflés ne manquaient pas de montrer une certaine fierté.

« Une bande de garçons à l'école a dit que maman était une adoratrice du diable ! »

Sherine est arrivée tout de suite après – à temps pour voir le gamin encore en sang, et faire un vrai scandale. Elle voulait sortir, retourner à l'école parler au directeur, mais je l'ai prise dans mes bras. J'ai attendu qu'elle ait versé toutes les larmes de son corps, exprimé toute sa frustration – à ce moment-là, je ne pouvais rien faire d'autre que me taire, essayer de lui transmettre mon amour en silence.

Quand elle s'est un peu calmée, je lui ai expliqué prudemment qu'elle pourrait revenir vivre avec nous,

nous nous occuperions de tout – son père avait parlé avec des avocats quand il avait lu dans le journal qu'on lui intentait un procès. Nous ferions notre possible, et même l'impossible, pour la tirer de cette situation, nous supporterions les commentaires des voisins, les regards ironiques de nos connaissances, la solidarité feinte de nos amis.

Rien ne comptait plus au monde que le bonheur de ma fille, même si je ne comprendrais jamais pourquoi elle choisissait toujours des voies aussi difficiles et douloureuses. Mais une mère ne doit pas comprendre – seulement aimer et protéger.

Et être fière. Sachant que nous pouvions presque tout lui donner, elle avait très tôt cherché son indépendance. Elle avait connu des obstacles, des échecs, toujours voulu affronter seule les turbulences. Elle était allée voir sa mère, consciente des risques qu'elle courait, et cela l'avait finalement rapprochée davantage de notre famille. Je me rendais compte qu'elle n'avait jamais accepté mes conseils – obtenir un diplôme, se marier, admettre les difficultés d'une vie en commun sans se plaindre, ne pas chercher à aller plus loin que la société le permettait.

Et pour quel résultat ?

En accompagnant l'histoire de ma fille, j'étais devenue une meilleure personne. Évidemment, je ne comprenais rien à la Déesse Mère, à cette manie de toujours réunir autour d'elle des gens bizarres, et ne jamais se résigner à ce qu'elle avait obtenu après beaucoup de travail.

Mais au fond, j'aurais beaucoup aimé être comme elle, même s'il était un peu tard pour y penser.

J'allais me lever et préparer quelque chose à manger, mais elle m'en a empêchée.

« Je veux rester un peu là, contre toi. C'est tout ce dont j'ai besoin. Viorel, va dans la chambre regarder la télévision, j'aimerais parler avec ta grand-mère. »

Le petit a obéi.

« J'ai dû te causer beaucoup de souffrance.

— Pas du tout. Bien au contraire, toi et ton fils, vous êtes la source de nos joies, et notre raison de vivre.

— Mais je n'ai pas fait exactement...

— ... Tant mieux. Aujourd'hui je peux l'avouer : il y a eu des moments où je t'ai détestée, où j'ai regretté amèrement de ne pas avoir suivi le conseil de l'infirmière et adopté un autre enfant. Et je me demandais : "Comment une mère peut-elle détester sa fille ?" Je prenais des calmants, j'allais jouer au bridge avec mes amies, je faisais des achats compulsifs, tout cela pour compenser l'amour que je t'avais donné et que je jugeais ne pas recevoir en retour.

« Il y a quelques mois, quand tu as décidé de quitter encore une fois un emploi qui te rapportait argent et prestige, j'étais désespérée. Je suis allée jusqu'à l'église proche de chez nous : je voulais faire une promesse, demander à la Vierge que tu prennes conscience de la réalité, que tu changes de vie, que tu saisisses les chances que tu étais en train de gaspiller. J'étais prête à faire n'importe quoi en échange.

« J'ai regardé la Vierge avec l'Enfant dans ses bras. Et j'ai dit : "Toi qui es mère, tu sais ce que je traverse. Tu peux me demander n'importe quoi, mais sauve ma fille, parce que je crois qu'elle marche vers sa destruction." »

J'ai senti que les bras de Sherine me serraient. Elle s'est remise à pleurer, mais c'étaient des sanglots différents. Je faisais mon possible pour contrôler mon émotion.

« Et sais-tu ce que j'ai senti à ce moment-là ? Qu'elle me parlait. Et elle disait : "Écoute, Samira, moi aussi je pensais cela. J'ai souffert des années parce que mon fils n'écoutait rien de ce que je disais. Je m'inquiétais pour sa sécurité, je pensais qu'il ne savait pas choisir ses amis, qu'il n'avait aucun respect pour les lois, pour les coutumes, pour la religion, ou pour les plus vieux." Dois-je raconter la suite ?

— Ce n'est pas la peine, je comprends. Mais j'aimerais entendre tout de même.

— La Vierge a dit pour terminer : "Mais mon fils ne m'a pas écoutée. Et aujourd'hui j'en suis très contente." »

Tout doucement, j'ai retiré sa tête de mon épaule et je me suis levée.

« Il faut que vous mangiez. »

Je suis allée à la cuisine, j'ai préparé une soupe à l'oignon, un plat de taboulé, j'ai chauffé le pain sans levain, j'ai mis le couvert et nous avons déjeuné ensemble. Nous avons parlé de choses sans importance, qui dans ces moments-là nous unissent et justifient l'amour d'être là, tranquilles, même si la tempête arrache les arbres et sème la destruction au-dehors. Bien sûr, en fin d'après-midi, ma fille et mon petit-fils sortiraient par cette porte, pour affronter de nouveau les vents, le tonnerre, les éclairs – mais ce serait son choix.

« Maman, tu as dit que tu ferais n'importe quoi pour moi, n'est-ce pas vrai ? »

Bien sûr, c'était vrai. J'aurais même donné ma vie, si c'était nécessaire.

« Tu ne penses pas que moi aussi je devrais faire n'importe quoi pour Viorel ?

— Je pense que ça, c'est l'instinct. Mais au-delà de l'instinct, c'est la plus grande manifestation de l'amour que nous avons. »

Elle a continué à manger.

« Tu sais que l'on a engagé un procès en justice, et que ton père est prêt à t'aider, si tu le désires.

— Bien sûr, je le désire. Il est ma famille. »

J'ai réfléchi à deux fois, à trois fois, mais je ne me suis pas retenue :

« Je peux te donner un conseil ? Je sais que tu as des amis importants. Je veux parler de ce journaliste. Pourquoi ne lui demandes-tu pas de publier ton histoire, de raconter ta version des faits ? La presse accorde beaucoup d'espace à ce révérend, et les gens finissent par lui donner raison.

— Alors, non seulement tu acceptes ce que je fais, mais tu veux m'aider ?

— Oui, Sherine. Même si je ne te comprends pas, même si je souffre parfois comme la Vierge a dû souffrir toute sa vie, même si tu n'es pas Jésus-Christ, si tu as un grand message à transmettre au monde, je suis de ton côté, et je veux te voir victorieuse. »

Heron Ryan, journaliste

Athéna est entrée alors que je tentais de noter frénétiquement ce que j'imaginais être l'interview idéale au sujet des événements de Portobello et de la renaissance de la Déesse. C'était un sujet délicat, très délicat.

Ce que je voyais dans l'entrepôt, c'était une femme disant : « Vous êtes capables, faites ce qu'enseigne la Grande Mère – ayez confiance dans l'amour et les miracles seront réalisés. » Et la foule était d'accord, mais cela ne pouvait pas durer longtemps, parce que nous vivions une époque où l'esclavage était la seule manière de trouver le bonheur. Le libre arbitre exige une responsabilité immense, donne du travail, et apporte angoisse et souffrance.

« J'ai besoin que tu écrives quelque chose sur moi », a-t-elle demandé.

J'ai répondu que nous devions attendre un peu, l'affaire pouvait s'éteindre la semaine suivante, mais que j'avais préparé quelques questions au sujet de l'Énergie Féminine.

« En ce moment, les bagarres et les scandales n'intéressent que le quartier et les tabloïds : aucun journal respectable n'a publié une ligne. Londres regorge de ce genre de conflits, et il n'est pas conseillé d'attirer l'attention de la grande presse. Le mieux serait que tu restes deux ou trois semaines sans réunir ton groupe.

« Cependant, je pense que le sujet de la Déesse, traité avec le sérieux qu'il mérite, peut conduire beaucoup de gens à soulever une série de questions importantes.

— Au cours d'un dîner, tu as dit que tu m'aimais. Et maintenant, tu me dis que tu ne veux pas m'aider, et en plus tu me demandes de renoncer aux choses auxquelles je crois ? »

Comment interpréter ces mots ? Est-ce qu'enfin elle acceptait ce que je lui avais offert ce soir-là, et qui ne me lâchait pas une minute ? Le poète libanais avait dit qu'il était plus important de donner que de recevoir ; certes, c'étaient des paroles sages, mais je faisais partie de ce que l'on appelle « humanité », avec mes faiblesses, mes moments d'indécision, mon désir de simplement partager la paix, de m'en remettre à mes sentiments, m'abandonner sans rien demander, sans même vouloir savoir si cet amour était payé de retour. Il suffisait qu'elle me permette de l'aimer, c'était tout ; j'ai la certitude que Sainte Sophie aurait été entièrement d'accord avec moi. Athéna traversait ma vie depuis déjà presque deux ans et j'avais peur qu'elle ne poursuive sa route, ne disparaisse à l'horizon, sans que j'aie su au moins l'accompagner dans une partie de son voyage.

« Tu parles d'amour ?

— Je te demande ton aide. »

Que faire ? Me contrôler, garder mon sang-froid, ne pas précipiter les choses et finir par tout détruire ? Ou faire le pas qui manquait, la prendre dans mes bras et la protéger de tous les dangers ?

« Je veux t'aider, ai-je rétorqué, bien que ma tête insistât pour dire : "Ne t'inquiète de rien, je pense que je t'aime." Je te demande d'avoir confiance en moi ; je ferais tout, absolument tout pour toi. Y compris dire "non" quand je pense qu'il le faut, même si je cours le risque que tu ne comprennes pas. »

Je lui ai raconté que le secrétaire de rédaction du journal avait proposé une série de sujets sur le réveil de la Déesse, qui comprenait une interview avec elle. Au début, cela m'avait paru une excellente idée, mais maintenant je comprenais qu'il valait mieux attendre un peu.

« Ou bien tu désires mener plus loin ta mission, ou bien tu désires te défendre. Je sais que tu es consciente que ce que tu fais est plus important que la manière dont les autres le voient. Tu es d'accord ?

— Je pense à mon fils. Tous les jours maintenant il a des problèmes à l'école.

— Cela passera. Dans une semaine, personne n'en parlera plus. Alors ce sera pour nous le moment d'agir ; pas pour nous défendre d'attaques idiotes, mais pour faire connaître, avec assurance et sagesse, la dimension de ton travail.

« Et si tu doutes de mes sentiments, si tu es décidée à continuer, je vais avec toi à la prochaine réunion. Nous verrons ce qui se passe. »

Et le lundi suivant, je l'ai accompagnée, je n'étais plus seulement une personne dans la foule, je pouvais voir les scènes de la même manière qu'elle les voyait.

Des personnes qui s'entassaient dans le local, des fleurs et des applaudissements, des filles qui criaient « prêtresse de la Déesse », deux ou trois dames bien habillées qui imploraient pour une audience à part, pour cause de maladie dans leur famille. La foule a commencé à nous pousser, barrant l'entrée – nous n'avions jamais pensé qu'un plan de sécurité serait nécessaire, et j'ai pris peur. Je l'ai attrapée par la main, j'ai pris Viorel dans mes bras, et nous sommes entrés.

À l'intérieur, la salle était déjà pleine, et Andrea nous attendait, très irritée :

« Je crois que tu dois dire aujourd'hui que tu ne fais aucun miracle ! a-t-elle crié à Athéna. Tu te laisses dominer par la vanité ! Pourquoi Sainte Sophie ne parle-t-elle pas à tous ces gens pour qu'ils s'en aillent ?

— Parce qu'elle indique les maladies, a répondu Athéna sur un ton de défi. Et plus ils seront nombreux à en profiter, mieux ce sera. »

Elle allait poursuivre la conversation, mais la foule applaudissait, et Athéna est montée sur l'estrade improvisée. Elle a allumé la minichaîne qu'elle apportait de chez elle, donné des instructions pour que personne ne suive le rythme de la musique, elle leur a demandé de danser et le rituel a commencé. À un certain moment, Viorel est allé s'asseoir dans un coin – c'était le moment pour Sainte Sophie de se manifester. Athéna a répété ce que j'avais déjà vu maintes fois : elle a coupé brutalement le son, mis sa tête dans ses mains, et les gens se sont tus comme s'ils obéissaient à un ordre invisible.

Le rituel s'est reproduit sans aucune variation : les questions sur l'amour étaient écartées, mais elle acceptait d'apporter des explications sur l'anxiété, les maladies, les problèmes personnels. De la position où je me trouvais, je pouvais voir que certaines personnes avaient les larmes aux yeux, d'autres donnaient l'impression qu'ils étaient en présence d'une sainte. Est arrivé le moment du sermon final, avant le rituel collectif de célébration de la Mère.

Comme je connaissais déjà les étapes suivantes, j'ai commencé à imaginer quel serait le meilleur moyen de sortir de là avec le minimum de tumulte possible. J'ai espéré qu'elle suivrait l'indication d'Andrea en leur disant de ne pas chercher là des miracles ; j'ai marché vers Viorel pour que nous puissions quitter le local dès que sa mère aurait fini de parler.

Et c'est alors que j'ai entendu la voix de Sainte Sophie :

« Aujourd'hui, avant de terminer, nous allons parler d'alimentation. Oubliez cette histoire de régimes. »

Alimentation ? Qu'ils oublient cette histoire de régimes ?

« Nous avons survécu depuis des millénaires parce que nous étions capables de manger. Et de nos jours, on dirait que c'est devenu une malédiction. Pourquoi ? Qu'est-ce qui nous pousse à vouloir garder, à quarante ans, le corps que nous avions quand nous étions jeunes ? Est-il possible d'arrêter cette dimension du temps ? Et pourquoi avons-nous besoin d'être maigres ? »

J'ai entendu une sorte de murmure dans l'assistance. Ils attendaient sans doute un message plus spirituel.

« Nous n'en avons pas besoin. Nous achetons des livres, nous fréquentons des salles de gymnastique, nous perdons une part très importante de notre concentration à essayer d'arrêter le temps, alors que nous devrions célébrer le miracle de marcher dans ce monde. Au lieu de réfléchir à la façon de vivre mieux, nous sommes obsédés par le poids.

« Oubliez ça ; vous pouvez lire tous les livres que vous voudrez, faire les exercices que vous désirerez, subir toutes les punitions que vous déciderez de vous infliger, vous n'aurez que deux choix – ou vous cessez de vivre, ou vous allez grossir.

« Mangez avec modération, mais mangez avec plaisir ; le mal n'est pas ce qui entre dans la bouche de l'homme, mais ce qui en sort. Rappelez-vous que pendant des millénaires nous avons lutté pour ne pas avoir faim. Qui a inventé cette histoire selon laquelle nous devons tous être maigres toute notre vie ?

« Je vais répondre : les vampires de l'âme, ceux qui ont tellement peur de l'avenir qu'ils pensent qu'il est possible d'arrêter la ronde du temps. Sainte Sophie vous l'assure : ce n'est pas possible. Utilisez l'énergie et l'effort que représente un régime pour vous nourrir du pain spirituel. Comprenez que la Grande Mère donne avec abondance et avec sagesse – respectez cela, et vous ne grossirez pas plus que le temps ne l'exige.

« Plutôt que de brûler artificiellement ces calories, efforcez-vous d'en faire l'énergie nécessaire pour lutter pour vos rêves ; personne n'a maigri pour très longtemps grâce à un régime. »

Le silence était total. Athéna a entrepris le rituel de clôture, tous ont célébré la présence de la Mère, j'ai pris Viorel dans mes bras en me promettant que, la prochaine fois, j'amènerais quelques amis pour improviser un minimum de sécurité, nous sommes sortis, entendant les mêmes cris et applaudissements qu'à l'entrée.

Un commerçant m'a attrapé par le bras :

« C'est une absurdité ! S'ils me brisent une vitrine, je leur ferai un procès ! »

Athéna riait, donnait des autographes, Viorel avait l'air content. J'espérais qu'aucun journaliste n'était là ce soir-là. Quand enfin nous avons réussi à nous extraire de la foule, nous avons pris un taxi.

J'ai demandé s'ils aimeraient manger quelque chose.

« Oui bien sûr, je viens d'en parler », a dit Athéna.

Antoine Locadour, historien

Dans cette succession d'erreurs que l'on a appelée
« La sorcière de Portobello », ce qui me surprend le
plus, c'est l'ingénuité d'Heron Ryan, un journaliste qui
a des années de carrière et une expérience internatio-
nale. Quand nous avons conversé, il avait peur des
manchettes des tabloïds.

« Le Régime de la Déesse ! » titrait l'un.

« Maigrissez en mangeant, dit la Sorcière de Portobello », imprimait un autre en première page.

Outre qu'elle touchait à quelque chose d'aussi sen-
sible que la religion, cette Athéna était allée plus loin :
elle avait parlé de régime alimentaire, un sujet d'intérêt national, plus important que les guerres, les grèves,
ou les catastrophes naturelles. Tout le monde ne croit
pas en Dieu, mais tout le monde veut maigrir.

Les reporters interviewaient les commerçants du
coin, qui affirmaient avoir vu des bougies rouges et
noires allumées, et des rituels auxquels n'assistaient
que quelques personnes les jours précédant les réunions collectives. Cependant, l'affaire se résumait à du
sensationnalisme bon marché, mais Ryan aurait dû
prévoir qu'il y avait un procès en cours devant la justice britannique, et que l'accusateur ne perdrait pas
une occasion de faire parvenir jusqu'aux juges ce qu'il
considérait non seulement comme une calomnie, mais

comme une atteinte à toutes les valeurs qui maintiennent debout la société.

La même semaine, un des journaux anglais les plus prestigieux publiait dans une tribune un texte du révérend Buck, ministre de la Congrégation évangélique de Kensington, qui disait dans l'un de ses paragraphes :

« En bon chrétien, j'ai le devoir de tendre l'autre joue quand je suis agressé injustement ou quand mon honneur est atteint. Mais nous ne pouvons pas oublier que Jésus, de même qu'il a tendu l'autre joue, a usé du fouet pour châtier ceux qui prétendaient transformer la Maison de Dieu en un repaire de brigands. Voilà à quoi nous assistons à Portobello Road en ce moment : des gens sans scrupule, qui se font passer pour des sauveurs des âmes, donnant de faux espoirs et promettant des guérisons pour tous les maux, affirmant même aux gens qu'ils resteront minces et élégants s'ils suivent leurs enseignements.

« Par conséquent, il ne me reste d'autre choix que d'aller en justice pour empêcher qu'une telle situation ne se prolonge trop longtemps. Les adeptes de ce mouvement jurent qu'ils sont capables de développer des dons jamais vus, et ils nient l'existence d'un Dieu tout-puissant, essayant de Le remplacer par des divinités païennes comme Vénus ou Aphrodite. Pour eux, tout est permis, du moment que c'est fait avec "amour". Or, qu'est-ce que l'amour ? Une force sans morale, qui justifie n'importe quelle fin ? Ou un engagement envers les vraies valeurs de la société, comme la famille et les traditions ? »

À la réunion suivante, prévoyant que la bataille rangée du mois d'août pouvait se répéter, la police a pris des mesures et déplacé une demi-douzaine de policiers pour éviter les affrontements. Athéna est arrivée accompagnée de gardes du corps improvisés par Ryan, et elle a été reçue cette fois non seulement par des applaudissements, mais aussi par des huées et des imprécations. Une femme, voyant qu'elle était accompagnée d'un petit garçon de huit ans, a déposé deux jours plus tard une plainte fondée sur le Children Act 1989, alléguant qu'une mère causait des préjudices irréversibles à son fils et que sa garde devrait être transférée au père.

Un tabloïd a réussi à localiser Lukás Jessen-Petersen, qui n'a pas voulu donner d'interview ; il a menacé le reporter, disant que s'ils mentionnaient Viorel dans leurs articles, il serait capable de n'importe quelle folie.

Le lendemain, le tabloïd imprimait en manchette : « L'ex-mari de la Sorcière de Portobello se déclare capable de tuer pour son fils. »

L'après-midi même, deux autres plaintes fondées sur le Children Act 1989 étaient déposées devant les tribunaux, demandant cette fois que l'État prenne ses responsabilités pour le bien-être de l'enfant.

Il n'y a pas eu de réunion suivante ; malgré la présence de groupes – pour et contre – devant la porte, et de policiers en uniforme venus contenir les esprits, Athéna n'est pas apparue. La même chose s'est produite la semaine suivante ; cette fois, les groupes et le détachement de police étaient moins importants.

La troisième semaine, il y avait seulement des restes de fleurs dans le local, et une personne qui distribuait des photos d'Athéna aux arrivants.

Le sujet a cessé d'occuper les pages des quotidiens londoniens. Quand le révérend Ian Buck a décidé d'annoncer qu'il retirait sa plainte pour calomnie et diffamation, se fondant sur « l'esprit chrétien que nous devons avoir envers ceux qui se repentent de leurs gestes », il n'a trouvé aucun grand organe de presse pour s'y intéresser, et il n'a réussi à publier son texte que dans le courrier des lecteurs d'un journal de quartier.

D'après ce que je sais, l'affaire n'a jamais pris une dimension nationale, restant limitée aux pages dans lesquelles on publie les sujets qui concernent la ville. Un mois après que les cultes furent terminés, quand je me suis rendu à Brighton, j'ai tenté d'aborder le sujet avec quelques amis, et aucun d'eux n'en avait entendu parler.

Ryan avait tout en main pour éclaircir cette affaire ; un article dans son journal aurait été suivi par une grande partie de la presse. Mais, à ma surprise, il n'a jamais publié une ligne au sujet de Sherine Khalil.

À mon avis, le crime – par ses caractéristiques – n'a rien à voir avec ce qui s'est passé à Portobello. Tout cela n'a été qu'une macabre coïncidence.

Heron Ryan, journaliste

Athéna m'a demandé d'allumer mon magnéto-phone. Elle en apportait un autre avec elle, un modèle que je n'avais jamais vu, assez sophistiqué et de dimensions plus petites.

« En premier lieu, je veux dire que je suis menacée de mort. En second lieu, promets que, même si je meurs, tu attendras cinq ans pour laisser quelqu'un écouter cet enregistrement. Dans le futur, on pourra distinguer le vrai du faux.

« Dis que tu es d'accord – ainsi tu t'engageras léga-lement.

— Je suis d'accord, mais je pense que...

— Ne pense rien. Si jamais on me retrouve morte, ce sera mon testament, à condition que rien ne soit dit maintenant. »

J'ai éteint le magnétophone.

« Il n'y a rien à craindre. J'ai des amis à tous les rangs des ministères, des gens qui me doivent des ser-vices, qui ont besoin ou auront besoin de moi. Nous pouvons...

— Je ne t'ai pas déjà dit que j'avais un petit ami qui travaille à Scotland Yard ? »

Encore cette histoire ? Si c'était vrai, pourquoi n'était-il pas là quand nous avions tous besoin de son aide, quand Athéna comme Viorel auraient pu être agressés par la foule ?

Les questions se bousculaient : voulait-elle me mettre à l'épreuve ? Que se passait-il dans la tête de cette femme – était-elle déséquilibrée, inconstante, tantôt désirant être à mes côtés, tantôt reprenant le thème d'un homme qui n'existait pas ?

« Rallume le magnéto », a-t-elle demandé.

Je me sentais très mal : j'ai commencé à penser qu'elle m'avait toujours utilisé. J'aurais aimé pouvoir dire à ce moment-là : « Va-t'en, ne reparais plus jamais dans ma vie, depuis que je t'ai rencontrée, tout est devenu un enfer, je passe mon temps à attendre le jour où tu arriveras ici, me serreras dans tes bras, m'embrasseras et me demanderas de rester avec moi. Et ce jour n'arrive jamais. »

« Quelque chose qui ne va pas ? »

Elle savait que quelque chose n'allait pas. Ou plutôt, il était impossible qu'elle ne reconnaisse pas ce que j'éprouvais, parce que je n'avais rien fait d'autre durant tout ce temps que montrer mes sentiments, même si je n'en avais pas parlé une seule fois. Mais je déplaçais tous mes rendez-vous pour la rencontrer, j'étais près d'elle chaque fois qu'elle le demandait, j'essayais de créer un genre de complicité avec son fils, pensant qu'un jour il pourrait m'appeler papa. Je ne lui ai jamais demandé de laisser tomber ce qu'elle faisait, j'acceptais sa vie, ses décisions, je souffrais en silence de sa douleur, je me réjouissais de ses victoires, j'étais fier de sa détermination.

« Pourquoi as-tu éteint le magnétophone ? »

À cette seconde-là, je suis resté entre le ciel et l'enfer, entre l'explosion et la soumission, entre le raisonnement froid et l'émotion destructrice. À la fin, rassemblant toutes mes forces, j'ai réussi à garder le contrôle.

J'ai appuyé sur le bouton.

« Continuons.

— Je disais que je suis menacée de mort. Des gens téléphonent, sans dire leurs noms ; ils m'insultent, affirment que je suis une menace pour le monde, que je veux faire revenir le royaume de Satan et qu'ils ne peuvent pas le permettre.

— En as-tu parlé à la police ? »

J'ai omis à dessein de faire allusion au petit ami, montrant ainsi que je n'avais jamais cru à cette histoire.

« Oui. Ils ont enregistré les appels. Ils viennent de cabines téléphoniques, mais ils m'ont dit de ne pas m'inquiéter, ils surveillent ma maison. Ils ont réussi à attraper un des auteurs : il est mentalement déséquilibré, il se prend pour la réincarnation d'un apôtre, et il pense que "cette fois, il faut se battre pour que le Christ ne soit pas de nouveau expulsé". En ce moment, il est dans un hôpital psychiatrique ; la police m'a expliqué qu'il avait déjà été interné, après en avoir menacé d'autres pour la même raison.

— Quand elle s'applique, notre police est la meilleure du monde. Il n'y a vraiment pas lieu de s'inquiéter.

— Je n'ai pas peur de la mort ; si mes jours finissaient aujourd'hui, j'emporterais avec moi des moments que peu de gens de mon âge ont eu la chance de vivre. Ce dont j'ai peur, et c'est pour cela que je t'ai demandé d'enregistrer notre conversation aujourd'hui, c'est de tuer.

— Tuer ?

— Tu sais que des procédures judiciaires sont en cours dans l'intention de me retirer la garde de Viorel. J'ai fait appel à des amis, mais personne ne peut rien faire ; il faut attendre le résultat. D'après eux, cela dépend du juge, mais ces fanatiques pourraient obtenir ce qu'ils veulent. C'est pourquoi j'ai acheté une arme.

« Je sais ce que cela signifie pour un enfant d'être éloigné de sa mère, parce que j'ai vécu l'expérience dans ma chair. Alors, au moment où le premier officier de police s'approchera, je tire. Et je continuerai à tirer jusqu'à la dernière balle. S'ils ne m'ont pas atteinte avant, je lutterai avec les couteaux de ma maison. S'ils retirent les couteaux, je me servirai de mes ongles et de mes dents. Mais personne ne parviendra à éloigner Viorel de moi, à moins de passer sur mon cadavre. Ça enregistre ?

— Oui. Mais il y a des moyens...

— Il n'y en a pas. Mon père suit les procédures. Il a dit que dans une affaire de droit de la famille, il n'y avait pas grand-chose à faire.

« Maintenant éteins le magnéto.

— C'était ton testament ? »

Elle n'a pas répondu. Comme je ne faisais rien, elle a pris l'initiative. Ensuite, elle est allée jusqu'à la mini-chaîne, et elle a mis la fameuse musique des steppes, que je connaissais maintenant presque par cœur. Elle a dansé comme elle le faisait dans les rituels, sans suivre la mesure, et je savais où elle voulait en venir. Son magnétophone restait allumé, témoin silencieux de tout ce qui se passait là. Tandis que la lumière d'un après-midi ensoleillé entrait par les fenêtres, Athéna était plongée dans la quête d'une autre lumière, qui était là depuis la création du monde.

L'étincelle de la Mère a cessé de danser, a interrompu la musique, mis sa tête dans ses mains, et elle est restée tranquille un instant. Bientôt, elle a levé les yeux et m'a dévisagé.

« Tu sais qui est ici, n'est-ce pas ?

— Oui. Athéna et sa part divine, Sainte Sophie.

— Je me suis habituée à faire cela. Je ne pense pas que ce soit nécessaire, mais c'est la méthode que j'ai découverte pour la rencontrer, et maintenant c'est devenu une tradition dans ma vie. Tu sais avec qui tu parles : avec Athéna. Sainte Sophie, c'est moi.

— Je le sais. Quand j'ai dansé pour la deuxième fois chez toi, j'ai découvert moi aussi un esprit qui me guidait : Philémon. Mais je ne parle pas beaucoup avec lui, je n'écoute pas ce qu'il me dit. Je sais que, lorsqu'il

270

est présent, c'est comme si nos deux âmes se rencontraient enfin.

— C'est cela. Et Philémon et Sainte Sophie vont aujourd'hui parler d'amour.

— Il faudrait que je danse.

— Ce n'est pas nécessaire. Philémon me comprendra, car je vois qu'il a été touché par ma danse. L'homme qui est devant moi souffre parce qu'il juge n'avoir jamais réussi à atteindre mon amour.

« Mais celui que tu es au-delà de toi-même comprend que la douleur, l'anxiété, le sentiment d'abandon sont inutiles et infantiles : je t'aime. Pas comme ta part humaine le désire, mais comme l'étincelle divine l'a désiré. Nous résidons dans un même abri, qu'Elle a placé sur notre chemin. Là, nous comprenons que nous ne sommes pas les esclaves de nos sentiments, mais leurs maîtres.

« Nous servons et nous sommes servis, nous ouvrons les portes de nos chambres, et nous nous étreignons. Peut-être nous embrassons-nous aussi – parce que tout ce qui arrive avec intensité sur terre aura son correspondant au plan invisible. Et tu sais qu'en disant cela je ne suis pas en train de te provoquer, ni de jouer avec tes sentiments.

— Qu'est-ce que l'amour, alors ?

— L'âme, le sang et le corps de la Grande Mère. Je t'aime aussi fort que des âmes exilées s'aiment quand elles se rencontrent au milieu du désert. Il ne se passera jamais rien de physique entre nous, mais aucune passion n'est inutile, aucun amour n'est à rejeter. Si la Mère a éveillé cela dans ton cœur, elle l'a éveillé aussi dans le mien, même si toi, tu l'acceptes peut-être mieux. Il est impossible que l'énergie de l'amour se perde – elle est plus puissante que tout, et elle se manifeste de nombreuses manières.

— Je ne suis pas assez fort pour ça. Cette vision abstraite me déprime et me laisse plus solitaire que jamais.

— Moi non plus : j'ai besoin de quelqu'un à mes côtés. Mais un jour nos yeux vont s'ouvrir, les différentes formes d'Amour pourront se manifester, et la souffrance disparaîtra de la face de la Terre.

« Je pense que cela ne va pas tarder ; beaucoup d'entre nous reviennent d'un long voyage, dans lequel nous avons été poussés à chercher des choses qui ne nous intéressaient pas. Maintenant nous nous rendons compte qu'elles étaient illusoires. Mais ce retour ne se fait pas sans douleur – parce que nous avons passé beaucoup de temps ailleurs, nous pensons que nous sommes étrangers dans notre propre pays.

« Il nous faudra du temps pour retrouver les amis qui sont partis aussi, les lieux où étaient nos racines et nos trésors. Mais cela finira par arriver. »

Sans savoir pour quelle raison, j'étais troublé. Et cela m'a donné des ailes.

« Je veux continuer à parler d'amour.

— Nous en parlons. C'est cela l'objectif que j'ai toujours poursuivi dans ma vie ; laisser l'amour se manifester en moi sans barrières, remplir mes espaces blancs, me faire danser, sourire, donner une justification à ma vie, protéger mon fils, entrer en contact avec les cieux, avec des hommes et des femmes, avec tous ceux qui ont été placés sur ma route.

« J'ai essayé de contrôler mes sentiments en disant "celui-ci mérite ma tendresse" ou "celui-là ne la mérite pas", des choses de ce genre. Et puis j'ai compris mon destin, quand j'ai vu que je pouvais perdre ce qui compte le plus dans ma vie.

— Ton fils.

— Exactement. La manifestation la plus complète de l'amour. C'est au moment où a surgi la possibilité qu'on l'éloigne de moi que je me suis trouvée moi-même, comprenant que jamais je ne pourrais rien avoir, rien perdre. J'ai compris cela après avoir pleuré compulsivement pendant des heures. J'ai souffert intensément et, après seulement, la part de moi que j'appelle Sainte Sophie m'a dit : "Qu'est-ce que c'est que cette sottise ? L'amour demeure toujours ! Et ton fils partira toujours, tôt ou tard !" »

Je commençais à comprendre.

« L'amour n'est pas une habitude, un compromis, ou une dette. Il n'est pas ce que nous enseignent les chansons romantiques – l'amour est. Et c'est ça le testament d'Athéna, ou Sherine, ou Sainte Sophie : l'amour est. Sans définitions. Aime et ne pose pas trop de questions. Aime simplement.

— C'est difficile.

— Tu enregistres ?

— Tu m'as demandé d'éteindre.

— Alors, rallume. »

J'ai fait ce qu'elle ordonnait. Athéna a continué :

« C'est difficile pour moi aussi. Alors, à partir d'aujourd'hui je ne retourne plus chez moi. Je vais me cacher ; la police me protégera des fous, mais elle ne me protégera pas de la justice humaine. J'avais une mission à accomplir, et cela m'a fait aller si loin que j'ai même mis en jeu la garde de mon fils. Pourtant, je n'ai pas de regrets : j'ai accompli mon destin.

— Quelle était ta mission ?

— Tu le sais, parce que tu y as participé depuis le début : préparer le chemin de la Mère. Poursuivre une tradition qui a été abolie pendant des siècles, mais qui à présent commence à resurgir.

— Peut-être... »

Je me suis arrêté. Mais elle n'a pas dit un mot avant que je n'aie terminé ma phrase.

« ... Peut-être qu'il était un peu trop tôt. Les gens n'étaient pas prêts pour cela. »

Athéna a ri.

« Bien sûr qu'ils l'étaient. D'où les confrontations, les agressions, l'obscurantisme. Les forces des ténèbres agonisent, et c'est à ce moment qu'elles usent de leurs derniers recours. Elles paraissent plus fortes, comme les animaux avant de mourir ; mais après cela, elles ne pourront plus se relever – elles seront épuisées.

« J'ai semé dans beaucoup de cœurs, et chacun manifestera cette Renaissance à sa manière. Mais un de ces cœurs suivra jusqu'au bout la tradition : Andrea. »

Andrea.

Qui la détestait, qui la rendait coupable de la fin de notre relation, qui disait à qui voulait l'entendre qu'Athéna s'était laissé dominer par l'égoïsme, par la vanité, et qu'elle avait fini par détruire un travail qu'il avait été si difficile de mettre sur pied.

Elle s'est levée et elle a pris son sac – Sainte Sophie restait avec elle.

« Je vois ton aura. Elle est guérie d'une souffrance inutile.

— Évidemment, tu sais que tu ne plais pas à Andrea.

— Bien sûr, je le sais. Nous avons parlé presque une demi-heure de l'amour, n'est-ce pas ? Plaire n'a rien à voir avec ça.

« Andrea est une personne parfaitement capable de poursuivre la mission. Elle a plus d'expérience et plus de charisme que moi. Elle a appris de mes erreurs ; elle sait qu'elle doit garder une certaine prudence, parce que les temps où la bête féroce de l'obscurantisme agonise seront des temps de confrontation. Andrea peut me détester comme personne, c'est peut-être pour cela qu'elle a réussi à développer ses dons aussi rapidement ; pour prouver qu'elle était plus capable que moi.

« Quand la haine fait grandir quelqu'un, elle devient l'une des nombreuses manières d'aimer. »

Elle a pris son magnétophone, l'a mis dans son sac, et elle est partie.

À la fin de la même semaine, le tribunal se prononçait : divers témoins avaient été entendus, et Sherine Khalil, connue sous le nom d'Athéna, avait le droit de conserver la garde de son fils.

En outre, le directeur de l'école où le petit étudiait était officiellement averti que toute forme de discrimination à son encontre serait punissable par la loi.

Je savais qu'il ne servait à rien d'appeler chez elle ; elle avait laissé la clef à Andrea, emporté sa mini-chaîne et quelques vêtements, disant qu'elle n'avait pas l'intention de revenir de sitôt.

J'ai attendu son coup de téléphone pour que nous fêtions ensemble la victoire. Chaque jour qui passait, mon amour pour Athéna cessait d'être source de souffrance, et n'était plus que joie et sérénité. Je ne me sentais plus aussi seul, quelque part dans l'espace, nos âmes – les âmes de tous les exilés qui étaient de retour – célébraient avec joie leurs retrouvailles.

La première semaine est passée, et j'ai imaginé qu'elle cherchait peut-être à se remettre de la tension des derniers temps. Au bout d'un mois, j'ai imaginé qu'elle était retournée à Dubaï et avait repris son emploi. J'ai téléphoné et, m'a-t-on dit, on n'avait plus entendu parler d'elle ; mais si je savais où elle se trouvait, on me priait de lui transmettre un message : les portes lui étaient ouvertes, on la regrettait.

J'ai décidé de faire une série d'articles sur le réveil de la Mère, qui a provoqué quelques lettres de lecteurs injurieuses m'accusant de « propager le paganisme », mais qui a eu un immense succès auprès du public.

Deux mois plus tard, alors que je me préparais à déjeuner, un confrère de la rédaction m'a appelé : on avait découvert le corps de Sherine Khalil, la Sorcière de Portobello.

Elle avait été brutalement assassinée à Hampstead.

Maintenant que j'ai terminé la transcription de tous les enregistrements, je vais les lui remettre. En ce moment, elle doit se promener dans le Snowdonian National Park, comme elle a l'habitude de le faire tous les après-midi. C'est son anniversaire – plus exactement la date que ses parents ont choisie pour son anniversaire quand ils l'ont adoptée – et j'ai l'intention de lui remettre ce manuscrit.

Viorel, qui arrivera avec ses grands-parents pour la fête, a aussi préparé une surprise ; il a enregistré sa première chanson dans un studio appartenant à des amis que nous avons en commun, et il la passera au cours du dîner.

Après, elle me demandera : « Pourquoi as-tu fait cela ? »

Et je lui répondrai : « Parce que j'avais besoin de te comprendre. » Pendant toutes les années où nous étions ensemble, je n'entendais à son sujet que ce que je prenais pour des légendes, et maintenant je sais que ces légendes sont la réalité.

Chaque fois que je pensais l'accompagner, aux célébrations du lundi dans son appartement, ou en Roumanie, ou encore quand elle rencontrait ses amis, elle me demandait de ne pas le faire. Elle voulait être libre – un policier intimide toujours les gens, disait-elle. En présence de quelqu'un comme moi, même les innocents se sentent coupables.

Je suis allé deux fois dans l'entrepôt de Portobello à son insu. Également à son insu, j'ai détaché des hommes pour la protéger lors de ses arrivées au local et de ses sorties – et au moins une personne, identifiée plus tard comme militant d'une secte, a été arrêtée en possession d'un poignard. Il disait que des esprits lui avaient donné pour instruction d'obtenir un peu de sang de la Sorcière de Portobello, qui manifestait la Mère, ils en avaient besoin pour consacrer certaines offrandes. Il n'avait pas l'intention de la tuer, seulement de recueillir le sang dans un mouchoir. L'enquête a montré qu'il n'y avait pas vraiment tentative d'homicide ; il a cependant été inculpé et il a pris six mois de prison.

L'idée de « l'assassiner » pour le monde n'est pas venue de moi – Athéna voulait disparaître, et elle m'a demandé si ce serait possible. Je lui ai expliqué que, si la justice avait décidé de lui retirer la garde de son fils, je n'aurais pas pu m'y opposer. Mais à partir du moment où le juge s'était manifesté en sa faveur, nous étions libres de réaliser son plan.

Athéna était pleinement consciente que, les rencontres à l'entrepôt étant devenues publiques, sa mission était pervertie à tout jamais. Il ne servait à rien qu'elle aille devant la foule dire qu'elle n'était pas une reine, une sorcière, une manifestation divine – puisque le peuple a choisi de suivre les puissants et de donner pouvoir à qui il désire. Et cela aurait été contraire à tout ce qu'elle prêchait – la liberté de choisir, de consacrer son propre pain, d'éveiller ses dons individuels, sans guides et sans pasteurs.

Il n'avançait à rien non plus qu'elle disparaisse : les gens comprendraient ce geste comme une retraite au désert, une ascension vers les cieux, un voyage à la rencontre de maîtres secrets vivant dans l'Himalaya, et ils attendraient toujours son retour. Les légendes se multiplieraient, et un culte se formerait peut-être autour de sa personne. Nous avions commencé à remarquer cela quand elle avait cessé de fréquenter Portobello ; mes informateurs disaient que, contrairement à ce que tout le monde pensait, son culte se développait d'une façon effrayante : d'autres groupes semblables s'étaient créés, des personnes se présentaient comme « héritières » de Sainte Sophie, sa photo publiée dans le journal, avec l'enfant dans les bras, était vendue sous le manteau, la montrant en victime, martyre de l'intolérance. Des occultistes s'étaient mis à parler d'un « Ordre d'Athéna », dans lequel on obtenait – après versement d'une certaine somme – un contact avec la fondatrice.

Par conséquent, seule restait la « mort ». Mais dans des circonstances absolument normales, comme pour n'importe qui voyant sa vie prendre fin sous les coups d'un assassin dans une grande ville. Cela nous obligeait à une série de précautions :

A] Le crime ne devait pas être associé au martyre pour des raisons religieuses, car la situation que nous tentions d'éviter en serait aggravée.

B] La victime devait être dans un état tel qu'elle ne pourrait pas être reconnue.

C] L'assassin ne devait pas être arrêté.

D] Nous aurions besoin d'un cadavre.

Dans une ville comme Londres, nous avons tous les jours des morts, défigurés, brûlés – mais normalement, nous finissons par attraper le criminel. De sorte qu'il nous a fallu attendre deux mois ou presque avant que survienne le meurtre de Hampstead. Dans cette affaire aussi, nous avons finalement trouvé l'assassin, mais il était mort – il était parti au Portugal et s'était suicidé en se tirant une balle dans la bouche. Justice était faite, et je n'avais besoin que d'un peu de coopération de mes amis les plus proches. Une main lave l'autre, eux aussi me demandent parfois des choses peu orthodoxes, et du moment qu'aucune loi importante n'est violée, il existe – si je puis dire – une certaine souplesse d'interprétation.

C'est ce qui s'est passé. Dès que le cadavre a été découvert, j'ai été désigné avec un camarade de longue date *pour suivre l'affaire, et nous avons été informés – presque en temps réel – que la police portugaise avait découvert le corps d'un suicidé à Guimarães, avec un billet dans lequel il avouait un assassinat ; il fournissait les détails qui correspondaient à l'affaire dont nous étions chargés, et il donnait des instructions pour que son héritage soit distribué à des institutions caritatives. Il s'agissait d'un crime passionnel – finalement, il est très fréquent que l'amour se termine ainsi.*

Dans le billet qu'il avait laissé, le mort disait encore qu'il avait ramené la femme d'une ex-république de l'Union soviétique, qu'il avait fait tout son possible pour l'aider. Prêt à l'épouser pour qu'elle ait tous les droits d'un citoyen britannique, il avait fini par découvrir une lettre qu'elle était sur le point d'envoyer à un Allemand qui l'avait invitée à passer quelques jours dans son château.

Dans cette lettre, il avait compris qu'elle était ravie de partir et que l'autre devait lui envoyer tout de suite le billet d'avion, pour qu'ils puissent se retrouver le plus vite possible. Ils s'étaient rencontrés dans un café londonien, et ils n'avaient échangé que deux courriers, rien de plus.

J'étais en présence du tableau parfait.

Mon ami a hésité un peu – personne n'aime avoir un crime non élucidé sur sa fiche – mais j'ai fini par dire que j'assumerais la faute, et il a accepté.

Je suis allé à l'endroit où se trouvait Athéna – une sympathique maison à Oxford. À l'aide d'une seringue, j'ai recueilli un peu de son sang. J'ai coupé quelques mèches de ses cheveux, je les ai brûlés un peu, mais pas complètement. De retour sur le lieu du crime, j'ai répandu les « preuves ». Et comme je savais que l'examen d'ADN serait impossible, puisque personne ne savait qui étaient ses vrais père et mère, il ne restait maintenant qu'à croiser les doigts et espérer que la nouvelle n'aurait pas trop de répercussion dans la presse.

Quelques journalistes se sont présentés. J'ai raconté l'histoire du suicide de l'assassin, mentionnant seulement le pays, sans préciser la ville. J'ai dit que l'on n'avait pas trouvé le mobile du crime, mais que l'on écartait totalement l'hypothèse d'une vengeance ou de motifs religieux ; d'après ce que je comprenais (finalement, les policiers ont le droit de se tromper), la victime avait été violée. Comme elle avait dû reconnaître son agresseur, il l'avait tuée et défigurée.

Si l'Allemand a écrit de nouveau, ses lettres ont dû être retournées avec la mention « destinataire absent ». La photo d'Athéna était apparue une seule fois dans le journal, pendant la première confrontation à Portobello, de sorte que les risques qu'elle soit reconnue étaient minimes. À part moi, trois personnes seulement sont au courant de l'histoire : ses parents et son fils. Nous sommes allés à l'« enterrement » de ses restes, et la sépulture porte une plaque avec son nom.

L'enfant lui rend visite toutes les fins de semaine, et il est brillant à l'école.

Bien sûr, un jour Athéna peut se lasser de cette vie isolée et décider de revenir à Londres. Mais les gens ont la mémoire courte et, excepté ses amis les plus intimes, personne ne se souviendra d'elle. À ce stade, Andrea sera l'élément catalyseur et – justice lui soit rendue – elle a beaucoup plus d'aptitudes qu'Athéna pour poursuivre cette fameuse mission. Outre qu'elle possède les dons nécessaires, c'est une actrice – elle sait comment s'y prendre avec le public.

J'ai entendu dire que son travail s'était développé d'une façon significative, sans attirer l'attention inutilement. J'entends dire que des gens qui occupent des positions clés dans la société sont en contact avec elle, et que, quand ce sera nécessaire, quand ils auront atteint une masse critique suffisante, ils en finiront avec toute l'hypocrisie des révérends Ian Buck de la vie.

Et c'est cela qu'Athéna désire ; non pas se mettre en avant personnellement, comme beaucoup le pensaient (y compris Andrea), mais que la mission soit accomplie.

Au début de mes investigations qui ont abouti à ce manuscrit, je pensais que je glorifiais sa vie pour qu'elle sache combien elle avait été courageuse et importante. Mais à mesure que les entretiens progressaient, je découvrais moi aussi ma part cachée – bien que je ne croie pas beaucoup à ces choses-là. Et j'arrivais à la conclusion que la raison principale de tout ce travail était le désir de répondre à une question que je n'ai jamais su résoudre : pourquoi Athéna m'aimait-elle, si nous sommes tellement différents et ne partageons pas la même vision du monde ?

Je me souviens du premier baiser que je lui ai donné, dans un bar près de Victoria Station. Elle travaillait dans une banque, j'étais un inspecteur de Scotland Yard. Nous sommes sortis ensemble quelques jours, et elle m'a invitée à aller danser chez le propriétaire de son appartement, ce que je n'ai jamais accepté – ce n'est pas mon style.

Plutôt que de s'en irriter, elle a répondu simplement qu'elle respectait ma décision. Relisant les dépositions faites par ses amis, je suis vraiment fier ; apparemment, Athéna ne respectait plus la décision de personne.

Des mois plus tard, avant son départ pour Dubaï, je lui ai dit que je l'aimais. Elle a répondu qu'elle ressentait la même chose – cependant, a-t-elle ajouté, nous devions nous préparer pour de longs moments de séparation. Chacun travaillerait dans un pays différent, mais le véritable amour peut résister à la distance.

Ce fut la seule fois où j'ai osé lui demander : « Pourquoi m'aimes-tu ? »

Elle a répondu : « Je ne sais pas et cela ne m'intéresse pas du tout de le savoir. »

Au moment où je mets un point final à toutes ces pages, je crois que j'ai trouvé la réponse dans sa conversation avec ce journaliste.

L'amour est.

25 février 2006, 19 h 47
Révision terminée le jour de saint Expédit, 2006.

Dans la même collection

Paulo Coelho
L'alchimiste

Santiago, un jeune berger andalou, part à la recherche d'un trésor enfoui au pied des Pyramides.

Lorsqu'il rencontre l'Alchimiste dans le désert, celui-ci lui apprend à écouter son cœur, à lire les signes du destin et, par-dessus tout, à aller au bout de son rêve.

Merveilleux conte philosophique destiné à l'enfant qui sommeille en chaque être, ce livre a déjà marqué une génération de lecteurs.

JL 4120

Paulo Coelho
Sur le bord de la rivière Piedra
je me suis assise et j'ai pleuré

Pilar et son compagnon se retrouvent après onze années de séparation. Elle, une femme à qui la vie a appris à être forte et à ne pas se
laisser déborder par ses sentiments. Lui, un homme qui possède le don
de guérir les autres et cherche dans la religion une solution à ses
conflits intérieurs. Tous deux sont unis par le désir de changer et de
poursuivre leurs rêves. Ils décident alors de se rendre dans un petit village des Pyrénées, pour découvrir leur vérité intime.

Paulo Coelho
Le Zahir

« *Esther, le Zahir. Elle a tout rempli. Elle est la seule raison pour laquelle je suis en vie. [...] Je dois me reconstruire et, pour la première fois de toute mon existence, accepter que j'aime un être humain plus que moi-même.* »

Un célèbre écrivain tombe des nues lorsque sa femme, Esther, correspondante de guerre, disparaît mystérieusement. Elle semble l'avoir quitté pour un autre... Mais, au bout de dix ans de mariage, il ne peut accepter son départ sans une véritable explication. Alors que la femme qu'il aime devient son Zahir, son obsession, l'écrivain part en quête de lui-même. De Paris à l'Asie Centrale, son périple lui ouvrira les yeux sur le véritable amour.

JL 7990

Paulo Coelho
Veronika décide de mourir

Veronika a les mêmes rêves, les mêmes désirs que tous les jeunes gens du monde. Elle a un métier raisonnable et vit dans un petit appartement, s'offrant ainsi le plaisir d'avoir un coin à elle. Elle fréquente les bars, rencontre des hommes. Pourtant, Veronika n'est pas heureuse. Quelque chose lui manque. Alors, le matin du 11 novembre 1997, Veronika décide de mourir.

Imagination et rêves, amour et folie. Désir et mort. Alors qu'elle s'approche de la mort, Veronika se rend compte que chaque moment de la vie constitue un choix, celui de vivre, ou d'abandonner.

Veronika expérimente de nouveaux plaisirs et découvre qu'il y a toujours un sens à la vie. Mais la vie est courte. Veronika a décidé de mourir, et maintenant, elle ne peut renoncer.

JL 8282

Paulo Coelho
Comme le fleuve qui coule

Comme le fleuve qui coule est un recueil de cent un textes courts publiés par Paulo Coelho entre 1998 et 2005. Au fil des pages, il nous ouvre les portes de son univers d'écrivain, fait de petits morceaux de quotidien et de récits imaginaires qui acquièrent sous sa plume une dimension de contes philosophiques et pédagogiques, à l'usage de tous ceux et de toutes celles qui désirent vivre en harmonie avec le monde qui les entoure.

JL 8285

8634

Composition PCA à Rezé
Achevé d'imprimer en France (La Flèche)
par Brodard et Taupin
le 4 février 2008 - 45362.
Dépôt légal février 2008 EAN 9782290007341

Éditions J'ai lu
87, quai Panhard-et-Levassor, 75013 Paris
Diffusion France et étranger : Flammarion